Schweigen

Jürgen Mathäß, 1951 in Landau geborener freier Weinjournalist, Unternehmensberater und Buchautor, studierte Volkswirtschaftslehre und Jura in Frankfurt/Main. Er war Chefredakteur des Businessmagazins »Weinwirtschaft« und machte sich 1993 als Journalist und Unternehmensberater selbstständig. Er lebt seit zwanzig Jahren wieder in Landau, ist verheiratet und hat drei Kinder. www.juergen-mathaess.de

JÜRGEN MATHÄß

Schweigen

Kommissar Badenhops dritter Fall

KRIMINALROMAN

emons:

Bibliografische Information der Deutschen Nationalbibliothek
Die Deutsche Nationalbibliothek verzeichnet diese Publikation in der Deutschen Nationalbibliografie; detaillierte bibliografische Daten sind im Internet über http://dnb.d-nb.de abrufbar.

FSC
www.fsc.org
MIX
Papier aus verantwortungsvollen Quellen
FSC® C083411

Umschlagmotiv: photocase.com/johny schorle
Umschlaggestaltung: Tobias Doetsch
Gestaltung Innenteil: César Satz & Grafik GmbH, Köln
Lektorat: Susann Säuberlich, Neubiberg
Druck und Bindung: CPI – Clausen & Bosse, Leck
Printed in Germany 2016
ISBN 978-3-95451-822-7
Originalausgabe

Für Philipp M. und Michael K.

NULL

»Wieso bringe ich es nicht fertig, dich in Ruhe zu lassen und einfach mit dir zu reden? Es ist ja nicht so, dass wir uns nichts zu sagen hätten«, brummte Badenhop ins Kopfkissen. Er ließ sich nach einem weiteren Liebesakt zur Seite sinken, hielt aber Katrin Mellen immer noch in seinen Armen. Er hob den Kopf und sah sie an. Sein strahlendes Gesicht verriet, dass er nicht sehr unglücklich war.

Sie zog mit dem linken Arm seinen Kopf an ihren Oberkörper, strich ihm mit der Rechten über den nackten Rücken und widersprach ebenso unernst. »Wieso? Zwischendurch reden wir doch, wenn wir eine Pause brauchen. Falls es mal so weit ist, dass wir uns nackt aneinander schmiegen können und die ganze Zeit nur reden … Ich weiß nicht … Das dauert hoffentlich noch eine Weile.«

Er grinste und gab ihr einen langen, zärtlichen Kuss. Schon wieder hatte Badenhop das Gefühl, dass er zwei zusätzliche Hände brauchen könnte, um Katrin überall dort zu streicheln, wo sich ihm anregende, verführerische und ungemein anziehende Stellen an ihrem Körper boten. Er wollte diese Haut, diese Brüste, diesen Geruch, diese sanfte, warme Weichheit nie mehr hergeben.

Ganz falsch war seine Bemerkung nicht gewesen. Tatsächlich hatten sie sich viel zu sagen. Katrins Formen der Kommunikation waren emotionaler, intuitiver als die klirrend klare Analytik seiner Frau Ingrid. Aber gerade deshalb, weil sie sich auch von ihm unterschied, erkannte er ihre Stärken. Gespräche mit ihr hatten gefühltes Verständnis als zentralen Angelpunkt, nicht Logik und Erfahrung.

Badenhop, selbst ein eher kühler Kopf, hätte nicht entscheiden können, ob ihm diese Denkweise lieber war. Aber er war fasziniert, auch weil sie Katrins weibliche Anziehungskraft betonte.

Ihre Körperlichkeit jedoch überwältigte ihn. Selbst wenn sie sich bei anderer Gelegenheit gegenübersaßen, beim Frühstück, in einem diskreten Café oder beim Spaziergang in einem ruhigen Waldstück: Ständig verspürte er Lust, diese anschmiegsame, feminine Frau anzufassen, sie mit allen Sinnen zu erleben.

Wenn sie sich verabschiedeten, fühlte er sich halbiert, wunderte sich über ein komisches Brummen im Bauch und vermisste sie schon beim Weggehen. Das ist alles verliebter Quatsch und reiner Kitsch, dachte er bei diesen ungewohnten Empfindungen, kostete sie ein paar Sekunden aus und war glücklich.

Leider hielten die Glücksmomente nur so lange an, bis er wieder im Auto saß und sich die Konsequenzen scheibchenweise in sein Bewusstsein zurückschlichen. Die Familie, die er aufs Spiel setzte. Die Heimlichtuerei und Unehrlichkeit Ingrid gegenüber. Die Zweifel darüber, wohin er eigentlich wollte. Das Gespräch mit Ingrid, das nicht zu vermeiden war, wenn er den Ansprüchen folgte, die sie als junges Paar formuliert hatten. Die Befürchtung, auch der wunderbaren Katrin irgendwann wehzutun, falls die Familie am Ende doch siegte. Die Angst, diese Frau wieder zu verlieren. Die beiden Söhne und ihre Reaktion, wenn es zum Bruch kam.

Wenn alle diese Felsbrocken auf sein Gemüt drückten, zerfloss die Freude über die neue Liebe und wandelte sich in brennendes Unglück und schlechtes Gewissen.

Sein Schweigen gegenüber seiner Frau quälte ihn Tag für Tag. Dennoch hatte er bisher nicht fertiggebracht, was sie sich als Fairnessprinzip versprochen hatten: etwaige Bedrohungen der Ehe einander unverzüglich mitzuteilen.

Er war andererseits nicht in der Lage, aufzuhören, obwohl es jetzt, wenige Wochen nachdem sie die erste gemeinsame Nacht verbracht hatten, doch noch einfacher gewesen wäre als später. Es ging nicht. Die Liebe zu Katrin, die ihm bei seinem ersten Mordfall in der Pfalz als Verdächtige begegnet und der er später in Spanien verfallen war, rüttelte an den Grundfesten seines Lebens. Er, der kühle, überlegte Hamburger, der analytisch klare Kriminalkommissar, lebte in völliger Gefühlsverwirrung und war unfähig zu jedweder Entscheidung über seine Zukunft. Manchmal dachte er, die Belastung nicht mehr tragen zu können.

Noch wusste er nicht, dass Tage und Wochen auf ihn zukamen, die ihn auch als Polizist in Selbstzweifel und Unzufriedenheit stürzen würden.

EINS

Am frühen Abend eines strahlenden Sommertages bestieg der Winzer und Weingutsbesitzer Herbert Kerth sein Fahrrad und machte sich auf den Weg quer durch Rechtenbach. Es war noch warm, aber weniger drückend als vor zwei Stunden. Ein bisschen Bewegung würde ihm guttun. Womöglich gelang es ihm ja, den maßlosen Ärger über das gerade beendete Telefongespräch mit diesem sturköpfigen Idioten aus Mainz wegzustrampeln.

Als der rundliche Dreiundsechzigjährige das steile Stück Bundesstraße in Richtung Weintor hochgehechelt war und den großen Platz neben dem Schweigener Wahrzeichen erreicht hatte, bereute er seinen Entschluss schon wieder. Er war einfach nicht mehr in Form. Dann stieg er eben ab und lief über den Platz, wo eine Art Jahrmarktstimmung herrschte, die Radfahren sowieso kaum zuließ.

Etwas abseits parkten Busse, an mehreren Ständen wurden Eingemachtes und Likör verkauft. Auch der Weinladen der Genossenschaft Deutsches Weintor platzte aus allen Nähten. Die Touristen hatten nur Augen für Fotoobjekte und Kaufangebote. Einer lief ihm, den Blick nach irgendwo oben gerichtet, direkt ins Rad, das er glücklicherweise schob.

Erstaunlich, fand Kerth, dass dieses Bauwerk trotz seiner Geschichte eine solche Anziehungskraft ausübte. Er fragte sich, ob die Touristen etwas darüber wussten. Nach dem Willen der braunen Machthaber, vor allem des Gauleiters Josef Bürckel, markierte das Deutsche Weintor, 1936 errichtet, den Beginn der etwa zur selben Zeit gegründeten Deutschen Weinstraße. Nach dem Krieg hatte man das Hakenkreuz an der Südseite aus dem Sandstein gemeißelt. Damit war das klotzige Monstrum entnazifiziert und die Schweigener Attraktion gerettet.

Kerth besah sich das touristische Treiben teils amüsiert, teils verständnislos, teils mit dem Gedanken an potenzielle Kundschaft, die durch das Doppeldorf Schweigen-Rechtenbach gespült wurde. Vor einigen Jahren hatte der Landkreis Südliche Weinstraße das Tor weiter aufgewertet. Früher konnte es noch mit dem Auto durchfahren werden. Mittlerweile musste man vor und nach dem Gebäudekomplex mit Restaurant, Tor und Nebengebäuden jeweils einen raumgreifenden Kreisverkehr durchfahren sowie östlich davon ein Stück Umgehungsstraße. Damit war Landschaft versiegelt, aber der Platz auf der Nordseite des Tores, den Kerth gerade überschritt, für Fußgänger reserviert und touristisch besser zu nutzen.

Der Winzer und Gourmet fand es schade, dass die Weintorgastronomie im alten, durchaus ansehnlichen Sandsteingebäude, die trotz der vorbeigeführten Straße noch über einen Garten mit wunderschöner Aussicht verfügte, nicht recht über das Niveau von Bustourismus hinauskam.

Auf der anderen Seite des Tores stieg Kerth wieder auf sein Fahrrad und bog kaum hundert Meter weiter in die Hauptstraße ein. Als er das Eckhaus mit der Weinstube Jülg und dem ausgezeichneten Weingut umkurvte, dachte er daran, wie unterschiedlich das Publikum auf so kurzer Distanz war – am Weintor die Bustouristen, hier im großen, mit Pflanzen geschmückten Hof oder in den traditionellen Stuben die Kenner und Genießer.

Die neue Verkehrsregelung um das Weintor herum war nicht die einzige wesentliche Veränderung der Wegstrecke nach Weißenburg, dem heute französischen Wissembourg. Hier mit dem Fahrrad ein kleines Stück zu fahren, dachte Kerth, ist wie ein Ritt durch die deutsch-elsässische Geschichte. Wer nämlich das Weintor passiert hatte, musste bis 1995 noch wenige Meter danach die französisch-deutsche Grenzkontrolle über sich ergehen lassen, fast unmittelbar am Ortsausgang Schweigens und lange bevor man die Lauter erreichte, die mitten durch Weißenburg fließt. Entstehung und Folgen dieser sonderbaren Grenzziehung, des Sequesterlandes, hatten Kerth erst interessiert, als er sich wegen der aktuellen Schikanen damit befasst hatte. Dieser bescheuerte Weinbaubeamte, mit dem er gerade wieder ohne sinnvolles Ergebnis telefoniert hatte. Diesen Blödmann musste dringend jemand stoppen. Ohne jede Not legte er ihnen Steine in den Weg.

Im Sequesterland lag auch Kerths Ziel: Das auf einer Anhöhe dicht bei der Grenze westlich von Schweigen gelegene Sankt Peter, von dessen Turm man die Weinberge überblicken konnte. Sie zogen sich auf dem sanft gewellten Südhang bis zu den ersten Häusern von Weißenburg hinunter.

Trotzig trat der korpulente Winzer in die Pedale, nicht nur, weil er sich der letzten Steigung zu Sankt Peter hin näherte. Seit Jahren hatte es die Schweigener Winzer nicht mehr gestört, dass ein Teil ihrer Weinberge drüben lag. Doch jetzt machte ihnen ein sturer Bürokrat Schwierigkeiten.

Die Flasche Spätburgunder, die er zu Hause rasch in eine Stofftasche gepackt hatte, klapperte gegen das Fahrradgestell. Er war gespannt, was sein Freund davon hielt. Nur noch ein paar Meter. Da vorn sah er schon den uralten Turm.

Kurz darauf stand Kerth vor dem schmiedeeisernen Tor und drückte auf die Klingel.

Daniel Berlingen umarmte ihn zur Begrüßung. Er hielt ihn an den Schultern fest, sah ihm ins Gesicht, als ob er sich erst mal rückversichern wollte, dass sein Freund noch genauso aussah wie beim letzten Treffen, und strahlte. »Schön, dass du da bist. Menschenskind, wir haben uns lange nicht mehr getroffen. Es ist aber auch wie verhext. Wir haben im Augenblick in der Kanzlei so viel zu tun, dass für die wichtigen Dinge, zum Beispiel mit einem alten Kumpel eine gute Flasche zu öffnen, kaum noch Zeit bleibt. Was hast du da in der Tasche?«, fragte er, als sie den gepflasterten Weg zum inneren Burgtor gingen. »Ah, deinen frisch gefüllten Spätburgunder. Da bin ich ja gespannt.«

Wenig später hätte ein Außenstehender denken können, die Herzlichkeit der Begrüßung sei bereits verflogen. Wenn es um Wein ging, waren Frotzeleien zwischen ihnen an der Tagesordnung.

Kerth legte schon mal vor: »Guck dir den Wein an und überleg mal. Die ganzen Weinberge, obwohl sie in Frankreich liegen, gehören Pfälzern, die dort verdammt gute Weine ernten. Hier hast du einen im Glas. Die Elsässer machen an dem ganzen Hang so gut wie nichts. Daran sieht man, was aus dem stolzen Elsass geworden ist. Ihr bringt es nicht fertig, eure besten Böden zu pflegen.«

Er hob sein Glas und prostete dem Gastgeber zu, als ob er sich selbst zu seiner provokanten Bemerkung gratulieren wollte. Seinen Spätburgunder nannte er »Pinot Noir«, um seine hohen Ansprüche mit dem international bekannten Rebsortennamen zu unterstreichen. Die Trauben stammten aus seinen Weinbergen im Elsass, direkt hinter der deutsch-französischen Grenze. Eine Sonderregelung erlaubt den Schweigener Winzern, die eigentlich französischen Trauben als deutsche Weine abzufüllen. Einige von ihnen gehören zu den besten Spätburgundern, die man in Deutschland finden kann.

Todernst meinte der Winzer seine Stichelei nicht. Sein Freund Daniel Berlingen, auf dessen schattiger Terrasse in Sankt Peter sie nun den Kerth'schen Spätburgunder genossen, war nicht nur geborener, sondern überzeugter Elsässer. Sie ließen nicht zum ersten Mal die Vorzüge und Nachteile Pfälzer und Elsässer Weinphilosophie in spielerischem Streitgespräch gegeneinander antreten.

Berlingen hob müde abwehrend die Hand. »Ach Gott. Das kann man auch anders sehen. Das Elsass hat weiter südlich Grands Crus wie den Hengst, den Rangen oder den Brand. Da müssen die guten Weingüter nicht unbedingt am Sonnenberg Wein machen. Das haben die Elsässer Winzer schon vor bald zweihundert Jahren den Pfälzern überlassen. Probiert ruhig weiter daran herum. Obwohl – der Spätburgunder hier ist wirklich ziemlich gut. Man kann ihn fast neben eine gute Dorflage aus der Bourgogne stellen.« Nun grinste Berlingen, nahm erneut einen Schluck und ließ ihn zur wiederholten Prüfung über die Zunge wandern.

Den Versuch, die besten Schweigener Spätburgunder in verdeckten Proben neben Weine der Bourgogne zu stellen, hatten die Weinliebhaber schon lange hinter sich. Sie wussten, dass die Pfälzer in den vergangenen zwanzig Jahren gewaltig aufgeholt hatten. Kerths besten Roten nur mit einer Dorflage zu vergleichen, war reine Provokation. Auch Berlingen wusste, dass die besten Pfälzer Spätburgunder mittlerweile vielen Premiers Crus und manchem Grand Cru das Wasser reichen konnten. Und einige der besten, auch das wussten die Patrioten, wuchsen in den nach Süden in Richtung Weißenburg abfallenden Weinbergen der Schweigener Winzer auf kalkhaltigem, steinigem Elsässer Boden.

Deshalb war Berlingen nicht überrascht, als Kerth lauthals lachend sagte: »Jesses! Hol mir mal eine Dorflage der Bourgogne aus deinem Keller, die neben diesem hier nicht ziemlich alt aussieht. Da bin ich gespannt. Außerdem: Warum gibt es eigentlich im ganzen

Elsass keinen gescheiten Pinot Noir, sondern nur hellrotes, dünnes Zeug wie bei uns vor dreißig Jahren?«

Berlingen lehnte sich im Stuhl zurück, hob sein Glas, nahm einen Schluck, stellte das Glas wieder auf den Tisch und erhob einen Zeigefinger. »Das ist ein Punkt für dich«, sagte er. »Die Elsässer Winzer pflegen den Pinot Noir nicht. Die Frage ist nur, warum. Ich sag dir was: Wir sind Franzosen und finden die Arbeitsteilung ganz in Ordnung. Die Bourgogne hat die besten Pinot Noirs und Chardonnays, das Elsass die besten Rieslinge und Pinots Gris. *Voilà*. Jeder macht, was er am besten kann.«

Kerth winkte ab. »Die besten Rieslinge? In Frankreich, wolltest du vielleicht sagen. Und die süßen, alkoholischen Pinots Gris braucht kein Mensch. Aber weißt du was? Wir haben schon lange keinen Vergleich mit trockenen Rieslingen mehr gemacht. Was hältst du davon: Du suchst deine sechs besten Elsässer Rieslinge, ich stelle sechs Pfälzer dagegen. Dann sehen wir mal, wo das Elsass und die Pfalz stehen. Blindprobe natürlich, drei bis sieben Jahre alte Weine, damit die Elsässer, die angeblich Zeit brauchen, eine kleine Chance haben.«

Berlingen atmete tief durch und hob die Hände, als wollte er seine ganze Umgebung umarmen. Die Idee schien ihm zu gefallen. Sein Blick schweifte über den parkähnlichen Garten, den uralten Baumbestand, das Wohngebäude, den spätromanischen Turm und den Freund auf dem gegenüberliegenden Sessel. Was hatten sie hier schon alles probiert, getrunken und gefeiert, seit Berlingen vor über vierzig Jahren das auf einer Anhöhe nördlich der Stadt gelegene Anwesen erworben und wieder bewohnbar gemacht hatte. Kerth war eine seiner ersten Bekanntschaften in Schweigen gewesen. Der aus Straßburg stammende Berlingen hatte einfach wissen wollen, an welche Weine er sich im Dorf halten musste, wenn er hier wohnte und der nächste gute Elsässer Winzer so weit weg war. Also probierte er bei allen Winzern in Schweigen und Rechtenbach. Kerths Weine schmeckten ihm. Der dazugehörige Kerl auch.

»Die besten Rieslinge vergleichen – gern! Aber ehrlich gesagt, ich wollte dich ein bisschen ärgern.« Er griff nach dem Burgunderkelch und hob ihn seinem Freund entgegen. »Der Spätburgunder hier ist phantastisch. Diese leicht cremige Ledrigkeit, der kleine

Hauch Rosinen, diese samtige Fülle machen ihn sexy. Auch im Mund ist er wunderbar weich und tiefgründig, schmelzig bis ins Finale. In der Bourgogne wäre er als junger Wein vielleicht noch etwas kantiger, weil sie dort früher lesen, aber das ist sicher eine Stilfrage. Nein, Kompliment, Herbert – ein großer Wurf. Ja, aber die Rieslinge sollten wir uns nicht entgehen lassen. Sehen wir zu, dass wir einen Termin finden. Wir kochen etwas für hinterher und laden noch ein paar Schluckspechte ein. Stefan Schwörer war schon lange nicht mehr hier, Georg Miltz auch nicht. Die kommen immer gern zu Blindproben. Elsässer? Marcel Neiss freut sich über solche Vergleiche. Wir fragen auch mal den Serge Dubs. George ist sicher da. Vielleicht hat sogar Brigitte Zeit. Ich sehe sie in den letzten Monaten viel zu selten.«

»Dein Schwiegersohn …«, begann Kerth.

»Hör bloß auf«, fiel ihm Berlingen ins Wort. »Den Gerd laden wir nicht ein. Ich will mir ja nicht den Abend verderben.«

»Du verstehst mich falsch. Ich brauche Gerd Lautereck eigentlich auch nicht bei der Probe. Mir ist nur gerade eingefallen, dass ich dich bitten wollte, mal mit ihm zu reden. Du weißt doch, welche Schwierigkeiten er uns macht mit den Weinen aus den Weinbergen auf französischem Gelände. Ohne jeden Grund. Die Winzerkollegen im Ort sind ganz aus dem Häuschen. Sie würden ihn am liebsten in der Lauter ertränken. Und mir gehen seine Schikanen auch auf den Sack.«

Berlingen stand auf und lief nervös auf der Terrasse hin und her. Er sah betrübt aus. »Ich kenne das Problem mit euren Lagennamen. Ich weiß aber nicht, ob es helfen würde, wenn ich mit Gerd zu reden versuche, oder ob er sich noch mehr versteift. Ehrlich gesagt habe ich nie verstanden, was Brigitte von dem Mann will. Da ich mich nicht gut verstellen kann, hat er es anscheinend gemerkt. Entsprechend ist unser Verhältnis. Wir bemühen uns beide um Höflichkeit, wenn wir uns sehen. Aber wir vermeiden Begegnungen. Ich weiß gar nicht, wann er zuletzt hier war. Brigitte kommt meist allein. Andererseits, ich weiß, unter uns gesagt, nicht, ob es nur seine bürokratische Engstirnigkeit ist, die euch Probleme macht. Die Sache ist tatsächlich rechtlich nicht ganz einfach – falls man eine rechtliche Lösung sucht. Aber wie gesagt, ich glaube, ich wäre der Falsche für ein Gespräch mit ihm. Komm, lass uns über Angenehmes reden.«

In Windeseile waren die freundschaftliche Neckerei ebenso wie der Ärger über Berlingens Schwiegersohn der Planung des nächsten unterhaltsamen Ereignisses gewichen. Einen Termin hatte man noch nicht gefunden. Das sollte sich jedoch bald einrichten lassen. Jetzt, in der Sommerzeit, war die Terminlage bei den Winzern übersichtlich.

Es lohnte sich, die paar Kilometer von Landau nach Annweiler zu fahren, fand Gerd Lautereck. Im großen Wasgau-Center gab es nicht nur eine riesige Weinauswahl, die ihn natürlich besonders interessierte. Hier waren auch die Käsetheke sowie die Auslagen mit Frischgemüse und Obst gut bestückt. Es gab regelmäßig Biofleisch, und die Verkäuferinnen machten einen weniger desinteressierten Eindruck als anderswo.

Da Brigitte nicht gern in Supermärkten einkaufte, erledigte er das und hatte damit die Möglichkeit, zu besorgen, was ihm schmeckte, wenn seine Frau schon meist kochte und damit die Entscheidungsgewalt über die Zubereitungsarten innehatte. Nun ja – es störte ihn nicht, sie kochte ausgezeichnet. Wenigstens was Essen und Trinken anging, lagen ihre Interessen und ihr Geschmack recht nah beieinander.

Lautereck hatte einen der großen Einkaufswagen ergattert, den er durch den äußeren linken Gang nach hinten schob, in Richtung Weinabteilung. Aus Frankreich, Italien und Spanien, sogar aus Übersee gab es deutlich mehr als die übliche Handelsware an Billigweinen. Auch angesehene Marken mit hochwertigen Weinen waren vertreten.

Erstaunt hatte Lautereck als Chef der Weinkontrolleure von Rheinland-Pfalz vor einiger Zeit erfahren, dass ausgerechnet lokale Pfälzer Weine, teils von hoher Qualität, sich hier, mitten im Weinbaugebiet, am leichtesten verkaufen ließen. Dabei hätte man denken können, dafür würden die Konsumenten direkt zum Winzer fahren. Falsch gedacht. Man hatte dieses Verhalten erforscht. Die Preise waren unwesentlich höher als im Weingut, aber man konnte anonym einkaufen, brauchte weniger Zeit und fühlte sich nicht verpflichtet, gleich eine ganze Kiste zu nehmen, sondern konnte verschiedene Weingüter mit einem Einkauf kombinieren.

Neugierig strichen die Augen des Beamten am Regal entlang: Münzberg, Kranz, Bernhard Koch, Messmer, Wehrheim, Becker, Wilhelmshof, alles sehr angesehene Weingüter aus der näheren Umgebung. Und da stand ja auch die trockene 2012er Spätburgunder Spätlese von diesem Weingut Lüller. Wie auch ein Aufkleber verkündete, hatte sie vor einigen Monaten in einer Fachzeitschrift überraschend ganz hervorragend abgeschnitten. Dabei kostete sie nur die Hälfte von vergleichbaren Weinen.

Unwillkürlich griff Lautereck nach der Flasche. Er stockte. Moment mal. Konnte das überhaupt sein? Hatte es nicht geheißen, dass es davon nur sechs Barriques, also gerade eintausendachthundert Flaschen, gegeben hatte? Der Wein war damals in mehreren Zeitschriften vorgestellt worden und hätte längst ausverkauft sein müssen.

»Ein sehr empfehlenswerter Tropfen. Hat in Verkostungen gegen viel teurere Weine mit Auszeichnung bestanden«, lobte eine Stimme neben ihm.

Lautereck erkannte den Abteilungsleiter für Wein, einen sehr engagierten Fachmann, aber dieser schien sich an ihn nicht zu erinnern, obwohl sie sich verschiedentlich gesehen hatten.

»Sagen Sie, ich habe davon gelesen, aber ist er wirklich so gut? Wird er häufig gekauft?«

Der Verkäufer strahlte. »Das ist bei den höherwertigen Pfälzer Spätburgundern unser bestverkaufter Wein. Er geht wie geschnitten Brot.«

Nun war Lauterecks berufliches Interesse endgültig geweckt. »Ach, wenn ich Sie fragen darf. Sie haben ja so viele Weine hier. Was ist denn bestverkauft in so einem Fall? Hundert Flaschen?« Er nannte absichtlich die niedrige Zahl, um eine Antwort zu provozieren.

»Hundert? Na, wenn das für uns viel wäre, würde die Geschäftsleitung keine große Weinabteilung behalten. Da können Sie fast noch eine Null dranhängen, seit der vor ein paar Monaten so bekannt gemacht wurde.«

»Ach, ich nehme mal zwei Flaschen mit«, sagte Lautereck mit

gespielter Begeisterung und setzte ein zufriedenes Gesicht auf. »Kann man ihn denn noch nachbekommen?«

Der Mann war unsicher. »Bis vor Kurzem haben wir noch nachbestellen können. Aber wir führen den Wein auch in anderen Wasgau-Märkten, und das Weingut hat sicher einiges direkt verkauft an Privatkunden und an die Gastronomie. Ich glaube, er ist bald nicht mehr zu beschaffen. Von solchen Qualitäten gibt es nur begrenzte Mengen.«

Das sah Lautereck allerdings ganz genauso. Hatte er sich getäuscht bei den sechs Barriques? Oder lag hier ein illegales »Zusatzgeschäft« vor, indem das Weingut mittlerweile einen ganz anderen Wein mit dem Sieger-Etikett vertrieb, das sich so wunderbar leicht verkaufen ließ? Er würde mit seinem Kontrolleur vor Ort sprechen müssen.

Ohne es zu wollen, hatte er Arbeitszeit investiert. Rasch schob er seinen Einkaufswagen mit den zwei Flaschen Spätburgunder aus der Weinabteilung und eilte in Richtung Milchprodukte.

Normalerweise machten diese Arbeit die Polen. Aber manchmal ging Adolf Kuhn noch gern selbst zum Ausbrechen überflüssiger Triebe in den Weinberg, besonders wenn er seine Ruhe haben wollte.

Aus dem Weingut, wo er trotz seiner zweiundsiebzig Jahre immer noch eingebunden war und wo ein ständiges Kommen und Gehen herrschte, musste er einfach manchmal verschwinden. Er wäre jedoch nie auf die Idee gekommen, während der Woche spazieren zu gehen. Das widerstrebte seinem Pflichtbewusstsein, einer Charaktereigenschaft, die seit frühester Kindheit sein Leben prägte.

Wehmütig dachte er an die Jahre seiner Jugend, als Pflicht und Ordnung noch respektierte Werte gewesen waren. Er erinnerte sich gut an seine Kindheit während der schlechten Zeit nach dem Krieg. Alle hatten mithelfen müssen, damit es wieder aufwärts ging. Die väterliche Landwirtschaft war ein Gemischtbetrieb mit Getreide, Gemüse, Weinbergen und Vieh gewesen. Da konnten und mussten auch die Kinder helfen. Früh bekamen sie Pflichten auferlegt. Sie mussten Schuhe putzen, Unkraut jäten, sogar tagelang auf dem Acker Kartoffelkäfer von den Pflanzen abklauben. Wenn etwas nicht ordentlich erledigt wurde, setzte es Schläge. Der Vater war streng. Kuhn erinnerte sich noch genau, wie der Ledergürtel aussah, den er manchmal auszog, um die Kinder zu bestrafen.

Hunger hatten sie wenigstens nicht gelitten. Glücklicherweise hatte es auf dem Land immer genug zu essen gegeben, weil man ja selbst anpflanzen und Vieh oder Hühner halten konnte. Erst lange nach dem Krieg hatten sie sich auf Weinbau spezialisiert und eigene Flaschenweine gefüllt. Den Weinberg allerdings, in dem er gerade arbeitete, konnten sie unmittelbar nach dem Krieg nicht bewirtschaften, obwohl er ihnen seit Ende der 1930er Jahre gehörte.

Das Sequesterland auf der elsässischen Seite stand nach 1944 unter französischer Zwangsverwaltung. Die Weinberge wurden nicht mehr gepflegt und verödeten. Teilweise dienten sie als Schafweide. Erst im Jahr 1955 kam es zu einem Vertrag zwischen der Stadt Weißenburg und Schweigen. Die Schweigener Winzer konnten wieder Weinberge anlegen, indem sie kurioserweise ihr eigenes Land zurückpachteten. Aber die Zwangsverwaltung bestand weiter. Endgültig geregelt, sodass zumindest ein Großteil der früheren Eigentümer wieder eingetragen werden konnte, wurde die Sache erst in den 1980er Jahren zwischen Kohl und Mitterand.

Dazwischen musste seine Familie noch einmal eine schwierige Konstellation überstehen. Nach einer Flurbereinigung im gepachteten Sequesterland verlangten 1972 die französischen Behörden Erbscheine, um die Verschiebungen der Grundstücke während der Flurbereinigung anzuerkennen. Da hatte es eine Weile gedauert, bis alle kritischen Punkte erledigt waren. Einen Erbschein hatten sie nicht, weil der Vater, der damals noch lebte, die Weinberge gekauft hatte. Ärgerlicherweise waren sie in Weißenburg noch als »Levi'sche Weinberge« eingetragen gewesen. Glücklicherweise konnte das ausgeräumt werden, aber nur, weil man sich inzwischen mit den Verantwortlichen der französischen Verwaltung angefreundet hatte. Schließlich hatte der zuständige Beamte drüben den damaligen Kaufvertrag anerkannt. Alles vorbei und vergessen. Gut so.

Und jetzt kam diese unmögliche Person daher und wollte alles wieder aufrühren. Der alte Winzer wurde wütend, als er daran dachte. Grob zerrte er ein paar Triebe herunter, als wenn er diese so moralisch daherredenden Gutmenschen an den Haaren reißen würde. Was ging es Unbeteiligte überhaupt an? Ein Erbe sei aufgetaucht. Sollte das eine Drohung sein? Was für ein Erbe? Es gab für Außenstehende nichts zu erben. Die Weinberge gehörten seit fast einem Jahrhundert seiner Familie. Man hatte sie schon genötigt, aus dem Erlös des Gebäudeverkaufs Entschädigung zu zahlen. Das war vor fast dreißig Jahren gewesen. Sollte jetzt nochmals einer dahergelaufen kommen und wieder die Hand aufhalten?

Sicher, heute musste man auf die Öffentlichkeit aufpassen. Nicht nur, weil sie durch den Dreck gezogen werden konnten. Das auch. Es gab Leute, die richtig scharf darauf waren, jemandem eine Nazivergangenheit anzuhängen und ihm daraus einen Strick zu drehen. Die Sache konnte sogar ganz aus dem Ruder laufen, wenn die französischen Behörden an der Rechtmäßigkeit des vor bald achtzig Jahren geschlossenen Kaufvertrags zweifelten. Das wäre eine Katastrophe.

Ich muss dringend darüber nachdenken, welche Möglichkeiten es gibt, das Weingut und die Familie vor Schaden zu bewahren, dachte Adolf Kuhn.

ZWEI

Dreizehn Minuten nach neun saß Gerd Lautereck endlich in seinem Büro, geschlaucht, noch bevor der Arbeitstag überhaupt begann. Im Grunde war es unsinnig, fast jeden Tag hundertzwanzig Kilometer von Landau nach Mainz und am Abend wieder zurückzufahren. Wozu tat er das eigentlich? Um die halbe Nacht ein paar von seiner Frau eingeladenen Krawallbrüdern zuzuhören, die ihn nicht schlafen ließen? Um sich am Morgen von ihr auch noch beschimpfen zu lassen?

Er hatte während der heutigen Fahrt, genau genommen auf dem Autobahnstück zwischen Ludwigshafen und der Abfahrt Worms-Wörrstadt, eine Entscheidung getroffen. Er würde sich in Mainz eine kleine Wohnung mieten. Zumindest konnte er dann während der Woche hierbleiben. Er würde Fahrzeit sparen, mehr als zehn Stunden pro Woche, aber auch nervenaufreibende Diskussionen und fast tägliche Streitereien mit seiner Frau umgehen. Wer weiß, vielleicht verstünden sie sich sogar nach einer Weile wieder besser, wenn sie sich nur am Wochenende sähen. Einige Gemeinsamkeiten hatten sie ja. Sie interessierten sich beide für Wein und gutes Essen, sie mochten klassische Musik. Ihre politischen Einstellungen lagen nicht allzu weit auseinander.

Mit einer gewissen Wehmut dachte Lautereck an ihre Anfangszeit zurück, als diese quirlige junge Brigitte Berlingen mit viel Abwechslung und manchen Überraschungen in sein Leben gerauscht war. Sie hatte mit ihren witzigen Einfällen eine ganze Geburtstagsparty unterhalten. Er hatte sie unbedingt kennenlernen wollen und es tatsächlich geschafft.

Natürlich gab es auch die Möglichkeit, dass sich die innere Distanz zwischen ihnen noch vergrößerte, wenn er die Woche über in Mainz blieb. Sollte er es bedauern und der quälenden Beziehung nachtrauern, falls sie endete? Längst bereute er seine damalige Zusage, in Landau zu wohnen. Natürlich war es für ihn einfacher, einen weiten Fahrweg in Kauf zu nehmen, als für Brigitte mit ihren vielen Nacht- und Bereitschaftsdiensten im Krankenhaus.

Aber zuletzt war ihm aufgefallen, dass ihm fast bei jedem Streit diese blöde Fahrerei hochkam und seine Aggression vergrößerte, weil er Brigitte die Schuld dafür gab.

Trennung? Rasch schob er den Gedanken von sich. Sosehr sie sich auch stritten – wenn er sie mehr als zwei oder drei Tage nicht sah, vermisste er sie.

Außerdem hatte er beruflich genug Ärger. Diese leidige Sache mit den Winzern in Schweigen beschäftigte ihn deutlich mehr, als ihm lieb war. Natürlich gab es eine Regelung, dass dort deutscher Qualitätswein der Lage Sonnenberg erzeugt werden durfte. Aber mehr nicht. Nicht Kammerberg, nicht Rädling, schon gar nicht Sankt Paul. Jahrelang hatten er und andere Juristen diesen sturen Südpfälzern zugeredet, weil die Bezeichnungen, die sie auf ihre Weine schrieben, rechtlich nicht in Ordnung waren.

Lauterecks Abteilung, die Weinkontrolle, hatte mit viel Bauchgrimmen lange nichts unternommen, auch um dem damaligen Ministerpräsidenten Kurt Beck einen Gefallen zu tun, der sich für die Winzer in der Nähe seines Wohnorts starkgemacht hatte. Als Laie in Weinrechtsdingen hatte der sich das aber auch zu einfach vorgestellt.

Schließlich musste Beck einsehen: Er, Lautereck, konnte als deutscher Beamter doch nicht neue, inoffizielle Namensbezeichnungen einer Weinherkunft im Elsass legitimieren! Das wäre ein hoheitlicher Akt in einem fremden Staatsgebiet, ein völkerrechtlich unzulässiger Übergriff sozusagen. Wie oft hatte er diesen Holzköpfen da unten erklärt, für so etwas sei eine zwischenstaatliche Regelung der deutschen und der französischen Regierung nötig. Aber hatten sie sich darum gekümmert? Die kannten doch alle ihre Bundestagsabgeordneten! Nein. Ungerührt schrieben sie einfach auf ihre Weinflaschen, was ihnen passte, und dachten, die Landesregierung werde schon dafür sorgen, dass die Weinkontrolle ihre Eskapaden schluckte.

Irgendwann war das Fass übergelaufen. Er hatte ihnen deutlich gemacht: Jetzt ist endgültig Schluss.

Dafür war er dort unten der Buhmann. Das Geschrei wurde noch lauter. Ach was, Geschrei – der anonyme Brief, den er erhalten hatte, war wirklich das Letzte. Es hatte in der ganzen Affäre gerade noch gefehlt, dass man ihm drohte.

Hinreichend schlecht gelaunt stellte Lautereck die beiden Spätburgunder-Flaschen aus dem Wasgau-Markt vor sich auf den Tisch und wählte die Nummer von Ralf Steffens, dem zuständigen Weinkontrolleur.

Die Autofahrt von Landau nach Bad Bergzabern dauerte normalerweise nicht mehr als fünfundzwanzig Minuten. Von ihrem Haus im gutbürgerlichen Fliegerviertel brauchte man zu normalen Tageszeiten sogar recht genau dreiundzwanzig Minuten bis zum Parkplatz des Bergzaberner Krankenhauses. Das hatte Brigitte Berlingen-Lautereck schon zur Genüge ausprobiert. Es lohnte sich auch nicht, auf der gut befahrenen B 38 den einen oder anderen Wagen zu überholen. Viel gewann sie dadurch nicht. Also fuhr sie stets ohne übertriebene Eile, hörte eine Sendung im Deutschlandfunk oder im zweiten Programm des SWR und bedauerte manchmal, dass die Fahrt schon vor den Studiodebatten zu Ende war.

Heute jedoch sah es so aus, als würde sie zu spät kommen. Vor ihr zuckelte ein Traktor mit Anhänger, als ob es keine Wirtschaftswege gäbe. War es dem Fahrer egal, dass sich hinter ihm eine Autoschlange bildete? Überholen war angesichts des Gegenverkehrs kaum möglich. Wo will der Kerl hin? Nach Niederhorbach? Mist, fluchte Brigitte innerlich. Das dauert noch eine Weile. Kann der Heini nicht wenigstens mal rechts ranfahren und die Autos vorbeilassen?

Brigitte Berlingen, sechsunddreißigjährige Ärztin und einzige Tochter Daniel Berlingens, war eine aufreizend gut proportionierte Blondine mit langen, gepflegt nach innen gekrümmten Haaren, einem eher schmalen Gesicht, wachen, großen blauen Augen und sympathischen Lachfältchen. Sie reagierte normalerweise gelassen auf die üblichen Störungen im Straßenverkehr und auf das Verhalten anderer Autofahrer – ganz im Gegensatz zu ihrem Mann, der schimpfend und tobend hinter dem Steuer sitzen konnte.

Sie hatte sich früh entschieden, nicht in Frankreich, sondern in Deutschland Medizin zu studieren. Schon als Kind fühlte sie sich, wie ihr Vater zu beobachten meinte, eher zu den deutschen Wurzeln der elsässischen Geschichte hingezogen. Sie las Günter Grass und Heinrich Böll, hörte Marius Müller-Westernhagen und

Reinhard Mey und spielte schon mit sechzehn mit dem Gedanken, in Berlin zu studieren. Dazu kam es nicht, weil sie nur in Mainz einen Studienplatz an der medizinischen Fakultät erhalten hatte.

Dort fanden ihre Freunde allerdings, sie habe eindeutig französisches Blut in den Adern, nicht nur wegen ihres aparten Auftretens und ihres ganz leichten Akzents, sondern vor allem wegen des unwiderstehlichen Charmes ihrer lebenslustigen Frohnatur, ihrer Neigung zu gutem Essen und Trinken und ihrer Bereitschaft zu spontanen Entscheidungen. Die verdienten das Attribut »chaotisch« nur deshalb nicht, weil sie sich eindeutig auf die Freizeit beschränkten. Im Studium und später bei ihrer Arbeit im Krankenhaus ging Brigitte absolut zuverlässig, exakt und kenntnisreich zu Werke.

Während ihrer Zeit als Assistenzärztin hatte sie Gerd Lautereck kennengelernt und womöglich das Bedürfnis verspürt, nach unterhaltsamen, aber turbulenten Jahren ihr Leben in etwas ruhigeres Fahrwasser zu bringen. Dazu erschien ihr der gewiss nicht zu ausgefallenen Spontanaktionen neigende Beamte beim Mainzer Weinbauministerium geeignet. Sie waren zusammengeblieben und hatten eine Fernbeziehung geführt, als Brigitte die Stelle in Bergzabern antrat.

Ein gutes Jahr später hatten sie geheiratet. Gerd war bereit gewesen, nach Landau umzuziehen, was sie ihm hoch anrechnete. Vielleicht zögerte sie auch deshalb noch immer, sich von ihm zu trennen, obwohl sie durch ihr Zusammenleben festgestellt hatte, dass sie nicht gut zueinander passten. Das gemeinsame Interesse an gutem Wein war zwar geblieben, doch Gerds übergenaue Art, sein unflexibles Wesen, seine geringe Fähigkeit, sich auf Menschen einzulassen, die nicht seine Wertmaßstäbe teilten – all dies führte immer wieder zu Streit.

Gerade an diesem Morgen hatte es wieder böse Worte gegeben. Brigitte hatte für den Abend zuvor ehemalige Studienfreunde eingeladen. Er war, da er die »überdrehten Möchtegern-Künstler« sowieso nicht mochte, direkt nach dem Essen ins Bett gegangen und hatte sich eine halbe Stunde später in – wie sie fand – beleidigtem und aggressivem Ton beschwert, weil sie angeblich im Wohnzimmer zu laut gewesen waren.

Es war nicht das erste Mal, dass sie ihren Mann als Spaßbremse erlebte, und diese Eigenschaft von ihm war auch nicht der einzige Grund, warum sie sich auseinandergelebt hatten. Dass sie ihn heute Morgen im Streit »langweiligen Sesselfurzer« genannt hatte und Türen knallend aus dem Haus gerannt war, tat ihr trotzdem leid.

Und nun musste sie hinter diesem Traktor hertrödeln. Das hatte gerade noch gefehlt. Ihre Nervosität wuchs. Als sie endlich leicht verspätet aus dem Auto stieg, hatte sie sich noch nicht beruhigt. Sie würde ein paar Minuten abschalten müssen, auch wenn die anstehende Operation eines Bandscheibenvorfalls im Halswirbelbereich C6-7 fast schon Routine war.

Als die Patientin, eine Frau Keller, wenig später in den Operationssaal gefahren wurde, fühlte sich Brigitte erheblich besser. Der routinierte Ablauf verstärkte ihr Sicherheitsgefühl. Neben dem Anästhesisten und einer Anästhesieschwester waren zwei Assistenzärzte und zwei OP-Schwestern im Operationssaal anwesend. Sie hatte mit dem Team den Ablauf durchgesprochen. Jeder war an seinem Platz. Ein kurzer Blick zum Anästhesisten reichte, um festzustellen, dass mit der Einleitung der Vollnarkose alles in Ordnung war. Die Patientin war bestens vorbereitet.

Brigitte Berlingen setzte Operationen nur als allerletztes Mittel ein. Am Vortag hatte sie einem anderen Patienten erklärt: »Wissen Sie, wir verdienen mit Operationen unser Geld. Aber in Ihrem Fall rate ich Ihnen, noch mal darüber nachzudenken, ob Sie nicht mit Krankengymnastik und Muskelaufbau weiterkommen.«

Die Entscheidung, zu operieren, war jedoch im Fall von Frau Keller unstrittig. Die monatelange konservative Therapie hatte der jungen Frau keine Besserung gebracht. Neben den dauerhaften Schmerzen litt sie vermehrt unter Lähmungen und Taubheit im Bereich des Nackens und der Schulter. Das MRT zeigte eindeutig einen Eintritt von Bandscheibengewebe in den Spinalkanal mit der Folge einer Spinalkanalstenose.

Bei der heutigen Operation ging es darum, die eingeengten Rückenmarksnerven vom Druck durch das vorgefallene Bandscheibengewebe zu entlasten und zu befreien. Um dies zu erreichen, musste die Ärztin unter Verwendung des Operationsmikroskops einen Teil des Bandscheibenmaterials entfernen. Der Zugang zur betroffenen Halswirbelsäule erfolgte von der Halsseite aus. Die Patientin lag also auf dem Rücken. Sie atmete ruhig. Es konnte losgehen.

Alles lief nach Plan. Brigitte Berlingen und das Operationsteam hatten bereits eine gute Stunde konzentriert gearbeitet. Nur noch wenige Minuten, dann würden sie es geschafft haben.

Brigitte hatte die besorgten Mienen des Ehepaares vom Vortag noch vor Augen. Ängstlich hatten sie ihren Erklärungen gelauscht. Der Mann hatte seine Frau in den Arm genommen und sie immer wieder zärtlich angesehen. Es war ein Paar, das sich liebte.

Brigitte hatte die beiden beneidet. Wie schrecklich, wie hasserfüllt war dagegen ihre Auseinandersetzung mit Gerd an diesem Morgen gewesen. Sie durfte jetzt nicht daran denken.

Doch Gerds Blick und seine angewidert heruntergezogenen Mundwinkel ließen sich nicht verdrängen. Ein Schauer lief über Brigittes Rücken. Ihre Hand zitterte einen winzigen Augenblick.

Dann war es zu spät.

»Um Gottes willen«, entfuhr es ihr. Sie hatte in das Rückenmark der Patientin geschnitten. Das Team war wie elektrisiert.

»Bleib ganz ruhig, Brigitte«, hörte sie den Anästhesisten sagen. Ruhig bleiben? Nachdem sie das Leben einer Patientin zerstört hatte?

Die restliche Operation erledigte sie wie in Trance. Als die Patientin in den Aufwachraum gefahren wurde, stand Brigitte eine Weile reglos da. Niemand im Operationssaal sagte etwas.

Ein paar Minuten später saß sie kreidebleich und zitternd auf ihrem Stuhl im Arztzimmer. Ihr Kollege Karl Fuß stand neben ihr, hatte die Hand auf ihre Schulter gelegt und sprach beruhigend auf sie ein. »Mach dir keine Vorwürfe, Brigitte. Wir sind alle nur Menschen, und du bist eine wunderbare Ärztin. Ich verstehe, du fühlst dich schuldig, aber es ist nicht so. Du wolltest das Beste für diese Frau.«

Brigitte sah ihrem Kollegen in die Augen. »Danke, dass du hier bist, Karl. Ich könnte jetzt nicht gut allein sein. Aber du weißt so gut wie ich, dass die Frau nie wieder aufstehen können wird. Mein Gott, sie ist querschnittsgelähmt – und ich bin schuld.«

»Brigitte, wir alle machen irgendwann einen Fehler. Es war eine hochkomplizierte Sache. Du musstest ganz nah an den Nervenkanal rangehen. Du hast alles versucht, der Frau zu helfen.«

»Ich hätte nicht operieren dürfen. Ich hatte einen schlechten Morgen, habe mich mit Gerd gestritten, die Fahrt war nervig, ich bin zu spät gekommen. Ich glaube, ich war gestresst, Karl.«

»Wie oft sind wir fünfzehn Stunden im Dienst und müssen immer noch funktionieren. Es ist passiert. Vielleicht nimmst du dir einfach ein paar Stunden frei und gehst nach Hause.«

»Nach Hause sicher nicht. Wenn überhaupt, dann fahre ich zu meinen Eltern. Vielleicht kann ich mit meiner Mutter reden, während wir im Garten wühlen und Unkraut jäten. Wann müssen wir mit der Frau und ihrem Mann sprechen?«

»Morgen früh.«

Zur teilweise von einer Mauer umschlossenen Burg Sankt Peter, die am Waldrand inmitten von Weinbergen lag, gehörte ein recht weitläufiges, größtenteils parkähnliches Grundstück mit schönem, altem Baumbewuchs. Einen Teil jedoch nutzte die Familie Berlingen als Pflanzgarten. Daniel Berlingen, der ebenso wie sein Sohn George in der Kanzlei in Wissembourg mehr als genug Arbeit hatte, blieb praktisch keine Zeit, sich darum zu kümmern. Er und George schnitten hin und wieder Büsche und Bäume auf dem Gelände. Aber selbst dafür mussten sie oft einen Gärtner beauftragen.

Um den Pflanzgarten kümmerte sich niemand außer Louise Berlingen, was ihr mit zunehmendem Alter schwerfiel. Selten, aber immerhin manchmal, erhielt sie Hilfe von ihrer Tochter, die noch in weißer Arbeitskleidung den schmalen Weg herabkam.

»Brigitte, schön, dass du da bist. Willst du mir helfen, oder sollen wir ins Haus gehen? Ach, ich weiß nicht, wie lange ich das hier noch machen kann mit meinen kaputten Knien. Dabei liebe ich meinen Garten. Die Gartenarbeit gefällt mir ja auch. Aber wie du siehst, muss man die Karotten zwischen dem Unkraut suchen. Manchmal komme ich kaum mit dem Ausbrechen der Tomaten nach. Und die Kürbisse haben schon wieder die Erdbeeren überwuchert.«

Louise Berlingen richtete sich mühsam auf und stand mitten im Gemüsebeet, wo sie Buschbohnen geerntet hatte. Die Ähnlichkeit mit ihrer Tochter war unübersehbar. So sehe ich in dreißig Jahren aus, dachte Brigitte, wenn sie ihre Mutter betrachtete. Sie ging auf die ältere Frau zu, nahm sie in den Arm und drückte sie herzlich an sich. »Ich muss dir etwas Schreckliches erzählen, Mutti. Aber wir können gern hier draußen reden. Komm, ich helfe dir.«

Ihre Mutter machte sich von der Umarmung los und sah Brigitte erschrocken an. »Was ist passiert, Liebes? Hattest du einen Unfall? Ist etwas mit Gerd? War etwas in der Klinik? Mein Gott, du weinst ja! Komm, wir setzen uns erst mal.«

Louise Berlingen nahm ihre Tochter in den Arm und geleitete sie zu einer Bank, die unter einem riesigen Nussbaum stand. Brigitte lehnte sich an ihre Mutter, legte den Kopf an ihre Schulter und begann zu erzählen. Sie redeten lange. Brigitte war froh, nicht nur über die misslungene Operation sprechen zu können, sondern auch über ihre Ehe. Ihre Mutter war geduldig und klug.

DREI

Ralf Steffens riss die Tür zum Keller auf.

»Ist einer da?«, schrie er. Als er ein zustimmend-fragendes Brummen hörte, fing er an zu poltern: »Verdammt noch mal, diese ganze Aktion war ein kompletter Griff ins Klo. Ich stecke total in der Scheiße. Mein Chef hat mich angerufen. Er will umgehend wissen, wie es sein kann, dass euer 2012er Spätburgunder immer noch im Wasgau und was weiß ich wo verkauft wird, obwohl es damals nur sechs Barriques davon gab. Was soll ich dem sagen? Ihr musstet ja nicht nur munter an Privatkunden und Gastronomie weiterverkaufen, sondern unbedingt noch das Geschäft mit dem Wasgau machen, der allein ein paar tausend Flaschen abnimmt. Und dabei waren nur noch die Probeflaschen echt, der ganze Rest der Lieferung ist doch ziemlich simpler, zugekaufter 13er Spätburgunder und auch keine Spätlese. Sei froh, dass es niemand gemerkt hat. Aber wenn mein Chef die Flasche aufmacht, merkt der das doch. Was mach ich jetzt?«

Frank Lüller sah hinter einem Stahltank hervor. »Das musst du doch wissen. Du bist der Weinkontrolleur. Deinen Anteil am Gewinn hast du bekommen, oder? Du warst für die Rückendeckung zuständig, also sorge jetzt auch dafür. So schlecht war die Cuvée übrigens nicht. Der Dunkelfelder-Anteil hat ihn schön rund und samtig gemacht.«

»Komm, hör auf. Wenn man den echten Wein probiert hat, merkt das jeder, der einigermaßen probieren kann. Mein Gott, der Lautereck will einen Bericht und Details aus dem Weinbuch. Wie soll ich das machen? Es fällt doch auf, dass etwas nicht in Ordnung ist. Ihr habt einfach mehr Etiketten von dem guten Spätburgunder gedruckt und auf den Cuvée-Wein gepappt.«

»Dann sorg dafür, dass dein Chef das Weinbuch nicht bekommt. Sag, dass du alles überprüft hast und alles in Ordnung ist. Die Menge, die anfangs genannt wurde, sei ein Übertragungsfehler gewesen. Es hätte sechsundzwanzig Barriques gegeben.«

»Sechsundzwanzig Barriques? Du hast gar keine sechsundzwanzig! Guck dich mal um! Wenn einer hier reinkommt und zählt, kommt er auf – wart mal – zwanzig für drei verschiedene Barriqueweine. Was sagst du dem? Soll auch noch rauskommen, dass ihr die zweite Füllung mit Holzchips aufgemotzt habt, obwohl Spätlese trocken auf dem Etikett steht?«

»Quatsch. Die Barriques haben wir wieder weiterverkauft, weil nur der eine Jahrgang so großartig ausgefallen ist. Ist doch ganz einfach, oder?«

»Verdammt, ich fliege nicht nur als Weinkontrolleur raus. Ich wandere in den Knast, wenn das rauskommt. Wenn Lautereck einen Verdacht hat und zum Beispiel Schwörer herschickt, was machst du dann?«

»Kommt drauf an, wann er kommt. Vielleicht merkt er es, aber er kann es nicht mehr nachweisen. Die restlichen Flaschen mit der Cuvée sind bald weg. Das Weinbuch bearbeite ich noch mal. Und du sieh einfach zu, dass er Schwörer nicht herschickt.«

Brigitte hatte ihrem Mann eine Nachricht hinterlassen, sich für die Beschimpfung am Morgen entschuldigt und mitgeteilt, dass sie die Nacht bei ihren Eltern verbringen würde. Von der Operation hatte sie nichts geschrieben. Sie hatte lange und intensiv mit ihrer Mutter gesprochen, später auch mit ihrem Vater. Dem hatte sie allerdings nur von der Operation erzählt.

Nach einer unruhigen Nacht stand ihr ein schwerer Gang bevor. Das Ehepaar Keller würde in gut einer Stunde zur Besprechung der Operation zur Verfügung stehen. Sie machte sich rasch fertig und fuhr ins Krankenhaus.

Wie in solchen Fällen üblich, war das ganze Ärzteteam dabei. Als sie gemeinsam zum Krankenzimmer gingen, fühlte sich Brigitte jedoch, als würde sie zum Schafott geführt.

Natürlich stellte der Chefarzt, Dr. Rolf Stein, die Situation so dar, dass kein schuldhafter Fehlgriff vorlag. Er betonte zunächst erneut die Notwendigkeit der Operation. Sie sei eindeutig indiziert gewesen, weil es durch die konservative Therapie zu keiner adäquaten Verbesserung der Schmerzen und Bewegungseinschränkungen gekommen war und weil zusätzlich zu den Schmerzen Symptome wie Muskelschwäche und neurologische Ausfallerscheinungen aufgetreten waren. Auch erinnerte er an das unbestreitbare Risiko einer Operation im Bereich der Halswirbelsäule – mit geringer Wahrscheinlichkeit von eins zu achttausend das Risiko einer Querschnittslähmung.

Dann sagte er den entscheidenden Satz. »Leider haben sich tatsächlich in diesem Fall schwerwiegende Komplikationen ergeben, in deren Folge die Nervenstränge ab Halswirbel C3 beschädigt wurden. Eine Lähmung war nicht zu vermeiden.«

Sie standen vor dem Bett der Kranken, die benommen wirkte. Ihr Mann hatte seinen Stuhl dicht an das Bett gerückt und hielt der ängstlich zu den Ärzten aufblickenden Frau die Hand.

Brigitte Berlingen sah ihn heute zum zweiten Mal und betrachtete ihn genauer. Er war ein sportlicher, mittelgroßer Mann mit kurz geschnittenen dunkelblonden Haaren. Er trug ein beiges Polohemd und dunkelblaue Stoffhosen. Beides sah wie selten getragene Freizeitkleidung aus.

Sie hatte sich ein wenig über die beiden erkundigt. Herr Keller war als Schreiner in einem Handwerksbetrieb angestellt. Seine Frau arbeitete als Büroangestellte. Das viele Sitzen vor dem Bildschirm dürfte ein Grund für die Belastungen der Halswirbel gewesen sein. Hinzu war ein kleiner Haushaltsunfall gekommen, der die gestresste Bandscheibe endgültig beschädigt hatte.

Das Ehepaar war kinderlos. Ein Glück, dachte Brigitte, es wird auch so schlimm genug.

Als der Chefarzt geendet hatte, war alles Blut aus dem Kopf des Ehemannes gewichen. Er richtete sich auf dem Stuhl auf und fragte erregt: »Lähmung, sagen Sie? Wie wirkt sich das aus? Was ist gelähmt? Der Arm? Der Rücken? Wie lange dauert die Lähmung? Und was kann man dagegen machen? Muss meine Frau noch mal operiert werden?«

Brigitte wollte gerade antworten, doch der Chefarzt kam ihr zuvor. »Um Ihre letzte Frage zuerst zu beantworten: Eine weitere Operation ist nicht geplant. Eine endgültige Prognose kann ich Ihnen noch nicht geben, denn unser Körper reagiert manchmal anders, als auch wir Ärzte es erwarten. Deshalb soll man die Hoffnung selbst in schwierigen Situationen nie aufgeben. Aber ich muss Ihnen dennoch sagen, dass nach unserem derzeitigen

Wissensstand die Nervenstränge leider irreparabel beschädigt sind. Ihre Frau wird zwar nicht ans Bett gebunden sein. Aber sie braucht einen Rollstuhl. Wir wissen, dass das keine guten Nachrichten für Sie sind. Natürlich stehen wir Ihnen gern zur Verfügung, um alles zu besprechen. Dabei können wir die weitere Therapie hier auf der Station und Ihre Organisation zu Hause planen.«

Der bewegungslos im Bett liegenden Patientin liefen aus geschlossenen Augen Tränen über die Wangen. Ihr Mann war in sich zusammengesunken. Er schwieg ein paar Sekunden, dann sagte er mit Blick auf Brigitte Berlingen leise: »Sie haben die Operation durchgeführt, Frau Doktor. Ich möchte Sie nachher sprechen. Aber jetzt möchte ich mit meiner Frau allein sein. Verlassen Sie bitte alle das Zimmer.«

Als sie die Tür des Krankenzimmers geschlossen hatten, nahm Dr. Stein Brigittes Arm. »Willst du wirklich allein mit ihm reden? Es sollte einer von uns dabei sein.«

»Mir ist es recht, wenn ich allein bin«, antwortete Brigitte, atmete tief durch, nickte den Kollegen zu und betrat mit ihnen das nächste Krankenzimmer. Nach zwei weiteren Zimmern verabschiedete sie sich und ging in ihr Büro.

Als sie wenig später ein Klopfen an der Tür hörte und Peter Keller mit roten verweinten Augen ins Zimmer trat, war Brigitte nicht überrascht. Es war nicht das erste schwierige Angehörigengespräch, das ihr bevorstand. Mittlerweile war sie wieder gefasst und konzentriert. Sie würde das professionell durchstehen und Herrn Keller, der nun eine behinderte Frau hatte, so gut es ging helfen.

Der völlig aufgelöst wirkende Mann zitterte vor Erregung. »Ist es ganz sicher, dass meine Frau nie mehr gehen können wird?«, fragte er mit gebrochener Stimme. Er blieb in der Nähe der Tür stehen, obwohl Brigitte auf einen Stuhl vor ihrem Schreibtisch gedeutet hatte.

»Es tut mir schrecklich leid, Herr Keller, aber ich glaube ja. Ich würde Ihnen liebend gern etwas anderes sagen.«

»Wie ist es passiert? Erklären Sie mir, was geschehen ist.«

Brigitte schilderte ihm den gesamten Operationsablauf, die Problematik des sehr engen Nervenkanals, die üblicherweise nicht sehr große, aber vorhandene Gefahr einer Quetschung oder Verletzung des Rückenmarks. Sie gab geduldig Antworten auf vielerlei Fragen, musste jedoch feststellen, dass diese weniger die Klärung der Folgen, sondern vielmehr der Ursache der Nervenschädigung zum Ziel hatten. Sie hätten darüber sprechen können, welche Körperfunktionen behindert sein würden und welche nicht, mit welchen Einschränkungen des Alltags zu rechnen war. Doch das beschäftigte Keller im Moment nicht. Seine Fragen gingen alle in dieselbe Richtung. Er suchte einen Schuldigen.

»Und Sie wollen mir sagen«, stieß er plötzlich mit verhaltener Wut hervor, »dass diese Lähmung unvermeidbar war, dass es an der Krankheit lag, dass uns das überall passiert wäre, in jeder anderen Klinik. Ist es so?«

Es fiel Brigitte schwer, darauf zu antworten. Sie hätte sagen können, dass sie eine Zehntelsekunde unkonzentriert gewesen war, dass ein anderer Arzt oder sie selbst an einem anderen Tag dazu hätten beitragen können, dass Frau Keller schmerzfrei und unbehindert leben könnte.

»Herr Keller, darauf kann ich Ihnen keine endgültige Antwort geben«, sagte sie stattdessen. »Wie ich Ihnen bereits erklärt habe, war es im Grunde genommen eine Routineoperation, die aber trotzdem in kleinen Details von jedem Arzt ein wenig anders ausgeführt wird. Ob wir in einer anderen Situation, in einem anderen Krankenhaus nicht mit diesem Befund leben müssten, wird Ihnen niemand mit hundertprozentiger Sicherheit sagen können.«

Keller ließ einen Augenblick ungläubig den Mund offen stehen. Er ballte die Fäuste und machte einen Schritt auf Brigittes Schreibtisch zu. Seine offensichtliche Wut machte ihr Angst. Sie stand auf und stellte sich hinter ihren Stuhl.

Keller brüllte, während er mit der Faust auf ihren Schreibtisch schlug. »Wissen Sie, was ich glaube? Ich glaube, das ist hier verpfuscht worden«, brach es aus ihm heraus. »Sie haben meine Frau operiert. Glauben Sie ja nicht, dass Ihnen nichts passiert. Sie werden dafür büßen, das sage ich Ihnen.« Er drehte sich um und rannte zur Tür.

»Herr Keller …«

Er hatte die Tür bereits hinter sich zugeschlagen.

Vögel zwitschern. Die Sonne scheint. Strahlend blauer Himmel wölbt sich über die Berge. Die Blätter der Bäume rascheln leise im warmen Wind des perfekten Sommertages. Weit entfernt ruft ein Kuckuck. Der Waldweg steigt sanft an. Blätter und Nadeln früherer Jahre machen ihn weich wie einen Teppich. Kein Mensch weit und breit, der die Idylle des Pfälzer Waldes stören könnte. Der Blick über den Wald, die Wiesen, die Häuser im fernen Tal sollte innere Ruhe und Harmonie einkehren lassen.

Stattdessen tritt er wütend gegen einen Baum. Der Fuß schmerzt. Egal. Er weiß nicht, was er machen soll. Sein Kopf scheint fast zu platzen. Er ist prall gefüllt mit wirren Gedanken. Die ihm keine Ruhe lassen. Die ihn auch nicht zu einer Lösung führen. Im Gegenteil: Je mehr er grübelt und abzuwägen versucht, umso weniger sieht er einen Weg. Unzählige Kleinigkeiten kommen ihm in den Sinn. Was ist wichtig? Was nicht? Arbeit, Wohlstand, Liebe, Hass, Wut, Aufgewühltheit, Fairnessgedanken, Erinnerungen, geheime Wünsche, Ängste – wie soll er das alles sortieren und auseinanderhalten?

Wie konnte das passieren? Ist es nicht eine seiner Stärken, Probleme klar zu strukturieren? Vor- und Nachteile aufzulisten, abzuwägen und dann eine Entscheidung zu treffen? Dafür hatten ihn immer alle bewundert. Für seinen klaren Kopf. Warum geht das jetzt nicht? Wie konnte er nur in diesem undurchschaubaren Gefühlssumpf versinken? Diese beschissene Situation, in der er sich jetzt befindet.

Wie lange irrt er hier schon im Wald herum, mal schneller, mal langsamer, mal stehen bleibend? Eine Stunde, drei oder länger? Allein. Weil er sich vorgenommen hat, in Ruhe nachzudenken. Heute eine Entscheidung zu suchen. Seine Gefühle unter Kontrolle zu bringen, damit er einen Ausweg findet. Was heißt »einen Ausweg«? Es gibt keinen. Er wird sich entscheiden müssen. Zwischen Alternativen, die ihm ein elendes Gefühl verursachen, wenn er nur daran denkt.

Natürlich hat er Mitschuld an dieser Situation. Haben sie nicht oft darüber gesprochen? Wie es wäre? Wie es gemacht werden sollte? Wie es gehen könnte? Hätte es so kommen müssen? Nein. Aber jetzt entscheiden, nach alldem? Wie sollte er sich entscheiden? Er musste etwas unternehmen. Aber was?

VIER

Sie waren schon sehr lange nicht mehr gemeinsam eine längere Strecke im Auto gefahren. Schon gar nicht nach Mainz, wo sie seit ihrer Studienzeit nur noch sehr selten hingekommen war.

Es war ein spontaner Entschluss gewesen, an ihrem freien Tag mit Gerd nach Mainz zu fahren, um sich dort ein paar Wohnungen anzusehen.

Warum sie ausgerechnet mitfuhr, wenn er eine Wohnung für eine »halbe Trennung« suchte, wusste sie selbst nicht so genau. Womöglich war es ein Versuch, Solidarität mit ihm zu zeigen, weil sie Verständnis dafür hatte, dass er nicht jeden Tag fahren wollte. Wenn sie die Wohnung zusammen aussuchten, hatten sie etwas Gemeinsames, vor allem, wenn sie ihm später bei der Einrichtung half.

Brigitte war sich wirklich nicht sicher, ob sie diese Gemeinsamkeit weiter wollte. Aber sie war sich ebenso wenig sicher, ob sie eine Trennung wollte, auch wenn ihre Mutter ihr dazu geraten hatte. Eine Trennung war eine Niederlage.

Gerd hatte sofort eingewilligt, dass Brigitte ihn begleitete. Vielleicht ging es ihm ähnlich, und er wollte den Abstand, der durch die Wohnung in Mainz unweigerlich zwischen ihnen entstand, nicht allzu groß werden lassen. Noch nicht? Oder gar nicht? Sie wusste es nicht. Ebenso wenig wusste sie, wie viel Abstand sie selbst wünschte.

Sie freute sich auf den heutigen Tag. Gerd wollte morgens ins Büro gehen. Diese Zeit konnte sie nutzen, um zunächst ein wenig zu shoppen. Um zwölf war sie mit ihrer alten Freundin Grete zum Mittagessen verabredet. Um zwei sollte sie Gerd im Büro abholen. Nachmittags hatten sie verschiedene Termine zur Besichtigung von Wohnungen ausgemacht.

»Wann ist noch mal der letzte Termin?«, fragte Brigitte ihren Mann. »Heute Abend bin ich ja bei meinen Eltern. Ich möchte um halb acht dort sein, weil dann diese Rieslingprobe beginnt, du weißt ja, mit den Elsässern und den Pfälzern. Willst du nicht doch mitkommen?«

Gerd Lautereck atmete tief aus. »Nein. Die Probe selbst würde mich schon interessieren. Ich wäre sogar mitgegangen, obwohl du weißt, dass ich mich auf Sankt Peter nicht wohlfühle. Aber bestimmt sind die Kerths und vielleicht noch mehr Schweigener Winzer dort. Von denen habe ich derzeit wirklich genug. Ich habe keine Lust, mich den ganzen Abend angiften zu lassen. Schwörer wird ja dort sein. Der kann mir berichten. Er wird morgen anrufen, auch um mir die neuesten Geschichten der Winzer zu erzählen. Du schaffst das problemlos rechtzeitig. Wir haben um halb fünf den letzten Termin.«

Sie fuhren an der Ausfahrt Neustadt-Süd vorbei. Es herrschte dichter Verkehr. Brigitte Berlingen hatte nicht darauf geachtet. Nun erschrak sie. Vor ihnen war ein Lastwagen im letzten Moment auf die linke Spur ausgeschert.

»Vollidiot!«, schrie Gerd und trat hektisch auf die Bremse, um nicht aufzufahren.

Aber der Wagen ließ sich nicht bremsen …

Das Weingut Kerth war eines der angeseheneren, überregional bekannten Weingüter in Schweigen-Rechtenbach, zu denen auch Bernhart, F. Becker oder Jülg gehörten. Viele Jahre lang hatte vor allem der Gewürztraminer als Aushängeschild des Ortes gegolten, der auch im benachbarten Elsass zu den nur sieben zugelassenen Rebsorten gehörte. Fünfundzwanzig Jahre lang hatte es in Schweigen den jährlichen Gewürztraminer-Wettstreit gegeben, immer im September. Auch Weine von außerhalb der Pfalz waren angestellt worden. Das gut besuchte Ereignis unterstrich die Bedeutung des Ortes für den Tramineranbau.

Doch die intensiv duftig-würzige Rebsorte hatte an Bedeutung verloren. Sie war etwas aus der Mode gekommen, wohl auch deshalb, weil sie sich nur zu wenigen Gerichten wirklich als Essensbegleiter eignete – zu Münsterkäse beispielsweise. Selbst den Wettstreit hatte man im vergangenen Jahr begraben.

Beachtliches Profil hatten die Schweigener Winzer jedoch mit Burgundersorten gewonnen. Weißburgunder, Grauburgunder, Chardonnay oder Spätburgunder aus den Weinbergen am Sonnenberg genossen unter Weinfreunden einen guten Ruf. Besonders mit Spätburgundern hatten einige Weingüter, allen voran Fritz Becker und Bernhart, bei Verkostungen von Fachgremien und Weinführern Höchstbewertungen erreicht.

Spätburgunder oder Pinot Noir war drauf und dran, zum neuen Markenzeichen der Grenzgemeinde zu werden. Einzelne Weingüter füllten gleich mehrere hochwertige Rote aus der Prestigesorte ab, die besten und teuersten am liebsten natürlich unter dem Gewannennamen, um die ganz besondere Herkunft, den Boden und das Kleinklima ihrer hochwertigen Pinots zu betonen. Immerhin zahlten Sammler für die Feinsten der Schweigener Pinots bereits über hundert Euro pro Flasche. Spätburgunder für mehr als zwanzig Euro waren längst keine Seltenheit mehr.

Herbert Kerth, der gerade den großen blumengeschmückten Hof seines Weinguts durchschritt, hätte diesem selbstherrlichen Beamten an die Gurgel gehen können, der ihnen die in ganz Rheinland-Pfalz erlaubten Weinbergsnamen oder sogenannte »Katasternamen« für ihre Weinberge aus besten Lagen im Elsass untersagte. Dabei hatten die Elsässer gar nichts dagegen. Denen war es egal, wie die Deutschen ihre im Elsass geernteten Trauben verkauften. Nur dieser Weinkontrolleur Gerd Lautereck machte Schwierigkeiten.

Die Weinkontrolle war für den Verbraucherschutz da. Täuschten sie jemanden? Nein. Beschwert hatten sich über ihre Bezeichnungen weder Kunden noch Winzerkollegen – nur dieser Lautereck und seine Abteilung machten Ärger.

Das Weingut Kerth hatte drei verschiedene exzellente Lagenweine gefüllt, einen Kammerberg, einen Rädling und einen Wormberg. Alle gehörten zur offiziellen Einzellage Sonnenberg, die für sämtliche Weinberge in ganz Schweigen galt. Was sollte er nun auf das Etikett schreiben? Sonnenberg »Nummer 1«, »Nummer 2« und »Nummer 3«? Oder »K«, »R« und »W«, womit kein Kunde etwas anfangen konnte? Dabei hatten sie jahrelang im Verband darum gerungen, eine vernünftige Regelung für die besten Lagenweine, die »Großen Gewächse« zu finden. Und nun das! So ein Idiot von Bürokrat.

Herbert Kerth warf einen Blick ins Bürofenster, wo Roland sich angeregt am Telefon unterhielt. Seit nunmehr zehn Jahren war sein

Sohn die wichtigste Stütze im Weingut. Er hatte in Geisenheim Weinbau studiert. Seit er in das Geschäft eingestiegen war, hatte er weiter an der Qualitätsschraube gedreht und kleine, aber wichtige Details im Weinberg und Keller verbessert.

Langsam, dachte Kerth, wäre es auch an der Zeit, an die fernere Zukunft zu denken und für einen Enkel zu sorgen. Doch seit vor gut einem Jahr Rolands Beziehung zu einer Frau aus Dörrenbach zu Ende gegangen war, deutete sich in dieser Hinsicht nichts Neues an. Herbert Kerth fragte auch nicht danach. Und von sich aus hatte Roland schon lange keine Kandidatin mehr erwähnt.

Nun, es blieb ja auch noch genug Zeit. Er selbst war mit dreiundsechzig noch rüstig, würde den Betrieb jedoch in diesem Jahr übergeben. Roland hatte gerade seinen fünfunddreißigsten Geburtstag gefeiert. Da brannte nichts an. Im Moment war die leidige Katasterlagen-Affäre wichtiger.

Kerth öffnete die Bürotür und streckte den Kopf hinein, um Roland zu sagen, dass er wieder hier war. Sein Sohn sah ihn und legte das Telefon wortlos auf. Kerth ließ sich nicht anmerken, dass ihm die merkwürdige Geheimniskrämerei einen kleinen Stich versetzte. Er ließ sich auf den zweiten Bürostuhl fallen und erzählte, dass es demnächst auf Sankt Peter eine Blindprobe mit Pfälzer und Elsässer Weinen geben würde.

Roland nickte kurz und blieb wortkarg.

Kerth wunderte sich. Roland war ein begeisterter Verkoster und Weinsammler. Er ließ selten eine interessante Probe aus. Wie viele seiner jüngeren Kollegen war er der Meinung, dass nur derjenige, der die großen Weine der Welt kennt, auch große Weine erzeugen kann.

Der Junge war mit dem Kopf woanders. Vielleicht hat er ja doch eine Flamme, dachte Herbert Kerth.

Den letzten Wein hatte der Paketdienst vor einer halben Stunde ausgeliefert. Zwei Flaschen 2012er Pechstein von Bürklin-Wolf. Nun hatte Herbert Kerth seine sechs Weine für die Probe zusammen. Natürlich musste er jeweils zwei Flaschen besorgen. Die Großen Gewächse waren immer noch mit Korken verschlossen. Da riskierte er lieber nicht, dass einer der ausgesuchten Weine wegen eines Korkfehlers ausscheiden musste.

Er packte die zwölf Flaschen in eine Kiste und fuhr nach Sankt Peter. Er konnte sie nicht erst am Abend mitbringen. Sie mussten vor Ort gekühlt werden, damit alle Weine gleiche Ausgangsbedingungen hatten.

Kerth war früh dran. Daniel Berlingen hatte das Haus noch nicht verlassen. Normalerweise war er gegen neun in der Kanzlei. »Schön, dass ich dich noch treffe«, rief ihm Kerth entgegen. »Ich bringe hier die Sieger.«

Berlingen lachte. »Das wollen wir heute Abend erst noch sehen. Komm, bring sie rein, du kriegst auch einen Kaffee. Louise stellt sie gleich kalt. Dich lasse ich das nicht machen, weil die Elsässer schon im Weinkühlschrank liegen. Ich freue mich wirklich auf die Probe. Es haben alle zugesagt, nur Gerd nicht, den Brigitte am Ende doch gern dabeihaben wollte.«

»Kein großer Verlust«, brummte Kerth, stellte die Weinkiste vor den Kühlschrank und gab Louise Berlingen zwei angedeutete Küsschen auf die Wangen.

In diesem Moment klingelte das Telefon.

»Ich gehe ran!«, rief Berlingen durch das Haus.

Wenig später wurde die Probe wegen eines tragischen Unfalls auf einen späteren Zeitpunkt verschoben.

Sommerliche Temperaturen prägten das Neustadter Straßenbild. Die im Freien aufgestellten Tische in der Fußgängerzone und am Marktplatz waren weitgehend besetzt. Bunte, sommerliche Bekleidung der eifrig plappernden Gäste von Cafés, Eisdielen, Imbissstuben und Restaurants verwandelten den Marktplatz in einen geschäftigen Festplatz. Pullover und Jacken waren verschwunden.

Das weibliche Geschlecht begnügte sich mit T-Shirts, Blusen oder dünnen Kleidchen, deren körperbetonenden Schnitt Kriminalassistent Kevin Gross mit Wohlwollen zur Kenntnis nahm. Eine Liedzeile von Konstantin Wecker kam ihm in den Sinn: »Heut sehn die Maderl wie Äpfel aus.« Er lächelte versonnen, lockerte seine Krawatte und öffnete den oberen Hemdknopf. Ausnahmsweise.

Wie immer war Gross perfekt gekleidet, auch wenn er sich ständig ätzende Bemerkungen seiner Kollegen und Vorgesetzten anhören musste, mit denen er heute wie an den meisten Tagen seine

Mittagspause verbrachte. Ein Streber war Gross nicht, obwohl sein Respekt gegenüber Vorgesetzten hoch angesiedelt war und ihm darüber manchmal die pfälzische Lockerheit verloren ging.

Seine Gedanken drehten sich zunächst um praktische Lösungen für die Mittagspause. Ganz einfach würde es nicht sein, einen freien Tisch für sechs Personen zu finden, stellte Gross fest, als er sich mit seinen Kollegen auf die Suche nach einer gemütlichen Ecke machte.

Erneut schweiften die Überlegungen des jungen Polizisten ab. Sein Chef, Kommissar Jan Badenhop, machte ihm zu schaffen. Gross hatte den gebürtigen Hamburger, der vor einem Dreivierteljahr als Leiter der Abteilung Kapitalverbrechen nach Neustadt gekommen war, als ausgeglichenen, bedächtigen Vorgesetzten kennengelernt, der seine den Pfälzern kühl scheinende Art durch trockenen Humor würzen konnte. Nie hatte Gross erlebt, dass er Untergebene ungerecht behandelte, unberechenbar reagierte oder schlechte Laune nach außen trug.

In jüngerer Zeit jedoch war Badenhop wiederholt unpünktlich zu Besprechungen gekommen, ohne – wie bei ihm eigentlich üblich – eine Erklärung abzugeben. Er wirkte unkonzentriert und übellaunig. Dieser Tage hatte der Chef ihn und Sabine Vogel grob angeschnauzt, sie würden fürs Arbeiten und nicht fürs Quatschen bezahlt, nur weil sie im Büro der Sekretärin ein paar private Worte gewechselt hatten.

Was war mit dem Mann nur los? Gross fand, es stand ihm nicht zu, seinen Vorgesetzten direkt anzusprechen. Aber er könnte Badenhops Kollegen und Freund Bernd Hochdörffer um seinen Eindruck bitten. Hochdörffer, Leiter der Abteilung Raub und Diebstahl, war wie er Pfälzer, da fand Gross schneller eine Gesprächsebene als mit dem reservierten Badenhop.

Hochdörffer und Badenhop liefen im Moment entspannt plaudernd ein paar Meter vor ihnen über den Marktplatz. Gross fragte sich, ob er sich vielleicht getäuscht hatte. Hatte es etwas mit Hochdörffer zu tun? Sollte er lieber zuerst die Abteilungssekretärin Sabine Vogel ins Gebet nehmen? Sie war eine gute Beobachterin und brachte ein erstaunliches Gespür für Situationen und Menschen auf. Empathie hatte sie, das war ja wohl das Modewort.

»Guckt mal, da beim Scheffelhaus ist ein Sechsertisch frei«, rief sie gerade und steuerte auf das schönste Fachwerkhaus der Neustadter Innenstadt zu. »Kann ich mir einen Zehn-Euro-Mittagstisch leisten mit meinem Sekretärinnengehalt?« Ihr Blick wanderte zuerst über die Gesichter der Herren, dann zu der Tafel, auf der als Tagesessen Rinderroulade mit Kartoffelpüree und Marktgemüse angeboten wurde.

»Setzen wir uns, sonst ist der Tisch auch weg«, brummte Hochdörffer und feixte in Richtung Sabine Vogel: »Wir können ja zusammenlegen, damit unser Nesthäkchen ein warmes Süppchen essen kann. Wobei, wenn ich mir genau überlege, wie viele Gelegenheiten sie findet, eine Flasche Sekt zu öffnen – da scheint es ja um den Wohlstand unserer Sekretärinnen nicht allzu schlimm bestellt zu sein.« Hochdörffer setzte sein freches, aber gutmütiges Grinsen auf.

Belehrend hob Sabine Vogel den Finger. »Nie im Dienst, immer danach – es sei denn, es wird der Abschluss eines Falles gefeiert. Ihr wisst ja: Sekt hebt die Laune. Manchmal ist das nötig.«

Gross meinte, einen verstohlenen Blick in Richtung Badenhop beobachtet zu haben.

Als alle saßen und ihr Besteck sowie Handys und Brillen auf dem Tisch zurechtrückten, klingelte Badenhops Telefon.

»Badenhop«, sagte er, hörte zwei Sekunden zu und stand ruckartig auf, um sich vom Tisch zu entfernen.

Gross war perplex. Das hatte er noch nie erlebt. Fast demonstrativ hatte der Kommissar bisher seine Anrufe in Anwesenheit der Kollegen entgegengenommen.

Auch Hochdörffer war es anscheinend aufgefallen. Er sah Gross ungläubig an und deutete mit dem Daumen nach hinten, wo Badenhop sich mit dem Handy am Ohr dem Königbrunnen näherte, gestikulierte und eindringlich auf den Anrufer einredete. »Seit wann hat euer Boss Geheimnisse?«

Das fragte sich Gross auch.

Eine halbe Stunde später saß Badenhop an seinem Schreibtisch. Er hatte eine Akte vor sich liegen, war aber in Gedanken versunken, als Gross hereinstürzte.

»Ein tödlicher Unfall bei der Autobahnausfahrt Neustadt-Süd.«

Badenhop sah auf. »Das ist bedauerlich. Aber wir sind nicht die Verkehrspolizei. Wussten Sie das nicht?« Seinen trockenen Humor hatte der Kommissar offensichtlich nicht verloren.

»Natürlich, Chef. Die Verkehrspolizei hat ja gerade angerufen. Es besteht der Verdacht, dass ein Verbrechen dahintersteckt. Ein Ehepaar saß im Wagen. Die Frau war sofort tot. Der Mann lebt, obwohl er lebensgefährlich verletzt ist und unter schwerem Schock steht. Als die Polizei und der Krankenwagen kamen, hat er pausenlos gefragt, warum das Auto denn nicht gebremst habe. Der Mann wurde mit dem Hubschrauber nach Ludwigshafen geflogen. Ob er durchkommt, ist unsicher. Einer der Verkehrspolizisten hat nachgesehen und meint, die Bremsen des Autos seien eindeutig manipuliert worden. Soll ich versuchen, die Klinik anzurufen, um zu sehen, ob wir mit dem Mann sprechen können?«

Badenhop nickte. »Tun Sie das. Ich besorge inzwischen die Personendaten und spreche noch mal mit dem Polizisten, der die Manipulation festgestellt haben will.« Er fühlte sich plötzlich ein wenig besser. Er hoffte, dass sich der Verdacht des Polizisten bestätigte. Das würde erhebliche Recherchearbeit für ihn und Gross bedeuten, mit Außenterminen, Verhören, Zeugenbefragungen. Dabei konnte er auf andere Gedanken kommen.

Hier im Büro, wo seit Tagen Alltag und Routine herrschten und er die meiste Zeit am Schreibtisch verbrachte, kam er aus dem Grübeln kaum heraus. Das schlechte Gewissen, das ihn quälte, die Verlustangst, die qualvollen Gespräche, vor allem mit Ingrid, die nicht zu vermeiden sein würden, die Unsicherheit, wie sein Leben und das seiner Familie weitergehen sollte, das alles war eine völlig neue Situation für ihn. Dass er seine Unausgeglichenheit auch Mitarbeiter und Kollegen spüren ließ, ärgerte ihn zusätzlich. Das war unprofessionell und behinderte die Zusammenarbeit.

Sein Privatleben war bisher in sehr ruhigen Bahnen verlaufen. Einen inneren Reifungsprozess mit mancherlei Erfahrungen hatten sie beide bereits durchlebt, bevor Badenhop seine Frau Ingrid kurz nach seinem Studium kennenlernte. In bald zwanzig Jahren standen seitdem ihre tiefe Zuneigung, ihre gegenseitige Hochachtung und ihr ungetrübtes Vertrauen nie in Zweifel. Sogar als vor gut einem

Jahr die für Ingrid sicher schwere Entscheidung zu treffen war, aus der geliebten Großstadt im Norden mit den beiden Jungs in die Pfalz, eine ländliche Weingegend, zu ziehen, konnten sie ohne Streit das Für und Wider abwägen.

Badenhop wollte aus dem in Eifersüchteleien, Karrierismus und Bildung verfeindeter Grüppchen fast erstickenden Kommissariat in Hamburg heraus. Es kam ihm gerade recht, dass seine schon vor Jahren aus Liebe in der Pfalz gelandete, inzwischen verwitwete Mutter sich wünschte, die Familie wäre näher bei ihr. Er war Ingrid dankbar gewesen, dass sie einwilligte, und hatte sich durchaus bemüht, ihr emotionalen Zugang zur Pfalz und ihren Menschen zu verschaffen, wenn auch mit mäßigem Erfolg.

Und jetzt stand das alles auf dem Spiel. Nun hatte er sich wie aus heiterem Himmel verliebt. Anfangs, nach dem ersten Seitensprung, redete er sich noch ein, es handle sich um eine harmlose Affäre, die seine Ehe nicht bedrohte und deshalb Ingrid gegenüber zu vernachlässigen war. Er hätte es gleich besser wissen müssen. Es blieb nicht bei einem »erotischen Unfall«, wie sie einzelne unerwünschte, aber hinnehmbare Ausrutscher manchmal unter sich nannten. Mit jeder neuen Begegnung fühlte er sich stärker zu Katrin hingezogen. Zugleich wurde ihm klarer, dass er mit Ingrid reden musste. Vor vielen Jahren schon hatten sie sich versprochen, in einem solchen Fall unverzüglich das Gespräch mit dem Partner zu suchen.

Ein Lächeln vermischt mit Trauer huschte über Badenhops Gesicht. Ein solches Gespräch war bisher nie nötig gewesen. Alle Klippen hatten sie souverän umschifft. Nun jedoch stand er in der Pflicht. Er konnte es nicht länger hinausschieben.

Schon beim Gedanken daran spürte er, wie sich sein Körper versteifte. Seit Tagen hatte er keinen Appetit. Würde nicht nach der Aussprache alles noch viel schlimmer werden? Was sollte er sagen, außer den Zustand zu beichten? Dass er Katrin aufgeben würde? Das konnte er nicht versprechen. Er hatte Lust, sie jeden Tag zu sehen, war aufgeregt wie ein Pennäler, kurz bevor er sie traf, fiel ihr um den Hals, wollte sie gar nicht mehr hergeben. Er genoss jede Minute mit der klugen, witzigen und verführerisch weiblichen Physiotherapeutin.

Oder sollte er sagen, dass er Ingrid verlassen würde? Allein der Gedanke machte ihm Angst. Die Familie war ihm heilig, immer noch. Was wäre mit den beiden Jungs? Außerdem liebte er seine Frau. Er hatte nie aufgehört, sie zu lieben. Er bewunderte ihren Charakter, ihren Stil, die Klarheit ihrer Gedanken, ihren Umgang mit den Kindern, ihre Fähigkeit, zuzuhören. Ach, was ihm alles einfiel! Diese Frau, auf die er immer stolz gewesen war, konnte er doch nicht verlassen!

Vielleicht brauchte er Zeit. Mit Sicherheit brauchte er Zeit, aber beide Frauen, da war er sich ebenso sicher, würden ihm nicht sehr viel Zeit geben. Verständlich. Bis eine Entscheidung gefallen war, kamen schlimme Tage und Wochen auf ihn zu. Ein schwerer Verlust war am Ende unausweichlich.

Noch war die Beziehung zu Katrin frisch. Würde er eine Trennung von ihr noch einigermaßen leicht vertragen? Oder sich ewig ärgern, dass er sie leichtfertig aufgegeben hatte?

»Er ist tot«, sagte Gross, der unbemerkt ins Büro gekommen sein musste, und riss Badenhop aus seinen Gedanken. »Der Fahrer des Wagens ist noch im Hubschrauber gestorben. Er hat nicht mehr gesprochen.«

»Danke für die Information, Herr Gross. Ich konnte leider noch nicht mit dem Polizisten reden.«

Gross stellte sich aufrecht hin, als wollte er salutieren. »Das ist nicht mehr nötig. Ich habe gerade noch mal mit ihm telefoniert. Er sagt, der Wagen sei eindeutig manipuliert worden. Jemand hat sowohl an der Vorder- als auch an der Hinterachse die Bremsleitungen des ABS-Systems gelöst. Bei jedem Bremsen geht dann etwas Bremsflüssigkeit verloren, bis die Bremsen gar nicht mehr funktionieren, vor allem dann nicht, wenn man scharf bremsen muss. Dass sich beide Leitungen zufällig gleichzeitig gelöst haben, sei höchst unwahrscheinlich. Das Autowrack wird auf jeden Fall untersucht, um letzte Zweifel auszuschließen. Die Staatsanwaltschaft ist informiert.«

Karin Welsch also. Die Staatsanwältin. Badenhop gelang es, den Gedanken an die Nervensäge zu verdrängen. Er nickte anerkennend. »Sagenhaft, Herr Gross. Da kann ich ja nach Hause gehen, wenn Sie alles schon erledigt haben. Nun müssen Sie nur noch herausfinden, wer ein Interesse daran hatte, dass die beiden Leute verunglücken. Und stehen Sie nicht so schief da.«

Gross, der immer noch kerzengerade mit am Oberschenkel angelegter Hand vor dem Schreibtisch stand, brauchte eine Sekunde, um den Spott zu durchschauen. Dann lachte er erleichtert. »Alles klar, ich besorge noch die Personalien und suche nach Angehörigen.«

Eine Stunde später hatten sie die wesentlichen Eckdaten beisammen. Badenhop informierte die Staatsanwältin Karin Welsch, die sofort eine Besprechung anberaumte, nicht zuletzt, wie sie ausdrücklich betonte, »weil es hier um einen hohen Ministerialbeamten geht«.

Badenhop verkniff sich die Bemerkung, dass in seinem Kommissariat jedes Opfer eines Verbrechens das gleiche Recht auf rasche Aufklärung hatte. Er wusste ja längst, dass die höchst karrierebewusste Dame auf alles gesteigerten Wert legte, was »oben« besonders zur Kenntnis genommen wurde.

Politisch brisant konnte dieser Fall tatsächlich werden, falls sich herausstellen sollte, dass der Tod des Mannes einen beruflichen Hintergrund hatte. Dass die unübersehbar aufstrebende Staatsanwältin hier außergewöhnlichen Eifer zeigen würde, war dem Kommissar klar.

Karin Welsch klapperte nervös mit ihrem Kugelschreiber auf dem Tisch, ungeduldig wartend, bis endlich alle saßen.

»Ich hoffe, Ihnen allen ist die Bedeutung dieser Sache klar«, begann sie ohne Begrüßung. »Wir haben es mit einem leitenden Ministerialbeamten zu tun. Was haben wir bisher?«

Badenhop, den eine heftige gegenseitige Abneigung mit der Staatsanwältin verband, holte tief Luft und korrigierte: »Im Auto befanden sich *zwei* Personen, mit denen wir es zu tun haben. Der Ministerialbeamte Gerd Lautereck leitet im Mainzer Weinbauministerium die Abteilung, die für die Weinkontrolle des Landes zuständig ist. Seine Frau Brigitte Berlingen saß ebenfalls im Fahrzeug und starb bei dem Unfall. Sie ist französische Staatsbürgerin und arbeitete als Ärztin in einem Krankenhaus in Bad Bergzabern. Das Paar wohnt in Landau und besitzt zwei Fahrzeuge. Sie könnten auf dem Weg nach Mainz gewesen sein, da Lautereck heute zu normalen Bürozeiten in seinem Mainzer Büro erwartet wurde. Warum seine Frau mit im Auto saß, wissen wir nicht. Ob aus der Tatsache, dass normalerweise nur Lautereck im Auto gesessen hätte, geschlossen werden kann, dass der Anschlag eher ihm galt, wissen wir ebenfalls nicht. Wir werden die Lebensumstände beider Personen überprüfen müssen, um mögliche Motive zu suchen. Der Verdacht, dass zwei unabhängige Bremsleitungen absichtlich gelockert wurden, hat sich übrigens bestätigt, wie die Spurensicherung vor ein paar Minuten mitgeteilt hat. Beide Bremsleitungen lassen durch Wischspuren erkennen, dass sie vor kürzester Zeit angefasst wurden. Fingerabdrücke gibt es nicht, der Täter trug offensichtlich Handschuhe.«

»›Weinkontrolleur bei Mordanschlag getötet‹ – da wird sich die Presse freuen. Das könnte sogar die überregionalen Boulevardblätter interessieren. Einige Winzer und Kellereien haben doch ständig Konflikte mit der Weinkontrolle«, gab Bernd Hochdörffer zum Besten. »Wir werden Mühe haben, die Journalisten von dem schönen Thema abzuhalten, selbst wenn es andere Motive für den Anschlag geben sollte.«

Karin Welsch nickte. »Das sehe ich ähnlich. Wir werden sehr hohes Medieninteresse haben, sobald die Presse von der Sache erfährt. Ein Grund mehr, den Fall zügig aufzuklären, damit keine falschen Eindrücke entstehen und Vorverurteilungen unterbleiben. Achten Sie bitte darauf, dass unsere Weinbranche hier in der Region dabei nicht unter Generalverdacht gerät.«

Badenhop war überrascht. Die Staatsanwältin, deren übersteigertes Bedürfnis, in der Presse zu Wort zu kommen, schon manchen Konflikt zwischen ihnen ausgelöst hatte, wollte also nicht sofort eine Pressekonferenz einberufen. Gut so. Vielleicht konnte die Polizei wenigstens ein paar Tage in Ruhe arbeiten.

Er ging einen Schritt weiter. »Ich schlage vor, alle betroffenen Dienststellen darauf hinzuweisen, dass wir der Presse keine Hinweise geben und keine Angaben machen.«

»Vorläufig jedenfalls«, beeilte sich die Staatsanwältin zu sagen. »Je rascher Sie die wesentlichen Fakten des Falles beisammen haben, umso besser. Bitte halten Sie mich auf dem Laufenden.«

Damit verschwand die nach Ansicht aller Männer des Präsidiums gut aussehende Blondine, über deren Anwesenheit sich dennoch niemand recht freuen mochte, mit wehenden Haaren und klackernden High Heels aus dem Zimmer. Da sie schon auf eine Begrüßung verzichtet hatte, lag es nahe, sich auch nicht zu verabschieden.

Die Polizisten sahen sich an. »Wie immer gnadenlos sympathisch«, warf Hochdörffer in die Runde.

Die Aufgaben waren schnell verteilt. Hochdörffer sollte sich an den Arbeitsplätzen der Toten umhören. Badenhop kümmerte sich um die Familien, wollte aber auch den Weinkontrolleur Stefan Schwörer anrufen.

»Die Polizei, dein Freund und Helfer«, jubelte Stefan Schwörer ins Telefon und war wie immer kaum zu stoppen. »Das ist aber schön, dass Sie sich melden. Wir haben uns ja schon eine Weile nicht mehr gesehen. Ich hätte Ihnen wieder eine ganze Menge interessanter Weine vorzustellen, damit wir beim Nachhilfeunterricht ein wenig weiterkommen. Die 14er Rieslinge sind in der Pfalz super ausgefallen. Schöne Frische, gute Reife und nicht zu viel Alkohol. Die Winzer haben endlich gemerkt, dass hohe Alkoholwerte nicht mehr gefragt sind. Ja und dann: Bernhard Koch aus Hainfeld muss man unbedingt probieren. Die Chardonnays und Spätburgunder sind wirklich groß. Dort könnten wir uns doch alle zusammen mal in die Gartenwirtschaft setzen. Da kann man alles probieren, was der so treibt. Und wie es der Zufall will, habe ich heute sogar einen freien Abend. Eigentlich wäre ich zwar auf einer hochinteressanten Riesling-Verkostung gewesen – Elsass gegen Pfalz, tolle Sache –, aber die ist vorerst abgesagt.«

Nun geriet der Pfälzer Redefluss doch etwas ins Stocken und Schwörer senkte die Stimme. »Es ist ganz schrecklich. Die Probe sollte auf Sankt Peter bei Schweigen stattfinden, bei einem Weinsammler, Daniel Berlingen. Gerade vorhin habe ich einen Anruf bekommen, dass seine Tochter tödlich verunglückt ist. Natürlich wird die Probe verschoben.«

Schwörers Tonfall verriet, wie schwer es ihm fiel, einen Todesfall als Grund dafür zu akzeptieren, dass eine spannende Weinprobe verlegt wurde. Er machte eine kleine Pause und gab Badenhop die Gelegenheit, selbst das Wort zu ergreifen.

»Vielen Dank für den kleinen Vortrag, lieber Herr Schwörer. Aber ich habe ein berufliches Anliegen.« Badenhop musste Schwörer ins Vertrauen ziehen, um ihn befragen zu können, vor allem zur Familie Berlingen, die er offenbar kannte. »Ich muss Sie allerdings von vornherein um Vertraulichkeit bitten, denn es geht um eine Mordsache.«

»Warum überrascht mich das nicht beim Leiter der Abteilung Kapitalverbrechen? Aber schießen Sie los. Ich schweige wie ein Grab, auch wenn's schwerfällt. Ausgerechnet die interessanten Geschichten darf man nicht erzählen, selbst wenn man sie ganz exklusiv hat.« Schwörer hatte seine gute Laune wiedergefunden.

»Es betrifft Sie in zweierlei Hinsicht persönlich. Es geht nämlich um den Tod Ihres Vorgesetzten, Gerd Lautereck, und um den Tod von Brigitte Berlingen. Die beiden sind heute Morgen bei einem Autounfall ums Leben gekommen, wie Sie offensichtlich schon wissen. Wir haben Grund zu der Annahme, dass der Unfall gezielt herbeigeführt wurde. Aber genau diese Tatsache bitten wir auf jeden Fall vertraulich zu behandeln.«

»Oh nein. Sie wurden umgebracht? Das ist ja unglaublich. Und beide? Wieso denn das?« Schwörer flüsterte, als ob er unerwünschte Zuhörer fürchtete.

»Wir wissen bisher nicht mehr. Nur dass der Wagen manipuliert war. Also, zunächst zu Herrn Lautereck. Wer hätte ihrer Meinung nach einen Grund, ihn zu beseitigen?«

»Jeder!« Schwörer krähte wieder fröhlich ins Telefon. »Der Kerl war so beliebt wie die Krätze.« Dann besann er sich und moderierte seinen Ton. »Gut, man soll ja nichts Böses sagen über gerade verstorbene Leute. Lautereck war, wenn man so will, ein typischer Beamter. Dibbelschisser, sagen die Pfälzer. Für Hamburger heißt das wohl Erbsenzähler oder Korinthenkacker. Er nahm alles supergenau, was ja auch ein Vorteil sein kann. Aber bei ihm hatte man manchmal das Gefühl, dass ihm nichts anderes einfiel. Ich will sagen, er war wohl ein guter Kenner aller erdenklichen Vorschriften. Nur hat er sie nicht für die betroffenen Verbraucher und Winzer sinnvoll, sondern stur nach dem Buchstaben angewendet. Ich habe manchmal nicht verstanden, warum, die meisten meiner Kollegen von der Weinkontrolle ebenso wenig. Aber er war halt der Chef. Die Winzer hatten zuweilen den Eindruck, sie werden mit Paragrafenreiterei schikaniert.«

Badenhop schwante, dass die notwendigen Befragungen einen großen Personenkreis betrafen. Vielleicht konnte man ihn dennoch einschränken. »Gibt es jemanden, mit dem Lautereck besondere Auseinandersetzungen hatte? In der Weinbranche oder unter seinen Kollegen?«

Schwörer schwieg einige Sekunden. Dann traf er wohl eine Entscheidung. »Unter den Kollegen war er mäßig beliebt, aber korrekt und – wenn man seine Sturheit mal beiseitelässt – eigentlich fair. Dass er mit jemandem einen ganz schwerwiegenden Konflikt gehabt hätte, ist mir nicht bekannt. Und bei den Winzern und Kellereien ist es ja so, dass praktisch immer die Weinkontrolleure vor Ort einzelne Fälle aufgreifen. Ich schätze, da hätte der Zorn eher den Kontrolleur getroffen als den Abteilungsleiter in Mainz.« Schwörer schwieg einen Moment. Er schien ratlos. Dann kam ihm eine Idee. »Aber halt! In einem Fall hat er sich in letzter Zeit konkret vor Ort gezeigt und engagiert. Das sind die Schweigener Weinberge in Frankreich.«

Badenhop hatte mal wieder keine Ahnung. »Das ist doch der deutsche Grenzort mit dem riesigen Weintor, nicht wahr? Und die Winzer dort machen französischen Wein?«

Schwörer lachte. »Dann müssten Sie die Kerle ja verhaften, Herr Kommissar! Nein, stimmt auch nicht. Es ginge, wenn sie ein Weingut im Elsass anmelden würden. Aber so ist es nicht. Ich sehe schon, wir müssen uns mal in Schweigen treffen und den Sachverhalt bei ein paar typischen Weinen klären, vielleicht in der Weinstube Jülg. Die kann ich bedenkenlos empfehlen.«

Das erneute Abschweifen des Pfälzers störte Badenhop nicht. Er verspürte plötzlich große Lust auf einen gemütlichen Abend mit dem unterhaltsamen, meist gut gelaunten Weinexperten. Sie hatten einige dieser vergnüglichen, weinseligen Abende zusammen verbracht. Selbst Ingrid, obwohl sie den lauten, trinkfesten und meist im Dialekt palavernden Schwörer »ein wenig rustikal« fand, hatte sich amüsiert.

Ach, Ingrid! Kaum kam ihm seine Frau in den Sinn, durchzuckten Badenhop die Gedanken an seine schwere Bringschuld und weckten mit einem Schlag das schlechte Gewissen, das er eine Weile verdrängt hatte. Rasch schob er den angenehmen Aspekt seiner Bekanntschaft mit dem Weinkontrolleur beiseite, in der Hoffnung, auch die schweren Gedanken loszuwerden.

»Das machen wir auf jeden Fall bei Gelegenheit. Aber erklären Sie mir jetzt kurz, um was es geht und wen Lautereck so geärgert haben könnte, dass einer Mordgedanken entwickelt.«

»Da muss ich ein wenig ausholen. Seit dem Pariser Frieden aus dem Jahr 1815 verlief die Grenze zwischen Deutschland und Frankreich entlang der Lauter – bis zur Mündung in den Rhein. Da aber die Grenzfestung Weißenburg bei Frankreich bleiben sollte, verschob der Friedensvertrag 1815 im Bereich der Stadt die Grenze von der Lauter weg nach Norden bis an die Ortsgrenze Schweigens. Auf die Eigentumsverhältnisse der Ländereien zwischen Schweigen und Weißenburg nahm man keine Rücksicht. Viele Grundstücke Schweigener Bürger lagen nun in Frankreich. So entstand das sogenannte Sequesterland. Später, 1871 bis 1918 und im Zweiten Weltkrieg, gehörte das Elsass zwar wieder zu Deutschland, aber das tut hier nichts zur Sache.«

»Lieber Herr Schwörer, das ist wirklich interessant, aber könnten Sie zum Punkt kommen?«

»Das gehört doch dazu, Kommissar, sonst versteht man das ganze Theater nicht. Jetzt, also heute, geht es nämlich um Bezeichnungsrecht, also darum, was auf den Weinflaschen stehen darf. Nach einer alten Sondervereinbarung zwischen Frankreich und Deutschland dürfen die Schweiger Winzer in ihren Weinbergen, die drüben im Elsass liegen, deutschen Qualitätswein der Lage Sonnenberg ernten. Einzellagen wie der Sonnenberg sind aber oft recht groß. Das bedeutet, viele Winzer haben alle Weinberge in nur einer Lage. Bei Großen Gewächsen darf man aber einen Lagennamen nur einmal pro Rebsorte verwenden. Das bedeutet: Dieser Winzer könnte nicht zwei Rieslinge mit Lagenbezeichnung verkaufen, sondern nur einen. Das wollen die natürlich nicht. So weit klar?«

»Ich versuche, zu folgen. Und weiter?«

»Ja lieber Gott, Sie müssen sich halt mehr mit Wein beschäftigen, dann ist das nicht so schwer! Also weiter: Seit viele Weingüter ihre wertvollsten Weine von einzelnen Weinbergen mit ganz spezifischem Boden und Kleinklima und alten Reben und so weiter füllen, möchten sie spezielle kleinere Herkunftsbezeichnungen verwenden, die sogenannten alten Gewannennamen oder Katasternamen. Davon gibt es in jeder offiziellen Lage viele. In Deutschland wurde die Verwendung dieser Katasternamen kürzlich erlaubt. Damit wurden mehrere Große Gewächse aus verschiedenen Weinbergen der gleichen Lage möglich. Das ist für diese Weingüter wirtschaftlich wichtig. Vom Image her natürlich auch, es sind ja ihre besten Weine. Bis hierhin auch klar?«

Badenhop schnaubte. »Gerade so, obgleich ich mir kaum vorstellen kann, dass irgendein normaler Konsument diese Details wissen will. Was hat das nun mit Schweigen zu tun?«

»Dazu komme ich jetzt. Die Schweigener, die als Lage nur den Sonnenberg haben, möchten für ihre Spitzenlagen im Elsass auch Katasternamen verwenden. Das wären zum Beispiel Kammerberg, Wormberg, Güldenwingert, Flohbeiß, Kostert oder Rädling. Und jetzt kommt's: Leider geht das rechtlich nicht, weil es französisches Gelände ist. Lautereck hat das in Gesprächen vor Ort klar gesagt. Aber die Winzer betrachten es als Schikane. Das ist der Konflikt. Die Schweigener hätten ihn am liebsten in der Luft zerrissen.«

Badenhop wurde den Eindruck nicht los, es handle sich um eine Kleinigkeit. »Deshalb würde man jemanden umbringen? Für ein Wort auf einem Weinetikett? Das kann ich nicht glauben, Herr Schwörer. Und wenn es rechtlich eindeutig ist, wieso kreidet man es Lautereck an?«

»Erst mal sind das echte Pfälzer, auch wenn sie ganz am Rand der Pfalz wohnen.« Schwörer kicherte. »Die regen sich gewaltig über die Beamtenärsche auf, bevor sie sich die Details ansehen. Das ist die eine Seite. Die andere. Wir, die Weinkontrolle, hätten das Fass natürlich nicht aufmachen müssen. Es hätte sich ja kein Mensch in der Welt beschwert – nicht einmal die Franzosen –, wenn die Schweigener Katasternamen verwenden. Die einzige, die das juckt, ist die Weinkontrolle. Verstehen Sie? Wir hätten sagen können: Es wird niemand betrogen, es beschwert sich niemand, lasst die halt machen. Aber dazu hätte Lautereck über seinen Schatten springen müssen. Das kann der nicht. Vielmehr, er konnte nicht. Jetzt ist er tot und springt überhaupt nicht mehr.«

Badenhop konnte sich nicht vorstellen, dass hier ein ernsthafter Grund für einen Mordanschlag vorlag. »Ich fasse diesen Punkt zusammen: Verdächtig sind also alle Schweigener Winzer, die Weinberge im Elsass haben. Und sie haben einen vorgeschickt, der die Drecksarbeit macht. Entschuldigung, das meine ich nicht wirklich. Im Ernst: Wie viele Winzer kommen in Frage? Haben sich manche besonders laut oder gar drohend hervorgetan?«

»Na ja, wenn Sie so wollen: Laut und drohend ist es einmal geworden bei einer Versammlung in Schweigen. Ich war nicht dabei, aber es soll ein Gebrüll und Gerempel gegeben haben, als die Winzer erkannt haben, dass der Lautereck nicht mit sich reden lässt. Die Stimmung heizt sich halt auf an so einem Abend, verstehen Sie? Auch wenn vielleicht nichts besonders Bedeutendes dahintersteht, bei dem es um Leben und Tod geht. Ist ja beim Fußball ähnlich. Wie schnell wird da gerempelt und ein Rudel gebildet wegen eines kleinen Fouls. Genau sagen konnte man hinterher nicht, wer sich mehr aufgeregt oder wer zuerst geschubst hat. Es gibt ja keine Wiederholungskamera bei Winzerversammlungen.« Schwörer lachte. »Lautereck ist, soweit ich weiß, an dem Abend ziemlich schnell verschwunden und seitdem nicht mehr in Schweigen gesehen worden.«

Badenhop schüttelte den Kopf. »Unglaublich, wegen so einer Lappalie … Wer wäre denn von einer Regelung dieser Bezeichnungsfrage direkt betroffen?«

»Direkt betroffen sind meines Wissens etwa ein halbes Dutzend Weingüter. Warten Sie mal, ja also mindestens Bernhart, Jülg, Kuhn, Grimm, Becker, Kerth, Scheu und Gnägy, würde ich sagen. Aber aufgeregt haben sich sicher mehr als die. Wobei ich mir trotzdem nicht vorstellen kann, dass einer, wenn er mal drüber geschlafen und sich wieder abgeregt hat, den Lautereck umbringen würde.«

Badenhop war erleichtert. Er hatte mehr notwendige Überprüfungen befürchtet. »Danke, Herr Schwörer. Sie haben mir mal wieder unschätzbar geholfen. Vielleicht noch ein paar Worte zu Brigitte Berlingen. Waren Sie gut bekannt?«

»Nein. Ich habe sie ein paarmal bei Weinproben auf Sankt Peter getroffen. Super Frau, sehr sympathisch. Ärztin in Bergzabern. Genussfreudig wie die ganze Familie Berlingen. Deshalb war sie bei den Weinproben manchmal dabei. Mehr kann ich über sie nicht sagen. Leider. Sie war ja mit meinem Chef verheiratet. Warum man ihr etwas antun wollte, ist mir völlig schleierhaft.«

»Allerletzte Frage: Fällt Ihnen ein Grund ein, warum jemand alle beide hätte umbringen sollen?«

»Nein«, entschied Schwörer, ohne zu zögern. »Also, wenn ich ehrlich sein soll … Ich habe sowieso nie verstanden, dass die beiden ein Paar sind. Allerdings habe ich sie nie gemeinsam erlebt. Komisch eigentlich, er hat sich doch auch für Wein interessiert … Beruflich hatten sie keine Gemeinsamkeiten. Menschlich waren sie nach meiner Einschätzung sehr verschieden. Wenn ich das jetzt interpretieren soll … Dem Gefühl nach würde ich sagen, einer von beiden saß zufällig mit im Auto. Schrecklich, das Ganze. Wer sich so etwas ausdenkt, muss nicht ganz klar in der Birne sein.«

Badenhop fand das auch. Aber konnte man nicht bei allen Mördern diesen Eindruck gewinnen? Er vereinbarte für den nächsten Morgen einen Besuch bei Daniel und Louise Berlingen und bei den Eltern Gerd Lauterecks, die in Oberotterbach, unweit von Schweigen, wohnten.

Sehr gediegen, dachte Kevin Gross, als er das Landauer Fliegerviertel erreichte, das offenbar als großbürgerlicher Stadtteil mit Häusern gleichen Stils vor etwa achtzig Jahren angelegt worden war. Fast alles zweistöckige, ältere Gebäude, sehr gepflegt, alle mit Garten. Ein paar wohlhabende Straßenzüge in Innenstadtnähe ohne Durchgangsverkehr. Eine Ärztin und ein höherer Beamter ohne Kinder konnten sich das leisten.

Vor dem Haus des Ehepaares Lautereck-Berlingen stand das zweite, auf Brigitte Berlingen zugelassene Fahrzeug. Die Zulassung des Unfallwagens lautete auf den Namen Lautereck. Gross kramte eine alte Zeitung aus seinem Wagen, legte sie neben das Auto, um seinen Anzug nicht zu verschmutzen, und besah sich die Bremsleitungen. Sie waren unberührt.

Wie die meisten Häuser des Viertels stammte auch das Haus der Lauterecks aus der Zeit zwischen den Kriegen, stabil zweistöckig mit Garage, gepflegtem Vorgarten und größerem Garten dahinter. Der Abstand zu den Nachbarhäusern betrug sieben bis acht Meter.

Das Haus der Lauterecks musste in Kürze untersucht werden.

Badenhop würde die Angehörigen der Toten um Erlaubnis bitten müssen, sich im Wohnhaus umsehen zu können. Gross musste jetzt prüfen, was von den Nachbarn zu erfahren war.

Er sah sich um. Das Haus schräg gegenüber dem Lautereck'schen Anwesen war unbewohnt und wurde offensichtlich gerade umgebaut. Links neben Lauterecks öffnete niemand, ebenso wenig direkt gegenüber. Beim vierten Versuch wurde die Tür von einer schwarzhaarigen Frau mittleren Alters geöffnet, die einmal eine Schönheit gewesen sein musste. Nun schwankte sie leicht, verbreitete deutlichen Alkoholgeruch und wies Gross mit schwerer Zunge darauf hin, dass sie sich für ihre Nachbarn überhaupt nicht interessiere.

»Ich weiß nicht einmal, wie die Leute nebenan und gegenüber heißen. Was sie machen, erst recht nicht.« Im Bemühen, einen attraktiven Augenaufschlag hinzubekommen, zeigte sie dann doch Interesse, woran auch immer: »Aber kommen Sie ruhig herein, junger Mann. Erzählen Sie mir, was passiert ist. Ich kann Abwechslung gebrauchen. Einen guten Rotwein habe ich zufällig offen.«

Bevor sie ihn am Arm packen konnte, wich Gross zurück, bedankte sich höflich und verließ das Grundstück

Im Haus rechts neben den Lauterecks hatte er mehr Glück. Hilde Klundt, eine ältere Frau, die ihm öffnete, kannte ihre Nachbarn. Sie musste auch beobachtet haben, dass Gross mit der Schwarzhaarigen gesprochen hatte. Kaum hatte er sich vorgestellt und sein Anliegen erklärt, legte sie mit Blick zu besagtem Haus los: »Die Lauterecks hatten einen Unfall? Das ist ja schrecklich! Na, bei ihr drüben haben Sie bestimmt nicht viel erfahren, oder? Die ist mit sich und mit ihrem Freund, dem Alkohol, beschäftigt. Also, ich will ja nichts sagen, aber sie hat den Bogen überspannt, als ihr Mann noch da wohnte. Einmal hat er sie mit einem der jungen Kerle erwischt, die sie außer ihrem Geliebten noch hatte. Können Sie sich das vorstellen, so ein Weib? Aber wissen Sie was? Als der Mann sich endlich scheiden ließ, hat sie sogar das Haus bekommen. Weil die Töchter noch da wohnten. Die sind mittlerweile beide ausgezogen. Jetzt trinkt sie nur noch. Zweimal wurde sie schon mit dem Krankenwagen abgeholt. Immerhin schaffte sie es anscheinend ans Telefon, als sie besoffen hingestürzt ist. Wir bekommen ja nicht mit, was da genau vorgeht.«

Anscheinend doch, dachte Gross und suchte nach einem Übergang zu seinem eigenen Anliegen. »Ja, man wundert sich manchmal, was einige Menschen aus ihrer Ehe machen. Aber Sie kennen ja sicher ihre direkten Nachbarn, Herrn Lautereck und Frau Berlingen.«

In diesem Moment kam ein älterer Herr in Arbeitskleidung aus dem Garten, begrüßte Gross und sah seine Frau fragend an. Gross hatte den Eindruck, dass der Mann mit kurzen, grau melierten Haaren, Brille und wachen Augen vor seiner Pensionierung sicher kein Handwerker gewesen war, was sich auch bald bestätigte.

Frau Klundt sah ihren Mann an und deutete auf Gross. »Der junge Mann fragt nach den Lauterecks. Sie hatten einen Unfall. Was ist denn genau passiert?«, fragte sie an Gross gewandt.

Der wusste, dass er sich auf einem schmalen Grad bewegte. Je mehr er fragte, desto schneller konnten die Nachbarn sich denken, worum es ging. Also hatte er nicht einmal erwähnt, dass die beiden nicht mehr lebten. »Details kann ich Ihnen leider nicht nennen. Ich möchte Ihnen nur ein paar Fragen stellen.«

Herrn Klundt war die Situation unbehaglich. »Kommen Sie doch rein, da können wir uns in Ruhe unterhalten. Hilde, hast du dem Herrn etwas angeboten?«

Als sie im gediegenen Wohnzimmer auf einer schwarzen Ledercouch saßen und Gross an seinem Wasser nippte, fuhr die Frau fort. »Wir kennen die beiden natürlich, wenn auch nicht allzu gut. Mein Mann ist Jurist. Er hat zwar in der Versicherungsbranche gearbeitet, und Herr Lautereck ist für Weinrecht zuständig. Aber man kommt ja doch ins Gespräch, wenn beide mit Paragrafen zu tun haben, nicht? Ab und zu haben sie sich über den Gartenzaun hinweg unterhalten. Wein ist schließlich ein interessantes Thema. Ansonsten ist Herr Lautereck eher verschlossen. Mit seiner Frau kann man leichter warm werden. Sie ist Französin oder, na ja, Elsässerin und arbeitet als Ärztin in Bergzabern. Also, kochen kann sie großartig. Wir haben uns ein paarmal über Rezepte unterhalten, und sie brachte uns selbst gemachte Gänseleberpastete und ein andermal eine hausgemachte Wildterrine – ganz köstlich. Ja, und hilfsbereit. Als mein Mann vor zwei Jahren abends gestürzt ist, habe ich sie gerufen. Sie war gleich hier und hat sich gekümmert, dass er gut versorgt war, bis der Krankenwagen kam. Na gut, als Ärztin muss sie das ja auch, oder?«

Der Mann bemühte sich um etwas mehr sachliche Distanz und griff ein: »Sie sehen, unser Verhältnis ist nachbarschaftlich unkompliziert. Aber wirklich gut kennen wir die beiden nicht. Sie scheinen sehr viel zu arbeiten.«

»Ist Ihnen in letzter Zeit eine Veränderung aufgefallen in ihrem Verhalten oder bei Besuchen, die sie erhielten?«

Die beiden sahen sich an. Schließlich antwortete die Frau. »Wieso, haben sie etwas angestellt? Ich habe nichts bemerkt. Man hat nicht allzu viel mitbekommen.«

Obwohl man sicher aufgepasst hat, dachte Gross.

»Für uns war alles wie immer. Hin und wieder hatten sie Besuch von ganz verschiedenen Leuten, aber nicht allzu oft.«

»Haben Sie zufällig beobachtet, ob gestern Abend oder heute Nacht jemand bei den Lauterecks war oder ob jemand sich auffällig lange vor ihrem Haus herumgetrieben hat?«

Der Mann wurde hellhörig. »Ihre Frage klingt danach, als ob dieser Besuch gestern Abend oder die sich herumtreibende Person in Zusammenhang mit dem Unfall stehen könnte. Das lässt eigentlich nur den Schluss zu, dass der Unfall herbeigeführt wurde.«

»Bitte versuchen Sie nicht, meine Fragen zu interpretieren. Wir ermitteln, um einige Ungewissheiten zu klären. Ich darf Ihnen keine Details mitteilen. Beantworten Sie bitte einfach nur meine Frage.«

Beide verneinten. Sie hätten bis gegen dreiundzwanzig Uhr ferngesehen und seien anschließend schlafen gegangen. Ihr Schlafzimmer liege nach hinten zum Garten, erklärte die Frau wie entschuldigend. Da bekomme man nicht alles mit, was auf der Straße passiere, schon gar nicht mitten in der Nacht.

Gross glaubte nicht, viel mehr zu erfahren. Wenn die Frau etwas gewusst hätte, hätte sie damit bestimmt nicht hinter dem Berg halten. »Nein, keine Angst, sie haben nichts angestellt. Wir müssen nur einige Dinge klären wegen des Unfalls. Dazu noch ein letzte Frage: Das Ehepaar hat ja zwei Fahrzeuge. Wissen Sie, ob die beiden jeweils immer nur mit ihrem eigenen Wagen fahren, oder gibt es da keine genaue Zuordnung?«

Hier wusste die Frau nun wieder ganz genau Bescheid. »Sehen Sie, das ist komisch. Normalerweise fährt ja jeder mit seinem Auto. Aber bei den beiden wusste ich gar nicht, wem welches gehört. Es ist doch hoffentlich nichts Schlimmes passiert, oder?«

Gross konnte schlecht lügen. »Doch. Das Ehepaar Lautereck-Berlingen ist bei dem Unfall ums Leben gekommen.« Er nutzte die Betroffenheit der beiden Rentner, um sich rasch zu verabschieden.

Es war nicht gerade ein journalistischer Traumjob, sich in der Außenstelle Bergzabern der »Rheinpfalz«-Lokalredaktion mit den örtlichen Kulturschaffenden, den Sportvereinen und endlos langweiliger Kommunalpolitik herumzuschlagen. Sogar um das Millionengrab Schlosshotel, das einige Jahre lang immer mal wieder für interessante Recherchegelegenheiten gesorgt hatte, war es ruhig geworden. Wasser auf die Mühlen der Kritiker: Die Steuermillionen hatten nicht dazu geführt, einen funktionierenden Wirtschaftsbetrieb zu initiieren. Zwei Betreiber waren bereits gescheitert. Ein dritter versuchte es nun mit deutlich abgespecktem Angebot und »Steak aus dem Broilergrill« anstatt mit früherer Sternegastronomie.

Obwohl er prinzipiell nichts gegen Steak einzuwenden hatte, bedauerte Martin Peust den kulinarischen Rückschritt ebenso wie das Abflachen des Dauerstreits um die Finanzierung des Hotels in der ehemaligen Remise des Bergzaberner Schlosses. In dem überalterten Kurstädtchen war schon lange nichts mehr los gewesen.

Frustriert strich er über seinen gewaltigen Bauch, eine Geste, die aussah, als wollte er ein riesiges, wenn auch träges Tier beruhigen. Aß er zu viel, weil ihn die Arbeit so sehr langweilte, wie er gern als Entschuldigung vorbrachte? Wer ihn länger kannte, bezweifelte diesen Erklärungsversuch.

Peust hatte schon als Volontär hundertfünfunddreißig Kilo gewogen. Er aß einfach gern, je fetter, je lieber. Sein Büro in der Bergzaberner Altstadt roch wie eine Leberwurstfabrik. Er konsumierte die Pfälzer Spezialität tagsüber dosenweise mit frischem Schwarzbrot, Gurke und Löwensenf. Einer manchmal in der Pfalz geäußerten Auffassung, nur schlechte bis mäßige Leberwurst brauche Senf, mochte er sich nicht anschließen.

Abends durften es ruhig auch warme Speisen sein. In den besseren Restaurants und Weinstuben der Südpfalz war der Redakteur gern gesehener Gast. Dort begrüßte man ihn sehr entgegenkommend mit: »Guten Abend, Herr Peust. Schön, dass Sie mal wieder hier sind.« Und nicht mit »Ach Gott, die Walz aus der Pfalz« oder »Na, Pfundskerl«, wie es sein in Köln gebürtiger Kumpel tat, wenn sie sich in ihrer Stammkneipe trafen.

War er unglücklich über seine Fettleibigkeit? Wenn er darüber nachdachte, fand er, die Frage sei falsch gestellt. Natürlich war er unglücklich darüber, dass er mit seiner Körperform bei Frauen nicht eben auf Begeisterung stieß. Früh schon hatte das offenkundige Desinteresse der Mädels an seiner männlichen Ausstrahlung Spuren hinterlassen. Bis heute war er, obwohl sprachbegabt, extrem ungeübt darin, mit Frauen zu sprechen, sobald sich die Thematik auch nur in Ansätzen seinem männlichen Interesse an der jeweiligen Gesprächspartnerin näherte.

Theoretisieren konnte er gut. Als durchaus witziger Kumpel und Gesprächspartner bei unverfänglichen Themen war er geschätzt. In der Schule war unter den Mädchen hin und wieder der Begriff »treue Seele« gefallen. Das barg ein gewisses Lob, aber auch eine leichte Geringschätzigkeit, was sich darin zeigte, dass dem gut aussehenden, mit Vergnügen Herzen brechenden Fiesling Reiner aus seiner Abiturklasse dieselben Gänschen in Scharen hinterherliefen. Bei ihm heulten sie sich dann aus, wenn Reiner sie wieder abserviert hatte.

Prinzipiell hatte sich die im wahrsten Sinne des Wortes unbefriedigende Situation nicht geändert. Jungfrau war er natürlich längst nicht mehr, aber nur, weil er für Sex bezahlte.

War er deshalb unglücklich? Eben nur manchmal. Würde er deshalb auf seine Leberwurstbrote und die regelmäßigen Ausflüge in die umliegende Gastronomie verzichten? Natürlich nicht. Das waren seine Glücksmomente. Sportliche Betätigung oder größere Wanderungen waren ihm ein Gräuel. In diesem Punkt vermisste er nichts.

Dafür fuhr er regelmäßig zu Konzerten und besaß eine beachtliche Sammlung von Jazz-Aufnahmen unterschiedlichster Stilformen seit dem Aufkommen des Bebop in den vierziger Jahren. Gemütlich im Sessel sitzend konnte er mit den rasenden Melodiefetzen eines Charlie Parker oder eines Benny Williams viel anfangen. Bei der Bewegung seines eigenen Körpers dagegen war ihm alles Rasende fremd.

Peust war kein übler Journalist. Zumindest seiner eigenen Ansicht nach. Er konnte sogar einem Kindergartenfest einen gewissen Nervenkitzel abringen, sobald er die dröge Realität hinter sich hatte und an seinem Computer saß. Aber sein Herz gehörte dem investigativen Journalismus. In Ermangelung wirklicher Sensationen neigte er dazu, hinter völlig harmlosen Ereignissen den ganz großen Skandal zu vermuten, den er aufzudecken hatte. Seine Fragerei und seine Vermutungen gingen nicht nur dem Bürgermeister und dem Kurdirektor auf die Nerven, die manchmal schon überlegten, mit welchen Informationen sie ihn füttern konnten, damit er sie in Ruhe ließ. Auch seine Kollegen und der Chef der Lokalredaktion in Landau waren wiederholt nicht eben begeistert gewesen von wilden Spekulationen, die er ohne Abstimmung und in erheblichem Widerspruch zu seriösen journalistischen Grundsätzen ins Blatt schob. Er konnte froh sein, dass es nie dazu gekommen war, ihn wegen Verletzung von Persönlichkeitsrechten zu verklagen.

Knapp davor war es manchmal gewesen. Der Chef hatte ihm kürzlich sogar gedroht, er werde ihn rausschmeißen, wenn er »weiter solche Hämmer ins Blatt stellt, ohne sich mit uns abzusprechen. Lieber lasse ich die Außenstelle in Bergzabern schließen«.

Eine Mail aus Landau kam herein. »Kannst du damit was anfangen?«, stand da. Im Anhang befand sich eine Todesanzeige, die am nächsten Tag erscheinen sollte, aufgegeben vom Krankenhaus. Die Personalabteilung bedauerte den Tod ihrer lieben Kollegin Dr. Brigitte Berlingen. Sie war »durch ein tragisches Unglück mitten aus dem Leben gerissen« worden.

Berlingen? Das ist doch die Elsässer Familie, die auf Sankt Peter wohnt, dachte Peust. Er war einmal dort eingeladen gewesen, als einige Winzer, die wohl mit dem alten Berlingen befreundet waren, ein »Sommerfest« feierten, wie sie es nannten. Gab der Todesfall etwas her? Er könnte einen Nachruf schreiben, fünfzehn, zwanzig Zeilen.

Aber tragisches Unglück? Da musste er doch mal nachfragen. Peust griff zum Telefon und wählte die Nummer des Krankenhauses.

Der Staatssekretär im Weinbauministerium – genauer: Ministerium für Umwelt, Landwirtschaft, Ernährung, Weinbau und Forsten Rheinland-Pfalz, wie es in dieser Legislaturperiode hieß – zeigte sich »zutiefst betroffen«, hatte jedoch, wie er Hochdörffer versicherte, »keinerlei Kenntnis von Unregelmäßigkeiten oder gravierenden Konflikten innerhalb der Abteilung von Herrn Lautereck oder der Abteilung mit Außenstehenden«. Die rheinland-pfälzische Weinkontrolle habe einen ausgezeichneten Ruf, selbst bei den Winzern und Kellereien. Gerd Lautereck kenne er als außerordentlich integren, zuverlässigen Beamten. Berufliche Motive für einen Mordanschlag könne er sich überhaupt nicht vorstellen. Aber natürlich stehe er den polizeilichen Ermittlungen jederzeit mit Rat und Tat voll zur Verfügung.

Warum nur habe ich mir dieses Statement ganz genau so vorgestellt?, fragte sich Hochdörffer, als er die Nummer von Lauterecks Stellvertreter Dieter Kirsch wählte, um vielleicht doch etwas mehr als Worthülsen zu hören.

»Ich kann Ihnen eine Menge Konflikte nennen, die wir immer wieder haben«, sagte der Mann großsprecherisch. »Weine in Supermärkten von obskurer Herkunft, Riesenmengen eines Weines, die gar nicht existieren können, fehlerhafte Weine, die wir aus dem Verkehr ziehen müssen. Dafür sind wir schließlich da, oder?«

Hochdörffer mochte die Art des Kerls nicht, obwohl er ihn noch nie gesehen hatte. »Das heißt, Sie haben ständig Ärger?«

»Nein, natürlich nicht. Vieles läuft auch auf der Ebene von Beratung. Auch was unsere Kontrolleure in den Weinbaugebieten machen. Manchmal haben wir den Eindruck, wir sind staatlich finanzierte Fachberater der Winzer.«

»Herr Kirsch, gab es in letzter Zeit irgendetwas Auffälliges, Ungewöhnliches, das Sie uns berichten können? Selbst wenn es Ihnen ganz unbedeutend erscheint, hilft es uns vielleicht dennoch weiter.«

»Na ja, Gerd brachte letzte Woche einen anonymen Brief mit

ins Büro, den ihm jemand nach Hause geschickt hatte. Warten Sie, er muss noch bei ihm im Büro liegen.« Kirsch brauchte nur wenige Sekunden, um das Papier zu finden. »Man muss wissen, dass immer mal wieder anonyme Beschimpfungen hier ankommen. Wir machen uns normalerweise nicht sehr viel daraus. Auf diesem hier steht: ›Hör endlich auf, die Schweigener Winzer zu schikanieren, sonst geht's dir schlecht.‹ Das bezieht sich auf die Bezeichnung von Weinen aus dem früheren Sequesterland.«

»Lassen Sie das Teil bitte sofort per Kurier zu uns schicken, auch den Umschlag, wenn er noch da ist. Fassen Sie alles nur mit Handschuhen an. Stecken Sie den Umschlag und den Drohbrief in eine Plastikhülle. Gab es eine weitere Entwicklung in der Sache mit den Winzern dort unten, seit die Drohung ankam?«

»Nicht dass ich wüsste. Ich bin aber nicht über jedes Telefongespräch informiert, das Gerd führte. Kann sein, dass er gestern oder vorgestern noch mal mit Leuten von da unten gesprochen hat.«

Falls Lautereck nach dem Erhalt des Briefes noch mal mit den Schweigenern Kontakt aufgenommen und womöglich seine Haltung bestätigt hatte, konnte der Drohbrief relevant sein. Wenn nicht, war es unwahrscheinlich, dass der Täter ihm gedroht und gleich darauf gehandelt hatte. Sie würden das überprüfen müssen.

»Danke, Herr Kirsch. Das war es vorerst. Bitte schließen Sie das Büro von Herrn Lautereck ab und verwahren Sie den Schlüssel. Es könnte sein, dass wir es uns ansehen müssen. Es sollte unberührt sein.« Ein gutes Gefühl hatte Hochdörffer bei seinen Worten nicht. Die Anweisung war sinnlos, wenn Kirsch mit der Sache zu tun haben sollte. Davon ging er allerdings nicht aus.

Das Gespräch im Krankenhaus wollte Hochdörffer vor Ort führen. Er setzte sich in sein Auto und fuhr nach Bergzabern. Der Chefarzt, Dr. Stein, den er aus einer Besprechung holen musste, sprach schon auf dem Weg zu seinem Arztzimmer von der »schlimmen Sache« und dem »großen Verlust«. Auch die Presse habe ja bereits angerufen.

Hochdörffer war wie elektrisiert. Hoffentlich sind keine Informationen über die Umstände des Unfalls durchgesickert, dachte er. »Was haben Sie denen erzählt?«, fragte er ungeduldig, als er auf dem Besucherstuhl des Arztzimmers Platz nahm.

Dr. Stein lehnte sich zurück und hob abwehrend die Arme. »Ich habe gar nichts erzählt, Herr Kommissar. Wir sind es gewohnt, Details über unsere Patienten nur an Angehörige zu geben. Der Journalist hat einen Arzt aus der Abteilung angerufen und wollte wohl ein paar Informationen für einen Nachruf. Nun, Frau Berlingen war eine ausgezeichnete Chirurgin. Ehrlich gesagt frage ich mich, warum Sie nach einem Verkehrsunfall ermitteln. Es war doch ein Unfall, nicht wahr? Das hat mir zumindest der Vater der Verstorbenen mitgeteilt.«

Hochdörffer entspannte sich. Seine Sorge wegen des Journalisten war unnötig gewesen. »Nun, Herr Dr. Stein, um die Diskretion, die Sie angesprochen haben, muss ich Sie tatsächlich dringend bitten, um unsere Ermittlungen nicht zu gefährden. Wir haben nämlich Grund zu der Annahme, dass der Unfallwagen gezielt manipuliert wurde. Sie verstehen jetzt, warum ich hier bin.«

Dr. Stein erstarrte. »Das kann ich nicht glauben«, brachte er hervor. »Wer sollte so etwas …?« Dann schwieg er und bemühte sich sichtlich, den Blickkontakt zu seinem Gegenüber zu halten, um nicht fahrig zu wirken.

Hochdörffer hatte den Eindruck, dass der Chefarzt mehr wusste. Er wirkte verstört und hatte Mühe, die Haltung zu wahren. Der Kommissar nahm sich vor, dieser überaus heftigen Reaktion auf den Grund zu gehen. Am besten frontal und sofort, bevor Dr. Stein sich gefangen hatte.

»Herr Dr. Stein, ich habe den Eindruck, Sie kennen einen Grund, Frau Berlingen nach dem Leben zu trachten. Was ist passiert? Sagen Sie es bitte.«

Hinter der gut trainierten Fassade des Arztes arbeitete es. Er trug ein paar Sekunden lang einen inneren Kampf aus, bevor er antwortete. »Frau Dr. Berlingen war wie gesagt eine ausgezeichnete Ärztin. Dennoch ist es manchmal nicht zu vermeiden, dass ein Patient oder seine Angehörigen mit dem Ergebnis der Behandlung nicht zufrieden sind. Dr. Berlingen hatte dieser Tage eine Operation an der Halswirbelsäule einer Patientin durchzuführen, die nicht das gewünschte Ergebnis brachte. Aufgrund einer Verletzung des Rückenmarks wird die Frau künftig im Rollstuhl sitzen müssen. Natürlich waren die Beteiligten über das Risiko informiert. Dennoch hat vor allem der Ehemann der Patientin sehr ungehalten reagiert und Frau Berlingen bedroht.«

»Was hat er gesagt? War die Ärztin mit ihm allein?«

Dr. Stein faltete wie flehentlich die Hände und schüttelte sie leicht. »Er sagte, sie werde das büßen. Aber sehen Sie, wir sind davon ausgegangen, dass man das nicht überbewerten darf. Der Mann war psychisch schwer belastet. Er befand sich in einer Schocksituation. Ich wäre nie auf die Idee gekommen, dass er ihr nach dem Leben trachten könnte.«

Nun musste Hochdörffer ihn bremsen. »Das wissen wir nicht. Bitte ziehen Sie keine voreiligen Schlüsse. Der Ehemann von Frau Berlingen saß mit im Auto und ist ebenfalls bei dem Unfall ums Leben gekommen. Der Anschlag kann genauso gut gegen ihn gerichtet gewesen sein. Wir ermitteln in viele Richtungen. Dennoch werden wir den Mann der operierten Frau überprüfen müssen. Ist die Patientin noch hier?«

»Leider nein. Ihr Mann hat diese Frau Keller, so hieß die Patientin, gegen unseren ärztlichen Rat sofort verlegen lassen. Sie wurde heute ins Städtische Klinikum Karlsruhe überstellt.«

Hochdörffer bat um die Adresse des Mannes und stellte eine letzte Frage. »Wer außer Ihnen und Frau Dr. Berlingen wusste von der Drohung des Mannes?«

»Soweit ich weiß, niemand.«

Als Hochdörffer das Krankenhaus verließ, sah er auf seine Uhr und entschied, sofort nach Rohrbach zu fahren, wo Peter Keller und seine Frau wohnten.

Zwanzig Minuten später stand er vor einem relativ neuen Einfamilienhaus in der Gartenstraße. Das Garagentor war offen und gab den Blick frei auf einen VW Passat und eine Suzuki Hayabusa. Hochdörffer trat näher und besah sich das glänzende Luxusgefährt.

»Gefällt es Ihnen? Suchen Sie ein Motorrad? Wir werden es verkaufen«, sagte ein Mann in blauer Arbeitskleidung, der aus dem Garten kam. »Es gehört meiner Frau. Sie wird nicht mehr damit fahren.« Den letzten Satz fügte er leise und mit gesenktem Blick hinzu.

»Nein, Motorradfahren ist mir zu gefährlich«, brummte Hochdörffer. »Aber es ist eine schöne Maschine. Ich bin wegen einer anderen Sache hier.«

Peter Keller wirkte nicht allzu überrascht, als der Polizist ihm seine Dienstmarke zeigte. »Hätte ich mir denken können. Das hat gerade noch gefehlt«, sagte er mit bitterem Lachen. »Erst zerstören sie unser Leben, dann jagen sie uns die Polizei auf den Hals, weil man ein bisschen laut geworden ist mit den Göttern in Weiß.« Er bat Hochdörffer ins Haus, bot ihm aber keinen Sitzplatz an.

Die beiden Männer standen in einem hübsch und auf einfache Art individuell eingerichteten Wohnzimmer. Keller wirkte feindselig und emotional aufgeladen.

Hochdörffer verlor keine Zeit. »Herr Keller, Sie wissen, um was es geht. Ihre Frau wurde operiert. Das Ergebnis fiel nicht so aus, wie alle es sich gewünscht hätten. Sie haben daraufhin die Ärztin bedroht.«

Es war unübersehbar, dass in Keller erneut die Wut hochkochte. Er kam näher, blieb dicht vor Hochdörffer stehen und sah ihm direkt in die Augen. Plötzlich schrie er los: »Ja, ja. Na und? Hab ich gemacht. Dann bin ich schnell aus der Tür, damit ich ihr nicht an den Hals gehe. Was hätten Sie gemacht, wenn man an Ihrer Frau so herumschnippelt, dass sie nie wieder laufen kann? Hätten Sie sich bedankt bei der Frau Doktor? Ich hätte sie am liebsten kaltgemacht. Kann man das verstehen oder nicht?«

»Beruhigen Sie sich. Verstehen kann man vieles, aber nicht billigen. Schon gar nicht, dass zusätzlich zwei Menschen sterben müssen, weil eine Ärztin möglicherweise einen Fehler gemacht hat.«

Der Mann hörte ihm gar nicht zu und tobte weiter. »Ein Krankmachhaus, kein Krankenhaus! Mordlust bekommt man da, bei so einer Pfuscherei, ja! Aber ich kann ja nicht ins Gefängnis gehen und meine Frau alleinlassen. Sie braucht mich jetzt. Trotzdem werde ich das durchziehen. Ich werde die drankriegen. Es ist schon alles in die Wege geleitet. Das macht meine Frau auch nicht wieder gesund. Aber Strafe muss sein.«

Hochdörffer wurde ebenfalls wütend. »Selbst wenn es sich um einen Behandlungsfehler handeln sollte, was ich nicht weiß, haben

Sie nicht das Recht zur Selbstjustiz. Heute Morgen ist Frau Dr. Berlingen in einem Fahrzeug mit manipulierten Bremsen verunglückt. Sieht so die Strafe aus, von der Sie sprechen?«

Keller sah ihn ungläubig an, ging einige Schritte zum Sofa und setzte sich. »Was, die ist gestorben? Das ist doch nicht zu fassen.« Er dachte einen Moment nach. »Was weiß ich, vielleicht hat sie noch mehr Leuten das Leben verpfuscht. Dann ist ja jetzt wenigstens Schluss damit. Soll ich das bedauern?«

Hochdörffer blieb stehen und sagte ins Blaue hinein: »Herr Keller, niemand sonst hatte gerade in den letzten Wochen Anlass, sich über die Arbeit der Ärztin zu beschweren. Sie womöglich auch nicht. Aber Sie haben die Frau bedroht und die Bremsleitungen an ihrem Auto entfernt. Zwei Menschen sind gestorben.«

»Halt, halt!«, schrie der Mann und stand wieder auf. »Sind Sie verrückt? Wollen Sie mir das anhängen? Wie kommen Sie darauf? Ich habe damit überhaupt nichts zu tun.«

»Nein? Wo waren Sie heute Nacht?«

»Hier, in meinem Bett. Das heißt, erst ab etwa vierundzwanzig Uhr. Ich war nämlich bis um elf bei meiner Frau im Bergzaberner Krankenhaus.«

»Und vorher waren Sie noch in Landau?«

»In Landau? Überhaupt nicht. Was soll ich in Landau?«

Ob der Mann ein guter Schauspieler war oder nicht wusste, dass Dr. Berlingen in Landau wohnte, vermochte Hochdörffer nicht zu sagen. Die unverhohlene Wut, die er kaum verbergen konnte oder wollte, die deutliche Aussage, dass er den Tod der Ärztin nicht bedauere, jetzt der ebenso emotional aus ihm herausbrechende Widerspruch gegen den Vorwurf, den Wagen manipuliert zu haben: Verbarg sich dahinter ein aggressiver, gewaltbereiter Charakter, oder war es nur die wütende Reaktion eines verzweifelten Mannes, die Keller kaum zu beherrschen vermochte?

Hochdörffer wusste es nicht. Die Drohung, die Keller ja zugab, reichte nicht, um ihn festzunehmen. »Wir sprechen uns noch, Herr Keller. Ich rate Ihnen sehr, sich zur Verfügung zu halten.«

Trotzig rief ihm Keller hinterher: »Das verspreche ich Ihnen nicht. Ich habe nämlich eine querschnittsgelähmte Frau, um die ich mich kümmern muss. Außerdem muss ich einen Prozess gegen ein Krankenhaus anleiern. Und eine Arbeit habe ich auch noch. Da werde ich nicht oft zu Hause sein.«

Sie würden Peter Keller überprüfen müssen. Hochdörffer rechnete nicht damit, dass es eine Akte über ihn gab. Er würde einen Computerspezialisten herschicken, der feststellen sollte, ob vom Handy oder vom Computer aus nach der Adresse von Brigitte Berlingen gesucht worden war.

Heute Abend musste es sein. Nach dem Abendessen, wenn Hendrik und Jens sie allein ließen. Jan Badenhop fürchtete sich vor dem Gespräch. Nicht weil er glaubte, er könne mit Ingrid nicht über alles reden. Sie würden sogar *darüber* reden können. Doch danach wäre zwischen ihnen alles anders. Ihr Zusammenleben, das er so sehr schätzte, war gefährdet. Das Argument ›hättest du halt die Finger von der anderen Frau gelassen‹ lag auf der Hand. Dabei hatte er immer gedacht, niemand, der in einer wirklich guten Beziehung lebt, würde sich ernsthaft verlieben. War das nicht eine Begründung von Menschen, die ihre Partner verließen oder betrogen? Dass sich daran, wenn es schon keine offensichtlichen Eheprobleme gab, Gleichgültigkeit zeige und innere Emigration?

Badenhop fand in ihrer Ehe keine Erklärung für sein Verhalten. Das war es nicht. Er allein war schuld, nur er. Zunächst waren da die Neugierde, die Faszination des Neuen, der Reiz der ganz anderen Frau, die sexuelle Anziehung. Dieser sehr warme, weiche Frauentyp. Anders als Ingrid, natürlich nicht besser. Beide klug. Beide wunderbare Menschen. Dann hatte er sich eingelassen und plötzlich die Angst gespürt, Katrin wieder aufzugeben. Es war wie ein Sog. Hätte er sich wehren können, müssen? Natürlich, aber als die Sogwirkung eingesetzt hatte, war es bereits zu spät.

Katrin hatte ihm nicht zugeredet, einen Strich zu ziehen, wie man so schön sagt. Sie hatte seinen Arm gestreichelt und gemeint, sie sei sicher unglücklich, wenn sie sich nicht mehr sähen. Aber noch sei es weniger schlimm als später, auch für ihn. Er solle sich um Himmels willen genau überlegen, ob er wirklich seine Ehe aufs Spiel setzen wolle.

Badenhop hatte zwei Gründe genannt, warum er mit Ingrid sprechen musste. Erstens, weil es diese Vereinbarung zwischen ihnen gab, über ernsthafte Gefährdungen ihrer Ehe zu reden. Zweitens, weil er die verlogene Heimlichtuerei der letzten Wochen nicht mehr aushielt. Das war erniedrigend für alle Beteiligten. Er hatte Katrin angesehen, dass sie Letzteres noch stärker empfand als er selbst.

Beim Abendessen blieb er wortkarg, ließ die Jungs erzählen, von der Schule, vom Sport. Hendrik, zwei Jahre jünger als der sechzehnjährige Jens, hatte vor zwei Wochen ausgeplaudert, was Jens wohl noch nicht berichtsreif fand. Jens »geht jetzt mit einer Tusse«, hatte er mit einer Mischung aus Bewunderung und Ekel erklärt. Doch Jens gab auch heute keine näheren Informationen darüber ab. Und Jan und Ingrid Badenhop stellten keine Fragen.

Als der Essenstisch aufgeräumt und die Jugendlichen in ihren Zimmern verschwunden waren, gab Badenhop sich einen Ruck.

»Ingrid, wir müssen uns unterhalten.«

Seine Frau sah auf, nickte und sagte, während sie es sich im Wohnzimmer bequem machten: »Das glaube ich auch. Ich merke, dass dich etwas beschäftigt. Wenn du dabei nicht so trübselig wärst, würde ich sagen, du hast eine Affäre. Also, raus damit. Ich bin froh, wenn ich dir nicht die Würmer aus der Nase ziehen muss.«

Badenhop erzählte. Vom zufälligen beruflichen Kennenlernen, von der außergewöhnlichen Situation, die zur ersten Nacht geführt hatte, was er noch relativ harmlos finden konnte, von der für ihn überraschenden Feststellung, dass es mehr war als nur eine Affäre, obwohl er doch in einer wunderbaren Familie lebte, von seinen Schuldgefühlen, seinem Gefühl der Ausweglosigkeit.

Er fühlte sich erleichtert, endlich zu reden. Noch mehr, als er spürte, wie aufmerksam und ruhig Ingrid ihm zuhörte, obwohl sie blass und ernst aussah.

Als er geendet hatte, fragte sie: »Du liebst diese Frau wirklich?«

»Ich fürchte, ja. Ich hatte gehofft, dass es nicht so ist.«

»Und du würdest das hier alles aufgeben?« Sie sah ihn an, als sei er nicht recht bei Trost.

»Nein, Ingrid, das will ich nicht. Das ist ja das Schlimme. Ich liebe dich und die Jungs nicht weniger als vorher. Ich weiß nicht, wer das gesagt hat, aber ich habe den Eindruck, dass es richtig ist: Liebe ist kein Kuchen. Man kann sie beliebig oft teilen, ohne dass einer deshalb weniger bekommen muss. Das hört sich vielleicht bescheuert an.«

»Da hast du recht«, sagte seine Frau ungehalten. »Soll das ein Plädoyer für die Vielweiberei sein? Mach dich nicht lächerlich, Jan. Damit kommst du bei mir nicht durch.«

Er fühlte sich sofort wieder schuldig und unglücklich. »Ich will nicht irgendwo durchkommen. Ich will einen Ausweg suchen, ohne euch allzu lange mit dieser Situation zu belasten. Ich hoffe nur, Ingrid, dass wir weiterreden und eine Lösung finden können, ohne Gemeinheiten, ohne bösartige Vorwürfe.«

Ingrid Badenhop schüttelte kaum merklich den Kopf, unbewusst vermutlich. »Das ist ein schöner Wunsch, Jan. Verständlich vor allem aus deiner Sicht. Ich weiß nicht, ob ich das kann. Im Augenblick bin ich merkwürdig ruhig. Ich glaube, ich stehe unter Schock. Für heute reicht es. Ich gehe schlafen.«

Wenig später folgte Jan Badenhop seiner Frau ins Schlafzimmer. Sie war noch wach. Als er ins Bett kam, sagte sie in einem Ton, der absolut keinen Widerspruch duldete: »Fass mich ja nicht an.«

FÜNF

Sie hatte es nicht wahrhaben wollen, obwohl ihr der Verdacht gekommen war. War es das – nach fast zwanzig Jahren? Jetzt, da die Kinder bald erwachsen waren und sie ihrem Mann vor einem Jahr hierher in die Provinz gefolgt war?

Ingrid Badenhop war heute Morgen einfach liegen geblieben, wie sie es nur sehr selten tat. Jan und die Jungs sollten sich selbst um ihr Frühstück kümmern. Für Hendrik und Jens war das sowieso unkompliziert. Sie schliefen bis zum letzten Moment, machten sich eilig fertig und schlangen ein paar Cornflakes hinunter, bevor sie aus dem Haus rannten.

Jan hatte es immer gern gehabt, morgens mit ihr zu frühstücken. Sie auch. Heute hatte sie keine Lust dazu. Würde sie jemals wieder Lust dazu haben?

Sie hatte lange wach gelegen in der vergangenen Nacht und sich mehrfach gefragt, ob sie sich in diesem Mann getäuscht hatte. War er so wie die meisten Männer? Unstet in Liebesdingen, immer offen für etwas Neues, Junges? War es das unberechenbare Noch-einmal-etwas-ausprobieren-Wollen, das man Midlife-Crisis nannte? Kannte sie diesen Mann noch, dem sie fast ihr halbes Leben lang in fast jeder Situation vertraut hatte?

Es ging also schon einige Wochen lang. Wie oft hatte er sie belogen in dieser Zeit? Wie oft hatte er sich mit dieser Frau im Bett vergnügt, während sie zu Hause den Haushalt und die Jungs versorgte und dachte, er würde arbeiten? Er hatte ihre Dienste in Anspruch genommen. Dabei hätte sie sich ein anderes Leben denken können, als in der Pfalz ihrer Familie den Haushalt und sonst nichts zu machen. Wozu hatte sie studiert? Um mit Mitte vierzig allein zu Hause zu sitzen und zuzusehen, wie ihr Mann sich mit einer anderen herumtrieb? Was hatte er aus ihrem Vertrauen gemacht, das ihnen all die Jahre so wichtig gewesen war?

Ob er mit der anderen auch schon unter die Leute ging? Wussten sogar seine Kollegen bereits davon? War nur sie die Doofe? Das konnte sie nicht wirklich glauben, aber in ihrem Zorn, der in der Nacht über sie gekommen war, je mehr sie nachgedacht hatte, konnte sie kaum noch anders als schlecht von dem Saukerl denken, der neben ihr lag. Da schnaufte er ruhig und zufrieden. Sie hatte Lust, aufzustehen, einen Prügel zu suchen und auf ihn einzuschlagen, auf diesen zufrieden schlummernden Verräter.

Es hatte in dieser Nacht auch einen anderen Impuls in ihr gegeben. Sich zu ihrem Mann hinüberzubeugen, ihn zu umarmen und ihn einfach zu bitten, diese andere Beziehung zu beenden. Vielleicht sogar zu sagen: Leb es ein Weilchen aus, und dann komm zurück. Sie wollte ihn nicht hergeben, sie wollte ihn behalten.

Es hatte so viel Schönes in ihrem Leben gegeben, und es gab keinerlei Anzeichen, dass es nicht wert wäre, weitergeführt zu werden. Schwierige Zeiten hatte sie auch erlebt, als die Kinder noch klein waren oder als Jan sich mit der verkorksten Situation im Hamburger Kommissariat gequält hatte. Doch sie hatten immer zusammengehalten. Er konnte doch nicht einfach alles zurücklassen!

Konnte er doch? Er war drauf und dran, es zu tun. Er hatte die Frau in Spanien kennengelernt, kannte sie kaum und wusste dennoch nicht, ob er seine Familie für sie verlassen wollte? Wie viel war ihm dann seine Familie noch wert? Angeblich viel, aber wie konnte er ihr das antun? Das war herzlos, rücksichtslos, auch gegenüber den Kindern.

Sie durfte sich das nicht bieten lassen. Keinesfalls.

Wütend stand sie auf.

Mysteriöse Todesfälle
(peu) Das Krankenhaus in Bad Bergzabern beklagt den Verlust »eines der fähigsten Mediziner des Hauses«. So kommentiert ein Kollege den Tod der gestern verunglückten Dr. Brigitte Berlingen-Lautereck. Die französische Staatsbürgerin habe acht Jahre lang als hervorragende Chirurgin vielen Menschen geholfen, zuletzt als Oberärztin unter Chefarzt Dr. Stein. Dr. Berlingen war die Tochter des Elsässer Anwalts Daniel Berlingen, der vor Jahren Sankt Peter bei Wissembourg gekauft und renoviert hat und dort mit seiner Familie wohnt. Mit Dr. Brigitte Berlingen-Lautereck starb auch ihr Mann Gerd Lautereck, der als Ministerialrat im Weinbauministerium die rheinland-pfälzische Weinkontrolle leitete.

Der Wagen des in Landau wohnhaften Ehepaares kollidierte gegen acht Uhr in der Nähe der Autobahnausfahrt Neustadt-Nord mit einem Lastwagen. Die Umstände des Unfalles scheinen mysteriös. Die Verkehrspolizei in Neustadt gibt sich extrem wortkarg. Angeblich habe der Wagen des Ehepaares nicht rechtzeitig gebremst. Es stünden Ermittlungen an, über die jedoch derzeit nichts gesagt werden könne. Auch um welche Art Ermittlungen es sich handelt, war nicht zu erfahren.
Die auffällige Heimlichtuerei könnte darauf hindeuten, dass mit dem Unfallwagen etwas nicht in Ordnung war. Staatsanwältin Karin Welsch antwortete gegenüber dieser Zeitung auf die Frage, ob im Zusammenhang mit dem Unfall die Kriminalpolizei eingeschaltet sei, nicht mit »nein«. Sie erklärte lediglich, dazu könne sie nichts sagen.

Der enge Wirtschaftsweg wand sich aus Schweigen heraus in Richtung Wald. Jan Badenhop hatte nicht bemerkt, dass er die Grenze zu Frankreich überfahren hatte, als er kaum dreihundert Meter hinter dem letzten Haus des Dorfes auf ein schmiedeeisernes Tor zufuhr. Von dem Anwesen dahinter ragten nur die Zacken eines aus Sandstein gebauten Turmes über den engen Baumbewuchs hinaus.

Ein etwa fünfunddreißigjähriger Mann mit markanten Gesichtszügen, großen braunen Augen und dunklen, zum Pferdeschwanz zusammengebundenen Haaren öffnete ihm die Tür. Ein gewaltiger, wenig vertrauenerweckender Bernhardiner, der mit dem ersten Klingelton zu bellen begonnen hatte, stand hinter ihm.

»Herr Badenhop? Ich bin George Berlingen. Kommen Sie ruhig herein«, sagte der Mann und streckte Badenhop die Hand hin. Mit Blick auf den Hund erklärte er: »Wenn wir dabei sind, macht er nichts. Andernfalls würde ich niemandem raten, das Grundstück zu betreten.«

Sie gingen über einen gepflasterten Weg, der an einem Gartenstück vorbei zu einem Torbogen aus Sandstein führte. Dahinter befanden sich der parkähnliche Burghof, der Turm sowie das Wohngebäude. George Berlingen bat Badenhop an einen Tisch in einer Art Arkade und ging ins Haus, um seine Eltern zu holen.

Als sie alle beisammensaßen und Badenhop sein Beileid ausgesprochen hatte, sagte Daniel Berlingen: »Ein gemeinsamer Freund, Stefan Schwörer, hat mir von Ihnen erzählt, von dem Kommissar aus Hamburg, der in der Pfalz ermittelt und dem er gern den Wein näherbringen möchte. Es ist sehr schade, dass wir uns bei dieser traurigen Gelegenheit kennenlernen.«

Badenhop gab ihm recht und beteuerte, dass ja vielleicht auch wieder erfreulichere Gelegenheiten kämen. Er berichtete den konsternierten Hinterbliebenen, dass der Unfallwagen nachweislich manipuliert worden war und die Polizei um absolute Diskretion bat.

Louise Berlingen hatte ihr Gesicht mit den Händen bedeckt. Ihr Mann stammelte mit gesenktem Kopf: »Es ist wie ein Alptraum. Wer tut so etwas?«

Das frage ich mich auch, dachte Badenhop, sagte jedoch: »Wir arbeiten daran, es herauszufinden. Dabei können Sie uns vielleicht helfen. Im Augenblick wissen wir nicht, wem der Anschlag galt. Herrn Lautereck, Ihrer Tochter und Schwester oder beiden. Ist in jüngerer Zeit etwas passiert, das jemandem Anlass geben könnte, einem von beiden oder beiden nach dem Leben zu trachten?«

Die drei Familienmitglieder sahen sich wechselseitig an. Daniel Berlingen zuckte mit den Schultern und schüttelte dann den Kopf. »Gerd hat sich bei den Winzern hier ziemlich unbeliebt gemacht«, sagte er resigniert, »weil seine Abteilung ihnen die Gewannennamen für Weine aus den elsässischen Weinbergen verbietet. Aber deshalb bringt man doch niemanden um! Außerdem ist die Rechtslage ziemlich eindeutig, obwohl das die Winzer im Ort nicht wahrhaben wollen. Sie wird sich auch nach Gerds Tod nicht ändern. Sie wissen, wie die Pfälzer sind. Sie regen sich furchtbar auf, machen ein Riesentheater und schwingen auch mal die Fäuste. Aber so weit würde keiner von ihnen gehen. Ich kann es zumindest nicht glauben. Und Brigitte? Mein Gott, sie war so ein lieber Mensch. Sie nahm ihren Beruf wahnsinnig ernst. Einzelne, schwierige Fälle beschäftigten sie tagelang. Vor zwei Tagen hat sie meiner Frau von einer Operation berichtet, die nicht gut verlaufen ist. Sie gab sich die Schuld und war sehr niedergeschlagen. Aber ich kann mir nicht vorstellen, dass da ein Zusammenhang besteht.«

»Vielleicht doch. Wussten Sie, dass der Ehemann der Patientin Ihre Tochter bedroht hat?«

Louise Berlingen setzte sich ruckartig auf. »Was sagen Sie da? Wir hatten keine Ahnung. Ich habe meine Tochter am Tag der Operation zum letzten Mal gesehen. Sie hat mir ausführlich von der Sache berichtet. Wir haben fast zwei Stunden geredet, auch über vieles andere, das sie beschäftigte. Aber von einer Drohung sagte sie nichts. Ist der Mann gefasst?«

»Ihre Tochter hatte das Gespräch mit dem Mann einen Tag nach der Operation. Weder sie noch der Chefarzt gingen von einer echten Bedrohung aus, sondern eher von einer verbalen Überreaktion des geschockten Mannes. Er sagte etwas wie: ›Das werden Sie büßen.‹ Wir haben mit dem Verdächtigen mittlerweile gesprochen. Er bestreitet, etwas mit der Manipulation des Wagens zu tun zu haben, will aber das Krankenhaus wegen eines Behandlungsfehlers verklagen. Möglicherweise bezog sich seine Drohung ja darauf.«

»Aber es ist wohl die einzige ernsthafte Spur, wenn ich Sie richtig verstehe«, warf Daniel Berlingen ein.

Badenhop hatte das Gefühl, auf die Verschwiegenheit der Familie zählen zu können, und gab ein weiteres Detail preis: »Nein. Merkwürdigerweise wurde auch Herr Lautereck in den letzten Tagen bedroht, eindeutig aus der Ecke des Schweigener Weinbaus. Dazu eine Frage: Der Unfallwagen war auf Ihren Schwiegersohn zugelassen, ein weiterer Wagen auf Ihre Tochter. Konnte der Täter davon ausgehen, dass nur Herr Lautereck mit seinem Wagen fahren würde?«

Hier mischte sich George Berlingen erstmals ein. Seine Schwester sei zwar regelmäßig mit ihrem Wagen gefahren und Lautereck mit seinem. Aber sie hätten auch sehr häufig gewechselt. In Lauterecks SUV habe das Fahrrad seiner Schwester besser reingepasst, das sie manchmal mitnahm, um sich während einer Arbeitspause sportlich zu betätigen. Er dagegen sei ganz gern mit ihrem im Stadtverkehr wendigeren Wagen gefahren. So gesehen sei es schon möglich, dass ein Täter, der diese Situation nicht genau kannte, das »falsche« Auto manipuliert habe.

Auf Badenhops Frage gaben alle drei an, nicht gewusst zu haben, dass Brigitte Berlingen mit ihrem Mann nach Mainz fahren wollte.

Louise Berlingen fand es erstaunlich. »Brigitte hatte einen freien Tag. Was sie in Mainz oder auf dem Weg dahin wollte, kann ich mir nicht erklären. Ich hatte eher den Eindruck, die beiden hatten keine gute Phase und gingen sich lieber aus dem Weg.«

Gegen eine Durchsuchung der Wohnung in Landau auf mögliche Hinweise, die zu Motiven für die Tat führen könnten, hatten die Eltern nichts einzuwenden. George Berlingen brachte Badenhop wieder nach draußen. Der Hund, der während ihres Gesprächs an einer schattigen Stelle in ihrer Nähe gelegen hatte, trottete hinter ihnen her.

Jan Badenhop brauchte kaum eine Viertelstunde bis zum Haus der Lauterecks, das etwas abseits der viel befahrenen Oberotterbacher Durchgangsstraße stand. Er war schockiert über die Geschmacklosigkeit, mit der ein offenbar altes Fachwerkhaus zugerichtet worden war. Nur in einem östlich gelegenen Winkel war das Fachwerk noch zu sehen. Zur Straße und zum Hof hin bedeckten Eternitscheiben die Hauswand. Die strebenlosen Plastikfenster zum Hof, ehemals mit längst verschwundenen Holzläden zu verschließen, konnten nun mit grauen Rollläden abgedunkelt werden. In Richtung Hof hatte man ein unförmig großes Fenster in die Wand gebrochen. Der Hof selbst, den Badenhop durch ein niedriges Tor aus Metallstäben betrat, bestand aus Verbundsteinen ohne einen einzigen Quadratmeter freien Boden.

Eine schmallippige, schlanke Frau mit kurz geschnittenen grauen Haaren öffnete Badenhop die Haustür, nahm seine Beileidsbekundung mit einem kaum merklichen Kopfnicken zur Kenntnis und führte ihn in ein steriles Wohnzimmer, das aussah wie ein Ausstellungsraum, leblos, unbenutzt.

Über ihren Sohn Gerd könne sie nicht viel sagen und ihr Mann ebenso wenig, erklärte sie, noch bevor Badenhop eine Frage gestellt hatte.

»Wir haben ihn selten gesehen.«

Ihr Verhältnis sei nicht gut gewesen.

»Wir waren gegen seine Heirat mit dieser französischen Frau«, erfuhr Badenhop durch mehrfaches Nachfragen. Zu möglichen Konflikten konnte sie nichts sagen. Sie wusste nur, dass ihre Schwiegertochter in Bergzabern und ihr Sohn in Mainz gearbeitet hatten. »Dieses Weib hat ihn ja tatsächlich dazu gebracht, hundertzwanzig Kilometer von seiner Arbeitsstelle entfernt zu wohnen.«

Badenhop war sich sicher, dass er hier nichts erfahren würde. Er flüchtete geradezu nach kurzer Zeit aus diesem Haus.

Gross und Badenhop hatten die Befragung der von Schwörer erwähnten Winzer aufgeteilt. Vorerst ging es hauptsächlich darum, das Aggressionspotenzial der Leute festzustellen sowie nach Möglichkeit zu klären, wer für die Nacht vor dem Unfall ein Alibi hatte. Dass es um eine Mordsache ging, sollte nicht bekannt werden. Man habe eine anonyme Drohung gegen die Weinkontrolle zu klären, gaben sie nicht ganz falsch, aber auch nicht ganz richtig als Erklärung für die Nachforschungen an. Sie wollten unangemeldet alle befragen, wobei sie sich eher auf die Männer beschränkten. Sie fragten allerdings auch nach der Tätigkeit der Frauen. Wenn diese zum Beispiel selbst Weinbau gelernt hätten, könnten sie genug technische Fertigkeiten besitzen, an den Bremsen eines Fahrzeugs zu hantieren.

»Mensch, Peust, hast du noch alle Tassen im Schrank? Was sollte das mit dieser Meldung? Die Namen der Leute in der Zeitung auszubreiten? Zumindest bei der Ärztin widerspricht das allen Regeln der Zunft. Außerdem hast du absolut nichts Konkretes und spekulierst wild herum. Jeder Idiot merkt beim Lesen, dass du dir etwas aus den Fingern saugst.« Der Landauer Lokalchef Werner Rutz war echt sauer.

»Wart's ab. Ich hab so ein Gefühl«, nuschelte Peust mit vollem Mund ins Telefon.

»Und hör auf, Leberwurstbrote in dich hineinzustopfen, während ich mit dir rede, du Mops.«

»Schon gut, Chef, ich bessere mich«, murmelte Peust, während er ein weiteres, bereits mit Leberwurst bestrichenes frisches Schwarzbrot vor sich auf dem Frühstücksbrettchen besah, mit der freien Hand in ein offenes Gurkenglas griff, das Telefongespräch rasch beendete und die Gurke fein säuberlich in Scheiben schnitt, um sie auf der Leberwurst zu platzieren. Nun fehlte nur noch der Senf. Mit der Messerspitze puhlte er einen Klecks aus dem Glas und verteilte ihn als kleine gelbe Pünktchen zwischen den Gurkenscheiben. Er teilte den großen Ranken in der Mitte und biss ein großes Stück von der einen Hälfte ab. Während er zufrieden kaute, überlegte er, wie er mit dieser Unfallgeschichte weiterkam.

Er wusste selbst, dass die Meldung dünn ausgefallen war. Wen auch immer er anzapfen wollte, hatte dichtgehalten. Die Art und Weise jedoch, *wie* er keine Auskunft bekam, kannte er von anderen Gelegenheiten. Da steckte etwas dahinter.

Das Leberwurstbrot war fast verschwunden, als das Telefon klingelte. Ein Mann namens Keller machte ihm einen sonderbaren Vorschlag. »Sie haben da diesen Bericht über den Unfall der Ärztin in der Zeitung. Ich kann Ihnen dazu etwas sagen. Aber dafür will ich, dass mein Name nicht in der Zeitung erscheint, und erst recht nicht, was mir die Polizei vorwirft. Über die Sache können Sie schreiben, aber nicht meinen Namen, verstehen Sie?«

Peust hatte bisher wenig verstanden. Er biss erneut in sein Brot, brummte »Hmm«, da er nicht wieder mit vollem Mund ins Telefon brabbeln wollte, und wartete ab.

»Ich sage Ihnen nichts, wenn Sie mir nicht versprechen, unseren Namen wegzulassen«, wiederholte der Mann.

»Okay, okay, ich versprech's. Was haben Sie mit der Sache zu tun?«

Peust hatte nicht allzu viel erwartet. Doch mit jedem Satz des Mannes wurde er eines Besseren belehrt. Dessen Frau sei vor ein paar Tagen von der verunglückten Ärztin operiert worden. Als er erfahren habe, dass sie es verpfuscht hatte und seine Frau ihr Lebtag im Rollstuhl sitzen müsse, sei er ein wenig grob geworden und habe gesagt, das werde sie büßen. Mittlerweile bereite er eine Schadenersatzklage vor. Gestern sei aber die Polizei bei ihm aufgetaucht und habe ihm unterstellt, das Auto der Ärztin manipuliert zu haben, da er ihr ja schon gedroht hatte.

»Wie bitte?« Jetzt war Peust hellwach. »Das Auto wurde manipuliert? Ist das sicher? Wie genau?«

»Die Bremsleitungen waren weg.« Der Mann wirkte aufgeregt und wurde lauter. »Aber ich war es nicht, verstehen Sie? Das können Sie auch der Polizei sagen, wenn Sie mit denen reden. Es war vielleicht ein anderer, den sie auch falsch operiert hat. Ich melde mich ja bei Ihnen, weil ich da auf gar keinen Fall durch die Zeitung reingezogen werden will. Ich habe genug mit meiner kranken Frau und mit dem Papierkram wegen der Klage zu tun. Ich will nicht auch noch von meinen Nachbarn blöd angeguckt werden oder am

Ende gar meine Arbeit verlieren. Deshalb will ich nicht meinen Namen lesen, überhaupt nicht. Ist das klar?«

»Meinetwegen«, brummte Peust. »Das mit dem Kunstfehler kann ich auch ohne Namen erwähnen. Danke für den Tipp. Melden Sie sich, wenn noch etwas passiert.«

»Es ist schon was passiert. In aller Herrgottsfrühe war wieder einer von den Bullen hier und hat mein Handy und unseren Computer mitgenommen. Er hatte einen Wisch von der Staatsanwaltschaft dabei, dass er das dürfe.«

Peust beendete das Gespräch und dachte nach. Es konnte gut sein, dass dieser Keller es doch gewesen war und eine falsche Spur legen wollte. Darum ging es aber zunächst gar nicht. Wichtig war, dass die Polizei wegen Mordes ermittelte. Das konnte mit der Ärztin zu tun haben und mit diesem Keller oder jemand anderem. Zum Beispiel mit diesem Ministerialbeamten, der für die Weinkontrolle zuständig war. Vielleicht hatte die Ärztin nur zufällig im Auto gesessen.

Das wär's! Weinkontrolle! Sehr schön! Praktisch jeder aus dem Weingeschäft, den sie mit einer Panscherei drangekriegt hatten, konnte einen dicken Hals gehabt haben. Was für eine Geschichte!, dachte Peust. »Betrügerischer Winzer rächt sich an Weinkontrolleur«. Und er hatte sie exklusiv! Zuerst würde er die Chefredaktion in Landau anrufen und denen unter die Nase reiben, dass er den richtigen Riecher hatte. Dann würden ein paar weitere Anrufe anstehen.

Das Brot war verschwunden. Peust wischte die Krümel vom Schreibtisch, verstaute die Utensilien seines zweiten Frühstücks, walzte ins Bad, wusch sich die Hände, kam zurück und griff zum Telefon.

Dieser Sommer überschüttete die Pfalz mit Sonnenstrahlen. Seit Ende April hatte es kaum noch geregnet. Während sich die Kinder über das Schwimmbadwetter, Privatleute über das Grillwetter und Gastwirte über volle Terrassen freuten, wurden die Winzer langsam nervös.

Badenhop, dem Hochdörffer von den Sorgen der Winzer berichtet hatte, war erstaunt. Er war davon ausgegangen, dass die

Weinrebe sehr robust war und auch mit schwierigen Verhältnissen zurechtkam.

So einfach sei es nicht, wie man sich das im ahnungslosen grauen Norden vielleicht vorstelle, hatte Hochdörffer gestichelt. Die Reben würden zwar überleben, aber bei Weinbergen mit Trockenstress gebe es Qualitäts- und Mengenverluste, hatte er erklärt. Die älteren Pflanzen mit tiefen Wurzeln kämen immer noch zurecht. Jüngere Anlagen dagegen zeigten erste Erscheinungen von Wassermangel und müssten, wo es möglich war, bewässert werden.

Donnerwetter, was Hochdörffer alles wisse, hatte Badenhop bewundernd festgestellt.

Na ja, ein Polizist in der Pfalz müsse halt wenigstens ein bisschen Ahnung von Weinbau haben, hatte Hochdörffer weitergespottet.

»Ich arbeite daran«, gab Badenhop zurück.

Er solle sich nichts daraus machen, hatte sein Kollege eingelenkt. So genau habe er es auch nicht gewusst. Sein Nachbar, ein Winzer, habe es ihm dieser Tage erklärt.

Immerhin habe ich etwas gelernt, dachte Badenhop, als er seine Gespräche Revue passieren ließ. Zwei der befragten Winzer hatten ihm die Sache mit der Trockenheit nochmals auseinandergesetzt. Die Reben stellten das Wachstum ganz ein, oder sie bildeten zwar Zucker, ließen aber die Gerbstoffe nicht ausreifen und brachten daher rustikale, unelegante Rotweine, hatte man ihm erklärt, als anfangs, vor der Befragung, noch ein wenig Small Talk anstand.

Zum aktuellen Fall hatte er dagegen nicht viel erfahren. Er war mit Gross im Restaurant Deutsches Weintor zum Mittagessen und Informationsaustausch verabredet. Nun saßen sie an einem schattigen Platz der riesigen Gartenterrasse des Restaurants. Der weite Blick über die Weinberge bis zu den Industrieschloten von Karlsruhe und bis zum Odenwald auf der Ostseite des Rheintals veranlasste Gross zu der heimatseligen Bemerkung: »Schön haben wir's hier in der Pfalz, oder?«

»Ja, wunderbar«, gab Badenhop zurück, hob kurz den Blick und starrte wieder in die Speisekarte. Er hatte keinen Appetit und konnte auch keine Landschaft genießen. Das Gespräch mit Ingrid von gestern Abend sowie ihre Abwesenheit beim Frühstück steckten ihm noch in den Knochen. Katrin hatte er von unterwegs aus angerufen, um ihr von dem Gespräch zu berichten und sich mit ihr zu verabreden. Er wollte sie wenigstens kurz sehen und in den Arm nehmen. Darauf freute er sich ungemein.

Ihm war aufgefallen, dass nun längere Treffen nicht einfacher werden würden, weil Ingrid wusste, was vorging. Er war sich sicher, dass er nicht einfach kundtun konnte, dass er zu Katrin ging.

»Ich nehme nur einen Salat mit gebratener Hähnchenbrust«, sagte er zum wartenden Kellner.

Gross bestellte eine Rinderkraftbrühe mit Markklößchen und ein Rumpsteak. Er habe seit dem Frühstück nichts mehr bekommen, meinte er achselzuckend.

»Ja, vier oder fünf Stunden, das ist völlig unverantwortlich«, sagte Badenhop mit schiefem Grinsen. »Sie sollten immer ein paar belegte Brote in Ihrer Aktentasche haben, falls Sie mal eine unberechenbare Zeit von zwei bis vier Stunden auf einem Außentermin aushalten müssen. Sie könnten schweren Schaden nehmen. Spitzensportler verbrauchen eben viel Energie.«

Kriminalassistent Gross, der regelmäßig Langlauf trainierte, stutzte einen Moment, ehe er die Ironie in den Worten seines Chefs begriff. »Zum Spitzensport fehlt viel. Aber es stimmt schon, dass ich nicht zunehme, obwohl ich viel esse.«

»Ich beneide Sie. Aber das hier ist ja ein Arbeitsessen. Da wollen wir mal die ernährungswissenschaftlichen Fragen nicht weiter vertiefen. Also: Was haben Sie herausbekommen? Hoffentlich mehr als ich.«

Gross kramte sein Notizbuch aus seiner Aktentasche und blätterte darin. Er machte ein betrübtes Gesicht. »Alle bestätigen, dass Lautereck sich hier ziemlich unbeliebt gemacht hat, viel mehr allerdings nicht. Herr Bernhart zeigte mir seine Flaschen und seine Weinkarte. Er schreibt jetzt nicht mehr Rädling drauf, sondern RG. Das sei ärgerlich und ungerecht im Vergleich zu den anderen deutschen Winzern, die Herkünfte verwenden dürften. Aber deshalb der Weinkontrolle eine anonyme Drohung zu schicken, fand er richtig absurd. So gravierend, dass man jemandem Prügel androhte oder sonst was, sei das ja alles nicht. Ähnlich haben es auch die anderen dargestellt. Bernhart hat übrigens auch ein Alibi. Am Dienstagabend, also am Abend vor dem Unfall, hatte er eine Veranstaltung in seiner Weinstube. Da seien ein paar Suffköppe bis nach Mitternacht sitzen geblieben. Danach ist er ins Bett gegangen, was seine Frau bestätigt. Gnägy hat ebenfalls ein Alibi, in diesem Fall ein sicheres. Er ist schon die ganze Woche im Ausland verreist, sagt seine Frau.«

»Schön. Wenigstens noch einer, der es sicher nicht gewesen sein kann«, brummte Badenhop.

»Der junge Becker war von Montag bis Mittwoch mit einem Kollegen aus Birkweiler bei verschiedenen Veranstaltungen und Kundenbesuchen in Berlin«, fuhr Gross fort. »Der alte Becker hat gelacht, als ich ihm von dem anonymen Brief erzählt habe, und gemeint, da habe sich wohl einer einen Scherz erlaubt. Er hat zwar auch das Gefühl, dass die Schweigener ohne vernünftigen Grund schikaniert werden. Aber so bescheuert sei niemand, dass er die Weinkontrolle deshalb ernsthaft bedrohe. Becker ist ein richtiger Gutsbesitzer. Sitzt da in aller Ruhe, pafft so ein schmales, kubanisches Zigarillo, redet Dialekt, und man hat das Gefühl, anders als er es darstellt, kann etwas gar nicht sein. Sein Weingut ist das bekannteste im Dorf. Beckers Weine werden überall in der Welt verkauft. Seine Spätburgunder kosten übrigens ein Vermögen. Er hat gleich mehrere Rote über fünfzig Euro pro Flasche. Sie sollen aber auch die besten in Deutschland sein, schreibt einer dieser Weinführer. Äh, er war abends und nachts zu Hause. Seine Lebensgefährtin bestätigt das.« Gross machte eine Pause und trank von seinem Mineralwasser.

Badenhop nahm heute die Abschweifungen seines Assistenten in Bereiche der Weinbewertungen und der berühmten Namen hin. Er vermutete aber, dass Gross einen Besuch vergessen hatte. »Fehlt noch ein Weingut, Kuhn. Was ist mit denen?«

Gross ließ eine Art Grunzen hören. Erfreut hatte er zur Kenntnis genommen, dass seine Suppe gekommen war, die er zwischendurch auslöffelte, während er weiter berichtete. »Noch etwas zu Becker … Mmhh, nicht schlecht … Er sagt, die Sache sei so hochgekocht, dass die Weinkontrolle gar nicht mehr zurückkönne. Die müssten die Vergehen jetzt rechtlich verfolgen und korrekte Etiketten durchdrücken. Aber die Weinkontrolle bestehe ja nicht nur aus Lautereck. Es ist also keinem der Winzer damit geholfen, dass Lautereck jetzt nicht mehr da ist.«

Gross machte eine Pause. »Ich finde, das hört sich logisch an. … Mmhh … Bei Kuhn waren der junge und der alte da. Der Vater heißt Adolf. Da weiß man ja ungefähr, wann er geboren wurde, oder? Er war misstrauisch und hat gefragt, ob wir nichts anderes zu tun hätten, als uns um einen anonymen Brief zu kümmern. Oder ob was anderes dahinterstecke. Ob das Ganze am Ende mit dem Tod von Frau Berlingen und Herrn Lautereck zu tun habe. Er wusste, dass etwas von Ermittlungen in der Zeitung gestanden hatte. Ich habe das einfach bestritten und gesagt, wir wüssten schon, was wir tun. … Ah, die Markklößchen, eine Spezialität, hm, na ja, ob die hier selbst gemacht sind … Der alte Kuhn ist Witwer und hat den Betrieb schon lange übergeben. Deshalb wohnt er nicht im Weingut, sondern im Dorf. Er sagt, er war zur Tatzeit zu Hause. Bestätigen kann es niemand. Der junge Kuhn ist verheiratet. Auch er behauptet, im Bett gewesen zu sein, was seine Frau bestätigt. Handfeste Alibis von den Ehefrauen sind das nicht, aber mehr habe ich nicht.«

Badenhop nickte und stocherte in seinem Salat. »Ehrlich gesagt habe ich mir das ungefähr so vorgestellt. Ich verstehe nicht viel von Wein, aber mir kommt es völlig überzogen vor, jemanden wegen eines Wortes auf einer Weinflasche umzubringen. Natürlich kann sich etwas hochschaukeln und aus einer Mücke ein Elefant werden, wenn sich die Gemüter erhitzen. Aber das hier? Wie sehen Sie das? Sie kennen sich ja mit den Leuten hier besser aus als ich.«

Gross war überfragt. »Keine Ahnung. Man trinkt ja als kleiner Kriminalassistent nicht so häufig teure Große Gewächse. Erkennen kann man sie an der Flaschenprägung. Ob auf dem Etikett RG steht oder Rädling, hm … Mir wäre das völlig egal. Aber wenn sich die Winzer schikaniert fühlen, ist der Anlass ziemlich unerheblich, glaube ich. Dann geht es ums Prinzip, und das wird schnell hitzig. Normal wäre es nicht, aber trotzdem vorstellbar, dass einer dabei völlig überreagiert, wenn die Fronten lange genug verhärtet sind.«

Immerhin ist der Kreis der Verdächtigen kleiner geworden, dachte Badenhop und schilderte Gross, was er bei seinen Besuchen erfahren hatte. Bei Jülg seien beide Generationen anwesend gewesen und hätten übereinstimmend deutlich gemacht, dass sie sich vorläufig mit dem Stand der Dinge abgefunden hatten. Sie würden ihre Weine von drüben mit Buchstaben kennzeichnen. Die ganze Aufregung fanden sie übertrieben. Sie wussten zwar, wo Lautereck arbeitete, aber nicht, wo er wohnte. Dass er mit Brigitte Berlingen verheiratet war, hatten sie am Morgen aus der Zeitung erfahren.

»Der junge Jülg war bei seinem Onkel im Elsass zu Besuch und ist dort auch über Nacht geblieben«, sagte Badenhop. »Der Vater war zu Hause. Die letzten Gäste seien erst um zwölf in der Nacht gegangen, dann ist das Ehepaar todmüde ins Bett gefallen, wie sie sagen.«

»Ja, habe ich vergessen«, ergänzte Gross. »Auch Frau Gnägy meinte, sie habe erst heute Morgen gelesen, dass die beiden verheiratet waren. Ihr Mann wisse das sicher auch nicht. Übrigens konnte mir keiner sagen, dass sich einer der Kollegen ganz besonders über diesen Lautereck aufgeregt hat.«

Badenhop hatte das Gefühl, nicht weiterzukommen. »Das war bei meinen vier Betrieben ähnlich. Die Grimms, Vater und Sohn, zwei sehr sachliche Männer, erklären, sie hätten bisher die Gewannenbezeichnungen nicht genutzt und kein Problem damit, zu warten, bis man es vielleicht doch mal dürfe, weil es für sie nicht sehr wichtig sei. Der Streit habe sie bisher nur am Rande interessiert. Vater und Sohn waren außerdem beide am fraglichen Abend und in der Nacht im Kölner Raum unterwegs und kamen erst gestern gegen Abend zurück. Wir überprüfen alle Alibis, aber ich glaube ihnen. Herbert Kerth ist ein enger Freund von Daniel Berlingen. Er sagt, er habe Brigitte Berlingen, die er schon als Kind kannte, sehr gemocht, und er sei dabei gewesen, als die Nachricht von dem Unfall kam. Es habe ihn so mitgenommen, dass er den ganzen Tag nicht arbeiten konnte. Ich nehme ihm das ab und glaube kaum, dass er den Mann der Ärztin oder sie selbst umbringen wollte. Der junge Kerth, Roland, kam mir sonderbar vor, verschlossen und ein wenig depressiv. Er hat die beiden auch gekannt. Mit Brigitte Berlingen sei er seit seiner Kindheit gut befreundet, Lautereck sei ein gefühlloser Sturbock gewesen. Er habe ihn früher öfter mal auf Sankt Peter erlebt, in letzter Zeit weniger.«

Gross nickte und nuschelte zwischen zwei Steakbissen: »Auch wenn sie nicht als Täter in Frage kommen – wie sieht es mit Alibis aus?«

»Ein echtes Alibi haben sie beide nicht. Der Vater war am Abend noch mal bei den Berlingens oben. Als er zurückkam, saß er noch eine Weile mit seinem Sohn zusammen. Sie gingen früh schlafen. Alle zwei hätten die Möglichkeit gehabt, das Haus noch mal zu verlassen. Roland Kerth ist unverheiratet und wohnt in einer eigenen Wohnung auf dem Hof, seinem Vater gibt die Frau ein Alibi. Tja, bleiben noch die Scheus. Der alte Scheu hat sich unglaublich aufgeregt über LautERecks Schikanen, wie nicht nur er dessen Verhalten nennt. Sein Sohn Klaus hat ihn eher gebremst und sieht es anscheinend weniger dramatisch, auch wenn er hofft, dass die Sache im Interesse der Winzer geregelt wird. Die Frauen bestätigen jeweils, dass ihre Männer am Abend und in der Nacht vor dem Unfall zu Hause waren.«

Gross, der in beachtlichem Tempo auch sein Steak verdrückt hatte und nun mit einem Stück Brot seinen Teller auswischte, legte den in Soße eingeweichten Teig auf den Tellerrand und machte sich schreibbereit. »Wenn ich es recht überlege, haben nur der alte Kuhn und der junge Kerth gar kein Alibi. Dazu kommen einige, denen die Frau ein Alibi gibt. Also, das waren noch mal Bernhart, die Scheus, der alte Kerth, der alte Becker, der alte Jülg, der junge Kuhn. Die Weingüter Gnägy und Grimm sind völlig aus dem Spiel.«

Badenhop rief den Kellner und bat um die Rechnung. Sehr weit waren sie nicht gekommen. »Das engt die Sache ein, aber nicht genug. Vor allem zweifle ich daran, dass wir hier überhaupt am richtigen Faden ziehen. Ich hoffe, dass uns die Durchsuchung des Hauses in Landau und das Überprüfen des Computers und des Handys von diesem Herrn Keller etwas bringen. Wir werden es später bei der Besprechung erfahren.«

Als die Spurensicherung im Haus von Gerd Lautereck und Brigitte Berlingen die Eingangstür öffnete, rief eine weibliche Stimme: »Hallo, ich hirr obän!«

Die Polizisten waren nicht darüber informiert, dass außer den Opfern eine weitere Person im Haus wohnte.

»Kommen Sie runter!«, rief Hochdörffer.

Auf der Treppe erschien eine verschreckte, sich hektisch umsehende junge Frau mit dunklen Locken, deren Augen sich beim Anblick von vier fremden Männern vor Angst weiteten.

Hochdörffer sprach beruhigend auf sie ein und zeigte seine Polizeimarke, was aber die Angst der Frau eher zu verstärken schien.

»Ich Besuch«, sagte sie unsicher. Doch der Besen in ihrer Hand legte eine andere Vermutung nahe.

Während die Spurensicherung sich zunächst das obere Stockwerk vornahm, führte Hochdörffer die Frau ins Wohnzimmer und bat sie, sich zu setzen. Sie gab schließlich zu, dass sie die Putzhilfe des Ehepaares war. Lusia Alasch, aus Armenien stammend, wohnhaft mit ihrem körperbehinderten Mann in Landau. Sie habe einen Schlüssel und komme meist in das leere Haus. Nein, angemeldet sei die Arbeit nicht. »Viel Geld weg«, gab sie zur Begründung an.

Mit zusammengepressten Beinen und vorgeneigtem Oberkörper, als ob sie sich noch kleiner und runder machen wollte, als sie ohnehin schon war, saß sie Hochdörffer auf der Sofakante gegenüber und zitterte vor Angst. Ihre Furcht ließ nach, als Hochdörffer ihr erklärte, dass sie nicht ihretwegen hier waren und auch nicht die Absicht hatten, sie an das Ausländeramt zu melden. Als er erklärte, dass sie wegen eines schweren Unfalls der beiden Bewohner ermittelten, fiel die Frau ins nächste emotionale Tief, fing an zu schluchzen und bedeckte ihr Gesicht mit ihren Händen.

Nach erheblichen Verständnisschwierigkeiten erfuhr Hochdörffer schließlich, dass Lusia Alasch seit vier Jahren zweimal die Woche kam, immer sehr freundlich behandelt wurde und alle Zimmer außer dem Büro der beiden Bewohner sauber machte.

»Das Büro«, sagte sie, sich vor Hochachtung stramm aufsetzend, »darf nicht berühre.« Sie hob abwehrend die Hände. »Sehr gute Frau, Frau Brigitte«, stammelte sie immer wieder, vergoss weitere Tränen und sprach in abgehackten Sätzen. Ihre große Sorge war, wo sie ihr Geld herbekommen sollte und dass sie ihre Arbeit verlor.

Hochdörffer nahm sich vor, Brigitte Berlingens Eltern die Telefonnummer der Kasachin zu geben, die wohl mit Putzjobs wie diesem sich und ihren Mann durchbrachte, ohne Aussicht auf eine offizielle Arbeit, »wegge Papiere«. Er fragte nicht weiter.

Etwas Besonderes, das zur Aufklärung des Falles beitrug, so versicherte Lusia Alasch inbrünstig, war ihr in den letzten Tagen und Wochen nicht aufgefallen. Sie wusste nichts über Leben und Beruf der Menschen, deren Haus sie in Ordnung hielt. Hochdörffer schickte sie nach Hause, versicherte ihr, dass sie in den nächsten Tagen nicht mehr zu kommen brauche, und riet ihr, sich künftig ordentlich anzumelden, wenn sie arbeiten ging. »Rente. Krankenversicherung«, gab er ihr als Stichworte mit auf den Weg.

»Nichts verschlüsselt, nichts versteckt«, kommentierte einer der Beamten das bisherige Ermittlungsergebnis im oberen Stockwerk. »Die Computer sind schon gecheckt, nichts Auffälliges. Die Papiere im Büro wollten wir Ihnen überlassen.«

Das Ehepaar Berlingen-Lautereck hatte keine dunklen Geheimnisse gehabt. Die offene Flasche 2012er Spätburgunder, die neben drei weiteren in der Küche stand, war niemandem aufgefallen. Warum auch? Geschlossene gab es im Keller der beiden Weinfreunde jede Menge.

Im Büro herrschte eine sogenannte kreative Unordnung. »Wenn überhaupt, dann finden wir hier etwas«, grummelte Hochdörffer, war aber auch nach längerem Suchen in medizinischen, önologischen und juristischen Sachbüchern keinen Schritt weiter. Eingeräumte und herumliegende Ordner befassten sich mit Versicherungen, Steuern und zwei Immobilien, die das Paar sich wohl angeschafft hatte. Auch der Zeitungs- und Zeitschriftenstapel brachte keine Erkenntnisse oder versteckten Hinweise.

Einer der beiden Schreibtische war auf der Oberfläche so gut wie leer, der andere umso überfüllter. Briefe, Zeitschriften, kleine Papierstapel mit Notizen und Faltordner stapelten sich auf verschiedenen Haufen.

Hochdörffer blätterte alles durch und wollte schon aufgeben, als sein Blick auf eine Papphülle mit der Aufschrift »Sankt Peter – Levi« fiel. Neugierig besah er sich den Inhalt.

Bernd Kuhn war ein schlanker, durchtrainierter Mann mittleren Alters. Seine kastanienbraunen, leicht gewellten Haare trug er halblang. Seine braunen Augen wirkten hellwach. Markante Wangenknochen und ein modischer Dreitagebart ergänzten sein ausnehmend gutes Aussehen. Während seiner Ausbildung an der Geisenheimer Fachhochschule für Weinbau war er ein Mädchenschwarm gewesen. Noch heute behaupteten die Kollegen im Dorf nach dem zweiten Viertel Wein mit einer Mischung aus Spott und Neid, dass er vor allem bei weiblichen Kunden beachtliche Verkaufserfolge erzielte und einige Fachhandelskundinnen in Norddeutschland nicht nur mit der Qualität seiner Weine gewonnen hatte.

Nun sah er vom Büro aus seinem Vater amüsiert zu, wie dieser trockene Blüten von den Oleanderbüschen zupfte, die in großen Kübeln auf dem Hof standen und Besuchern ein malerisch-südländisches Bild vermittelten.

Auch wenn sie neuerdings viel Wein an den Fachhandel und die Gastronomie verkauften, war der Direktverkauf an Touristen und Stammkunden, die über das Wochenende in die Pfalz kamen, nicht zu unterschätzen. Schließlich waren es rabattfreie Verkäufe zum vollen Preis. Die Leute kamen, probierten und nahmen ein paar Kisten mit, an denen man erheblich mehr verdiente als an professionellen Kunden.

War der Eingang einladend gestaltet, kam auch neue, neugierig gewordene Laufkundschaft. Wurden die Gäste in freundlicher Atmosphäre empfangen, lief das Geschäft besser. Darin waren Bernd Kuhn und sein Vater sich einig. In vielen anderen Details dagegen nicht.

Adolf Kuhn hatte den damaligen Gemischtbetrieb Anfang der siebziger Jahre vom Vater übernommen, auf reinen Weinbau umgestellt und wie viele Kollegen mit ordentlichen Schoppenweinen aus der Literflasche vom zunehmenden touristischen Erfolg der Südlichen Weinstraße profitiert. Dorferneuerungsprogramme, Weinfeste, verbesserte regionale Gastronomie mit den typischen Saumagen-, Bratwurst- und Leberknödel-Weinstuben, günstige Flaschenweine, eine schlagkräftige Tourismus- und Weinorganisation, die die Pfälzer Lebensart humorvoll und einladend präsentierte – all das zusammen hatte zu einem beachtlichen Aufschwung der Region geführt.

Doch Adolf Kuhn hatte nach Ansicht seines Sohnes die Zeichen der Zeit nicht rechtzeitig erkannt. Die Zeit der Schoppengläser und Literweine war spätestens zur Jahrtausendwende vorbei gewesen. Die Pfalz musste sich auf einem anderen Niveau positionieren, wenn die Weingüter und die Gastronomie weiter Erfolg haben wollten. Feine Stielgläser und hochwertige Weine mussten die Schoppen ersetzen. Das wollte der Vater lange nicht einsehen, was zu manchem familiären Streit geführt hatte.

Bernd Kuhn hatte, seit er vor acht Jahren endlich den Betrieb übernehmen konnte, nicht nur an den neuen Vertriebswegen Fachhandel und Gastronomie gearbeitet. Sein erstes Ziel, die Vergrößerung der Rebfläche auf etwa zwanzig Hektar, verbunden mit dem Aufbau einer hochwertigen Weinlinie mit Riesling und Burgundersorten, hatte er schon erreicht. In einem zweiten Schritt sollte in Kürze eine eigene Weinstube dazukommen, aber anders als die traditionelle Weinlaubgastronomie. Hier, im touristischen Schweigen, war eine moderne, coole Vinothek mit feinen Häppchen statt der üblichen Bratwurst-Leberknödel-Arie sicher ein Erfolg.

Adolf Kuhn hatte längst gespürt, dass sein Sohn auf dem richtigen Weg war. Es gab schon lange keine Streitereien mehr über reduzierte Hektarerträge, Grünschnitt im Weinberg, Erzeugung höherwertiger Weine und Orientierung auf Fachhandel und Gastronomie. Das zeigten auch der zunehmend wirtschaftliche Erfolg des Betriebes und der Erfolg der ganzen Region, die zwar immer noch günstige Schoppenweine anzubieten hatte, aber auch mit hochwertigen Rieslingen und Burgundern bundesweit höchstes Ansehen genoss.

Adolf Kuhn beendete seine Zupferei und lief mit dem Wasserschlauch in Hof herum, um die Pflanzen zu gießen.

Er kann sich einfach nicht in Ruhe hinsetzen und mal nichts machen, dachte Bernd und schüttelte gedankenverloren den Kopf. Ein paar Minuten später ging er nach draußen und fragte seinen Vater, ob es Neuigkeiten in Bezug auf Brigitte Berlingen gab. Sie mussten sich wohl auf der Beerdigung sehen lassen. Aber von einem Termin hatte Bernd bisher nichts gehört. Er wusste nur, was man sich im Dorf erzählte. Die Leichen waren noch nicht freigegeben. Normalerweise war das ein Hinweis darauf, dass etwas nicht in Ordnung war. Auch der Auftritt des Polizisten am Morgen war Bernd Kuhn komisch vorgekommen.

»Ja, da wird wohl noch etwas nachkommen«, antwortete sein

Vater. »Es könnte gut sein, dass sich jemand unbeliebt gemacht hat und nun Fragen gestellt werden.«

Eine ungutes Gefühl kroch Bernd Kuhn vom Magen aus die Speiseröhre hoch und setzte sich in Höhe des Halses fest. »Du hast ja heute Morgen schon so eine Andeutung gemacht. Meinst du wirklich, jemand wollte Lautereck beseitigen? Komm, Vater, doch nicht wegen der Gewannennamen.«

»Wer weiß, vielleicht auch die Berlingen. Oder beide«, sagte Adolf Kuhn in verschwörerischem Ton und sah Bernd dabei streng in die Augen. Der hasste dieses geheimnisvolle Getue seines Vaters, weil der sein Herrschaftswissen aus vielen Gesprächen im Dorf pflegte und sich mit Andeutungen gefiel.

Warum er den Eindruck hatte, dass sein Vater auch in Bezug auf den Todesfall auf Sankt Peter mehr wusste, als er sagte, hätte Bernd Kuhn nicht erklären können. Direkt fragen wollte er ihn nicht.

Nachdenklich ging er zurück in sein Büro. Er hatte eine Idee, worauf der alte Winzer angespielt haben mochte. Aber das kann doch nicht sein, dachte er.

»Hast du drei Minuten Zeit?« Kevin Gross betrachtete die Abteilungssekretärin als eine Art Vertraute in Konflikten, bei denen es auf Menschenkenntnis und auf die Einschätzung von Situationen ankam. Als die Staatsanwältin ihn einmal für sich gegen Badenhop vereinnahmen wollte, hatte Sabine Vogel den richtigen Ton erwischt und Gross in den Senkel gestellt. Seitdem hielt er noch größere Stücke auf die schlanke Sekretärin mit den dunklen Augen und den schwarzen Locken, die auf den ersten Blick zerbrechlich wirkte, aber mit quirliger Art und hoher sozialer Kompetenz den Männern Paroli bot. Beinahe hätte Gross erwogen, sich ihr mehr als nur kollegial zu nähern. Aber er war bereits vergeben und nahm das sehr genau. Ob sie an dem pausbäckigen, immer in einem Anzug steckenden Jüngling, den er abgab, überhaupt interessiert gewesen wäre, stand auf einem anderen Blatt.

Sabine Vogel machte die Tür zum Sekretariat hinter sich zu. »Wenn der Chef sich neuerdings öfter mal einsperrt, kann ich es wohl auch.«

»Genau. Da sind wir schon beim Thema. Hast du nicht auch

das Gefühl, dass Badenhop in letzter Zeit komisch ist? Er hat doch nichts gegen mich, oder meinst du?«

Sabine Vogel ließ sich auf ihren Bürostuhl fallen und sah Gross mitleidig an. »Jesses, Kevin, musst du alles auf dich beziehen? Merkst du nicht, dass der ziemlich durch den Wind ist? Was sollte er gegen dich haben? Wir sehen doch alle, dass er komisch drauf ist. Aber das kann ja mal passieren, sogar einem Nordlicht. Wobei es mich schon wundert, korrekt und genau und gut erzogen, wie der immer war.«

Einerseits war Gross beruhigt. Sabine Vogel hatte das sicher richtig beobachtet und es lag an Badenhop, nicht an ihm. Aber was war nur los mit dem Chef?

Selbst Sabine Vogel wirkte hilflos. »Dienstlich gibt es ja keinen wirklichen Grund. Die letzten Fälle wurden gelöst. Dass er mit der Welsch nicht kann, macht ihn bestimmt nicht so fertig, wie er manchmal hier herumschleicht. Wenn er sich irgendwie bedroht fühlen würde, zum Beispiel von einem, den er in den Knast gebracht hat, würde er es bestimmt sagen. Nein, das alles glaube ich eher nicht. Da bleiben nur private Sorgen. Ich dachte schon mal, dass seine Mutter vielleicht schwer krank ist, und habe scheinheilig gefragt, wie es ihr geht. Aber er meinte, sie sorge sich vor allem um ihren trockenen Garten, den sie dauernd gießen muss. Ansonsten gehe es ihr blendend. Das ist es also nicht.«

»Oder machen die Söhne Schwierigkeiten in der Schule?«

Sabine Vogel schüttelte den Kopf. »Glaube ich nicht. Schulschwierigkeiten sind normal in dem Alter. Das würde ihn nicht so belasten. Ob er krank ist, habe ich noch gedacht und Hochdörffer gefragt, dem er sich ja vielleicht anvertrauen würde. Aber der wusste auch nichts. Tja, bleiben nur Eheprobleme. Seiner Frau gefällt es nicht so gut in der Pfalz, hat er selbst mal vor einiger Zeit gesagt. Vielleicht will sie wieder nach Hamburg und sie haben deshalb Stress? Oder er hat eine Geliebte. Dafür ist er eigentlich nicht der Typ, aber wer weiß. Gut aussehen tut er ja. Doch, das Hotel in Berlin hat bestätigt, dass er dort zwei Nächte übernachtet hat.«

Der letzte Satz bezog sich nur indirekt auf Badenhop, denn der hatte gerade die Tür aufgerissen und Sabine Vogel beeilte sich, ihr Gespräch dienstlich aussehen zu lassen. Sie hatte alle Alibis der verreisten Schweigener Winzer bereits überprüft und bestätigt gefunden.

»Dürfte ich Sie freundlichst ins Besprechungszimmer bitten?«, flötete Badenhop eine Spur zu liebenswert.

Gross zog seinen Krawattenknoten fest und folgte dem Kommissar ohne ein weiteres Wort.

Sabine Vogel hatte etwas weniger Eile, griff nach Schreibblock und Stift und machte sich auf den Weg.

»Wie Sie sehen, interessiert sich die Presse bereits für Ihren Fall«, eröffnete Karin Welsch die Sitzung und hielt die Zeitungsseite mit Peusts Meldung hoch. Die Staatsanwältin trug heute ein hellblaues figurbetonendes Sommerkleid, das tief genug ausgeschnitten war, um sowohl ihre wohlgeformten Brüste als auch ihre goldene Halskette mit Perlenanhänger zur Geltung zu bringen.

»Was haben wir bisher? Ich hoffe, wir wissen wenigstens, wem der Anschlag gegolten hat.«

Da musste Badenhop sie enttäuschen. »Wenn wir wissen, wer sterben sollte, haben wir vermutlich auch den Täter. Im Augenblick müssen wir eine ganze Reihe von Spuren verfolgen. Von der Tat aus betrachtet kommen wir nicht weiter. Der Täter hinterließ lediglich Wischspuren von Gummihandschuhen, wie man sie in jedem Supermarkt kaufen kann. Die befragten Nachbarn – es waren allerdings nicht alle zu erreichen – haben nichts gehört und nichts gesehen. Die Zuordnung der Wagen bringt uns auch nicht weiter, weil die beiden Verunglückten ihre Autos immer mal wieder getauscht haben. Was die möglichen Motive angeht, verfahre ich am besten der Reihe nach. Erstens: Der Ehemann der operierten Frau Keller, der Dr. Brigitte Berlingen bedroht hatte, bestreitet die Tat. Er behauptet auch, nicht zu wissen, wo das Ehepaar Berlingen-Lautereck gewohnt hat. Eine Überprüfung seines Handys und seines Computers hat keinen Hinweis darauf ergeben, dass er im Netz nach der Adresse gesucht hat. Natürlich könnte er sie auch auf andere Art herausgefunden haben. Zweitens: Der Frage, ob es weitere Kunstfehler-Fälle bei Dr. Berlingen gegeben habe, sind wir nachgegangen. Das Krankenhaus sagt Nein. Im Gegenteil: Dr. Berlingen galt als außerordentlich zuverlässige Ärztin und hervorragende Chirurgin. Die Operation der Patientin Keller, die ein nicht zufriedenstellendes Ergebnis brachte, sei einzigartig und habe deshalb Dr. Berlingen persönlich mehr bedrückt als die Drohung von Herrn Keller, wie der Chefarzt Dr. Stein versichert.«

Badenhops Kollege Hochdörffer, der Redebedarf angezeigt hatte, gab dazu eine persönliche Einschätzung. »Sicher können wir Keller als Täter noch nicht ausschließen. Ein Alibi hat er nicht. Technisch in der Lage wäre er als Handwerker vermutlich, auch wenn er als Schreiner nicht unbedingt mit Autotechnik zu tun hat. Aber ich hatte den Eindruck, er sagt die Wahrheit. Seine Drohung habe sich darauf bezogen, dass er Dr. Berlingen zur Rechenschaft ziehen wollte, behauptet er. Daran ist richtig, dass er seine Frau sofort aus dem Bergzaberner Krankenhaus weggeschafft hat und bereits eine Schadenersatzklage wegen Behandlungsfehler vorbereitet. Mir scheint, dass er seine Frustration in diese Richtung lenkt und nicht auf eine Straftat.«

Die Staatsanwältin schüttelte den Kopf und machte eine abwehrende Handbewegung. »Ich glaube nicht, dass uns Spekulationen weiterhelfen. Wir brauchen Fakten, zum Beispiel durch Befragung der übrigen Nachbarn. Vielleicht hat doch jemand etwas gesehen. Herr Badenhop, fahren Sie bitte fort.«

Hochdörffer versuchte, seine Gesichtszüge zu kontrollieren. Badenhop sah ihm seinen Ärger dennoch an. »Wie gesagt, wir überprüfen weiter alle Motivationsstränge. Drittens: Auch im Fall Lautereck haben wir es mit einer Drohung zu tun, die sich auf – ich möchte sagen – weinrechtliche Sturheit Lauterecks bezieht. Winzer, die Katasternamen für ihre Weinberge im Elsass verwenden wollen, fühlen sich schikaniert. Wir haben mit acht Weingütern gesprochen, die dort Weinberge haben und die man uns als Betroffene nannte. Davon können zwei als Täter ausgeschlossen werden, weil die Winzer verreist waren. Bei den übrigen gibt es bis auf zwei Ausnahmen ohne Alibi fast durchgehend Alibis der Ehefrauen und Partnerinnen. Wir fanden niemanden, der sich verdächtig gemacht hat oder etwas über den anonymen Brief wusste, der uns übrigens inzwischen vorliegt. Es sind unbekannte Fingerabdrücke darauf, die wir bei den Verdächtigen überprüfen könnten. Inhaltlich haben alle Winzer die für sie ärgerliche Situation ähnlich gesehen. Aber niemand machte auf uns einen wirklich aggressiven Eindruck, obwohl es bei einer Winzerversammlung mit Lautereck kürzlich ein Gerangel gegeben haben soll. Die Befragten sagten alle, die Sache sei gewiss keinen Mord wert. Tja, da stehen wir also.«

Badenhop wollte den Bericht beenden, spürte jedoch, dass bei den Kollegen Verwirrung entstanden war, und führte dies auf das unwirsche Verhalten der Staatsanwältin gegenüber Hochdörffer zurück.

Als sie gerade das Wort ergreifen wollte, um die Konferenz zu beenden, sah Badenhop seinen Kollegen verhalten in seine Richtung gestikulieren. Da fiel es ihm ein. Wie konnte er nur so unkonzentriert sein? Hochdörffer hatte ihn doch vorinformiert!

»Entschuldigen Sie, meine Herrschaften. Es fehlt noch der vierte und letzte Aspekt. Der ist neu. Ich möchte dazu Herrn Hochdörffer das Wort geben. Bernd, bitte.«

Pikiert sah Karin Welsch ihn an und giftete: »Schön, dass Sie sich doch entschlossen haben, nichts zu verheimlichen, Herr Kommissar.«

Badenhop schluckte den Rüffel kommentarlos.

Hochdörffer, eigentlich verantwortlich für Raub und Diebstahl, dieser Tage jedoch mit seinen Kollegen in der Mordsache unterwegs, hatte einige Unterlagen vor sich ausgebreitet und deutete darauf. »Wir haben mit Einverständnis der Familie das Wohnhaus des Ehepaares Lautereck-Berlingen durchsucht, ohne natürlich genau zu wissen, wonach wir suchen. Wir haben keine entscheidenden Hinweise gefunden – außer einem Ordner mit Notizzetteln und ein paar bekritzelten Fotokopien. Es handelt sich um Unterlagen über die Geschichte der Burg, aber auch um zwei alte Kaufverträge aus den Jahren 1940 und 1974. Mit dem ersten hat ein gewisser Karl Kuhn Sankt Peter und dazugehörige Ländereien von einem gewissen Jakob Levi gekauft. Mit dem zweiten Vertrag verkaufte dieser Kuhn die Immobilie weiter an Daniel Berlingen. Es kann sein, dass die Tochter einfach nur an der Geschichte der Burg interessiert war. Es gibt aber ziemlich viele handschriftliche Notizen von Brigitte Berlingen mit Adressen und Telefonnummern, die in eine andere Richtung weisen könnten. Wie es aussieht, sind die Notizen teilweise neueren Datums. Da Dr. Berlingen eine richtige Arztklaue hatte, konnten wir noch nicht alles entziffern. An einer Stelle ist der alte Vertrag unterstrichen und am Rand steht groß ›Entschädigung‹ mit dicken Fragezeichen. Auf einem Extrazettel steht eine Adresse in Boston, USA, von einem Solomon Eisenstein. Wir haben auch den Namen Kuhn und eine Telefonnummer gefunden. Es ist die Telefonnummer des Weinguts Kuhn in Schweigen. Wenn ich das und die vielen Unterstreichungen und Ausrufezeichen interpretieren sollte, würde ich sagen, da ist bei einem der Verkäufe etwas nicht in Ordnung gewesen und Dr. Berlingen hat sich dafür interessiert. Ob das für unseren Fall in eine neue Richtung weist, müssten wir klären, vielleicht durch ein Gespräch mit der Familie Berlingen.«

Nachdem Hochdörffer geendet hatte, herrschte einige Sekunden Schweigen. Nur das heftige Kritzeln auf Karin Welschs Schreibblock war zu hören. Sie war es auch, die das Wort ergriff.

»Wenn ich das richtig verstehe, haben sich die Verdachtsmomente auf Zusammenhänge mit der Ärztin verdichtet. Dieser Handwerker Keller hat ein starkes Motiv. Die Immobiliengeschichte könnte auch ein wichtiges Motiv abgeben. Ministerialrat Lautereck und die Schweigener Winzer dagegen hatten eher ein aufgeblasenes Scharmützel, von dem niemand glaubt, es könne zu einem Mord führen. Damit wären die Landesregierung und die Weinbranche nur sehr am Rande betroffen. Das ist beruhigend. Befragen Sie die fehlenden Nachbarn, bleiben Sie an diesem Keller dran, und klären Sie die Zusammenhänge mit den Immobilien. Danke, meine Dame, meine Herren.« Ohne ein weiteres Wort packte sie ihre Papiere zusammen und verließ den Raum mit wiegendem Hinterteil und stöckelnden Schuhen.

Gross, der neben ihr gesessen hatte, machte noch eine Handbewegung und versuchte aufzuspringen, um ihr als Gentleman-Untergebener mit dem Stuhl behilflich zu sein. Aber sie war einfach zu schnell.

»Kevin, pass auf, dass sie dich nicht irgendwann mit ihren Stöckelschuhen verletzt, wenn du dich zu nahe an sie ranschleimst«, ätzte Hochdörffer.

»Ich glaube, deine Krawatte hat ihr heute nicht gefallen«, sagte Hochdörffers Assistent Paul Magin. »Sie hat einmal hingeguckt und ein ganz böses Gesicht gemacht. Die würde ich wegschmeißen, wenn ich du wäre.«

»Ihr könnt mich mal«, gab Gross zurück. Seine Reaktionen auf Vorgesetzte waren einprogrammiert und erfolgten automatisch. Dass er bei Karin Welsch nichts mehr zu gewinnen hatte, war ihm sowieso klar, seit er nicht bereit gewesen war, sich von Badenhop zu distanzieren. Aber das wussten die beiden Spaßvögel nicht.

Badenhop brauchte eine halbe Stunde, bis er seine Unruhe, seine Nervosität und das Gefühl der Zerrissenheit in den Hintergrund drängen konnte. Es war ihr erstes Treffen seit seinem Gespräch mit Ingrid. Seine ursprüngliche Vorstellung, ohne Lüge und Heimlichtuerei werde alles einfacher, bewahrheitete sich nicht. Vielmehr glaubte er, einen Schritt näher am Abgrund zu stehen. Was tat er da, während Ingrid zu Hause in Sorge war?

Den Augenblick zu genießen gelang ihm erst, als er lange genug Katrin Mellens wortloses Verständnis und später ihren warmen, wunderbar anschmiegsamen Körper spürte. So konnte er eine Stunde in wohligem Vergessen versinken, bevor er sich bei ihr entschuldigte, weil ihre Treffen vielleicht doch nicht einfacher wurden. Nun sei zwar gesprochen worden, er könne aber dennoch nicht einfach sagen: »Ich gehe jetzt zu Katrin.« Die Tatsache, dass es eine andere Frau für ihn gab, war für Ingrid schlimm genug. Ihr auch noch deutlich zu machen, wann genau er bei seiner Geliebten war, empfand er als unnötige Quälerei.

Als er Katrin seine Gedanken mitteilte, lächelte sie ihn ein wenig traurig an, zeigte aber Verständnis. »Da hast du Glück, dass es bei mir etwas einfacher ist. Meine Rechte an dir sind noch zu jung und zu wenig ausgeprägt, um mich miserabel zu fühlen, wenn du bei deiner Familie bist. Mir reicht es schon, mir die Schuld an allem zu geben.«

»Es ist nicht deine Schuld, Katrin, nur meine. Du bist einfach nur da und bist wunderbar. Das macht es ja so schwierig.«

Auf dem Weg nach Hause hatte Badenhop das Gefühl, noch irgendetwas unternehmen zu müssen. Er konnte nicht von Katrin direkt zu seiner Familie fahren. Das kam ihm ungehörig vor. Haben Frauen nicht diese unerhörte Begabung, wie ein Spürhund fremde Gerüche an Kleidern festzustellen?, dachte er. Außerdem hatte er das Bedürfnis, mit jemandem zu sprechen. Seine Hamburger

Freunde konnte er schlecht einspannen. Sie waren alle auch Ingrids Freunde und würden ihm den Kopf abreißen. Er überlegte, noch irgendwo einen Kaffee zu trinken. Doch dann klingelte sein Telefon.

Muss es wirklich schon wieder ein verheirateter Mann sein?, dachte Katrin Mellen, als sie sich nach Jan Badenhops Abschied leichte Hauskleidung überzog und es sich auf dem Sofa gemütlich machte. Es musste nun schon bald zwei Jahre her sein, dass sie nach ihrer glücklicherweise kinderlosen Scheidung nach Forst gezogen war. Dort hatte sie Johann Werger kennengelernt. Nach der von ständigen Heimlichkeiten, schlechtem Gewissen, Trennung und erneuter Verbindung geprägten Beziehung mit dem Winzer hatte sie sich fest vorgenommen, fremdgehende Ehemänner künftig zu meiden. Sie hatte die ewigen Versteckspiele satt.

Dann war dieser kluge, witzige und so beeindruckend gradlinige Polizist dahergekommen. Nachdem er endlich ihre Unschuld in einem Mordfall herausgefunden hatte, tauchte er mit einem Bandscheibenproblem in ihrer Praxis auf. Sie hatte es als nicht sehr bedrohlich angesehen, hin und wieder einen Kaffee mit ihm zu trinken. Selbst als er beruflich in Spanien zu tun hatte, während sie dort ihre Mutter besuchte und ihm zwei Tage als Übersetzerin aushalf, hatte sie sich nicht allzu viel dabei gedacht. Doch dann kam dieser zauberhafte Abend in Sitges und die erste romantische Nacht. Das war der Wendepunkt. Als sie sich in Deutschland wiedersahen, hatte sie gespürt, dass sich hier mehr anbahnte als ein kleines Abenteuer.

Seit dem Spanienbesuch war geraume Zeit vergangen. Allen Schuldgefühlen zum Trotz fühlte sich Katrin Mellen so sehr zu Jan Badenhop hingezogen, dass sie nicht von sich aus die Beziehung beenden konnte – was sie hätte tun sollen, um ihn und seine Familie nicht in Gefahr zu bringen. Ein gutes Gefühl hatte sie bei dem Gedanken keinesfalls.

Andererseits musste Badenhop wissen, was er tat. Sie hatte ihm schon gesagt, dass sie sehr genoss, was sie zusammen erlebten. Trotzdem konnte sie darauf verzichten, wenn es darum ging, nichts zu zerstören. Sie verriet ihm nicht, dass sie das Gefühl nicht loswurde, mit ihm glücklich werden zu können. Sie fand, es stand ihr nicht zu. Er war vergeben.

Dennoch hätte sie sich gewünscht, dass die Heimlichkeiten aufhörten und sie zusammen ins Theater, ins Kino oder in Restaurants gehen, in Weinstuben sitzen, Freunde treffen oder durch Neustadt spazieren könnten, ohne sich verstecken zu müssen. War es nicht auch so, dass eine Partnerschaft sich nur bewähren konnte, wenn sie in alltägliches Leben eingebunden war? Schade, dass Katrin Mellen daran eigentlich gar nicht denken durfte.

Sie griff nach dem Buch, das sie zu lesen begonnen hatte, und kuschelte sich tiefer in ihr Sofakissen.

Badenhop war überrascht, dass sein Kollege Hochdörffer ihn jetzt noch anrief.

»Bernd hier. Sag mal, hast du mal eine halbe Stunde?«

»Jetzt gleich?«

»Wie du willst, meinetwegen auch Anfang nächster Woche. Aber ich bin grad noch in der Stadt.«

»Gibt es etwas Neues?«

»Nein, ich möchte mit dir reden. Privat.«

Was war passiert? Hatte Hochdörffer ihn mit Katrin gesehen? Hatte er sich über seine Schludrigkeit in der Besprechung geärgert? Sie verabredeten sich auf einer der Terrassen am Marktplatz.

Hochdörffer erwartete ihn an einem schattigen Tisch und kam gleich zur Sache. »Jan, was ist mit dir los? Du bist muffig, du kapselst dich ab. Du betreibst eine Art Geheimniskrämerei. Und so etwas wie heute Mittag in der Konferenz ist dir noch nie passiert. Es geht mich nichts an, wenn es private Dinge sind, die du für dich behalten willst. Aber wenn du bei der Arbeit unkonzentriert wirst, hilft es vielleicht, zu reden.« Er grinste ein wenig unsicher und wollte die Sache nicht allzu schwerblütig ausfallen lassen. »In der Pfalz zumindest reden wir manchmal miteinander und fressen nicht alles in uns hinein.«

Zu seiner eigenen Überraschung empfand Badenhop Erleichterung. Es kam nicht ein neues Problem auf ihn zu. Da wollte einer zuhören.

»Danke, dass du mich ansprichst, Bernd. Es geht mir nicht gut.

Ich kann mich selbst nicht leiden, weder mit meinem unkontrollierten Verhalten noch mit meiner zeitweiligen Konzentrationsschwäche. Mit der Arbeit hat es nichts zu tun. Ich bin weder unzufrieden mit der Dienststelle noch mit den Kollegen. Sogar Karin Welsch habe ich all die Monate relativ gelassen ertragen. Ich will mich auch nicht verändern, wenn du das glaubst. Der Hintergrund sind rein private Sorgen.«

Hochdörffer fragte nicht, sondern sah Badenhop ruhig an und überließ es ihm, weitere Erklärungen abzugeben oder nicht.

Badenhop entschied sich, zu reden. »Es ist eigentlich ganz einfach. Obwohl ich eine großartige Familie und eine liebevolle Frau habe, habe ich mich so sehr in eine andere Frau verliebt, dass mir all meine Zukunftssicherheit entgleitet. Ich habe nur noch das Gefühl, am Ende werde ich Scherben hinterlassen. Ich müsste diese Beziehung beenden, mit meiner Frau zehn Tage in Urlaub fahren und das Kapitel abschließen. Aber ich kann nicht. Ich kann einfach nicht. Ich hätte nie geglaubt, dass so etwas möglich ist, schon gar nicht bei mir.«

»Ich hatte immer den Eindruck, eure Ehe ist hervorragend, auch wenn Ingrid nicht gerade die perfekte Wahlpfälzerin ist.«

»Es stimmt ja auch. Ich habe nichts vermisst und war privat sehr glücklich, bis durch diese Affäre, wenn man es so nennen will, eine ganz neue Tür aufgestoßen wurde, die ich jetzt nicht mehr schließen kann.«

»Um bei deinem Bild zu bleiben: Als Freund, aber auch als Kollege rate ich dir, die Tür wieder zu schließen, entweder vor dir oder hinter dir. In der zugigen Tür stehen zu bleiben, wird dich fertigmachen und auf beiden Seiten irreparable Schäden hervorrufen. Mehr kann ich dir nicht raten, Jan. Ich weiß, dass es leichter gesagt ist als getan.« Hochdörffer machte eine Pause und ergänzte: »Und ehrlich gesagt bin ich trotz allem froh, dass es nichts Berufliches ist. Ich bin gern dein Kollege und möchte es auch bleiben. Ich hatte schon Angst, du quälst dich mit dem Gedanken, wieder nach Hamburg zurückzugehen.«

»Ich habe es nicht vor. Aber wo du es sagst: Es wäre eine Möglichkeit, Ingrid eine große Freude zu machen und neu anzufangen. Obwohl es ja kein Neuanfang wäre, sondern eher ein Zurück auf null.« Badenhop verwarf den Gedanken so schnell er gekommen war. Er wollte schon bei der Erinnerung an die schwierige berufliche Zeit nicht wieder zurück nach Hamburg. Auch wollte er seine Mutter hier nicht alleinlassen. Und ja, er konnte sich im Augenblick nicht vorstellen, von hier wegzugehen. Schon gar nicht, um vor Katrin zu flüchten. Er schüttelte den Kopf. »Ich glaube, das ist keine Lösung.«

Hochdörffer hatte ihre beiden Kaffees bezahlt, stand auf und drückte Badenhops Schulter. »Danke, dass du so ehrlich warst. Und entschuldige, wenn ich nicht mehr als wohlfeile Ratschläge habe. In solchen Dingen kann dir niemand bei den notwendigen Entscheidungen helfen, wie du selbst weißt. Ich könnte jetzt sagen, sei doch froh, dass dich gleich zwei tolle Frauen haben wollen, aber ich fürchte, du kannst das nicht so recht genießen. Jedenfalls, wenn du etwas brauchst, und sei es nur einen, der dir zuhört: Leg deine norddeutsche Zurückhaltung ab und erinnere dich daran, dass du Pfälzer als Freunde hast.«

Für den Abend war Besuch von Badenhops Mutter angesagt. Sie kam strahlend an, präsentierte einen Johannisbeerkuchen aus eigener Ernte als Dessert und schien von der frostigen Atmosphäre zwischen ihrem Sohn und ihrer Schwiegertochter nichts zu spüren. Tatsächlich bemühten sich die beiden um freundliches Miteinander, auch wenn sie Berührungen vermieden – Badenhop, weil er sich nicht traute, seine Frau, weil sie innere Distanz suchte, wie er vermutete.

Während Hendrik das Abendessen und den Kuchen sichtlich genoss, war Jens unruhig und fummelte ständig an seinem Handy herum. Nur mit Mühe hatte Ingrid Badenhop ihn zum Hierbleiben überreden können. Er hätte einen Abend mit seiner neuen Flamme dem familiären Beisammensein vorgezogen. Nun mussten die beiden, von verliebter jugendlicher Verlustangst geplagt, digital verfolgen, wie der jeweils andere den Freitagabend verbrachte.

»Jens, bist du eigentlich hier oder bei deiner Freundin?«, stichelte Badenhop einmal, als die wilde Handy-Tipperei gar nicht aufhören wollte.

»Ja, das ist manchmal die Frage«, kommentierte Ingrid Badenhop mit strengem Blick auf ihren Mann, der sich sofort ertappt fühlte und zu seiner Mutter linste, ob diese die Zweideutigkeit durchschaut haben könnte.

»Echt ätzend«, kam es aus Hendriks Ecke.

»Was macht denn die Schule, Jens? Manchmal nehmt ihr doch ziemlich interessante Sachen durch, die auch mit der Pfalz zu tun haben«, fragte Badenhops Mutter.

Tatsächlich konnte Jens sich für einen Moment von seinem Handy lösen. Mit selbstzufriedener Miene berichtete er von einer erfolgreich bewältigten Mathearbeit, einem geplanten Schulausflug nach Basel und einer Gemeinschaftsarbeit mit zwei weiteren Schülern in Geschichte und Sozialkunde, bei der sie sich mit den politischen und sozialen Veränderungen in der zweiten Hälfte des 19. Jahrhunderts beschäftigten.

»Echt krass«, meinte er dazu. »Die Pfälzer haben doch tatsächlich mal einen eigenen Staat gegründet. Das war 1849. Die Regierung saß in Kaiserslautern. Sie wollten die erste demokratische Verfassung von 1848 durchsetzen. Das Ganze hat aber nur ein paar Wochen gehalten.«

Seine Großmutter, die als Wahlpfälzerin mittlerweile Expertin für Regionalgeschichte und Sehenswürdigkeiten war, seufzte. »Dann weißt du sicher auch, warum. Die preußische Armee rückte aus dem Norden ein und machte der Sache ein Ende. Die Pfälzer hatten zwar den guten Willen, aber keine militärischen Mittel. Jaja, Hamburg hatte damals ja immerhin auch eine Constituante, die eine Verfassung ausarbeitete. Man kann aber sagen, die Pfälzer waren schon einen Schritt weiter, weil sie tatsächlich ihre Unabhängigkeit erklärt und dafür gekämpft haben.«

»Unser Lehrer macht das ganz gut«, kommentierte Jens engagiert. »Er bringt uns die großen Linien der Geschichte bei, was ja jeder in ganz Deutschland wissen muss. Aber dann erklärt er die Sachen oft mit Ereignissen hier aus der Gegend. Damit wir uns auf das Referat vorbereiten können, hat er uns erzählt, dass dieser Friedrich Engels – das ist der mit dem Marx, wisst ihr – hier in der Pfalz mitgekämpft hat und darüber geschrieben hat.«

»Ach ja?«, fragte Ingrid Badenhop.

»Wie, Marx?« Hendrik war nicht auf Ballhöhe. »Dieser Bischof? Was hat der damit zu tun?«

»Komm, Hendrik«, ätzte Jens. »Jetzt reden die Großen. Es geht natürlich um den Marx mit dem Kommunistischen Manifest. Das hat er nämlich zusammen mit Engels geschrieben.«

»Und so was lernt ihr in der Schule? Kommunismus?« Hendrik ließ nicht locker.

»Nein, verdammt. Dieser Engels ist damals in der Pfalz gewesen. Er hat ziemlich lustig darüber geschrieben. Wir haben uns nicht mehr eingekriegt vor Lachen, weil er auch die Pfälzer so gut beschreibt. Soll ich's mal holen?«

Das fanden alle gut.

Jens verschwand in seinem Zimmer und kam mit ein paar fotokopierten Seiten zurück. »Der Artikel heißt ›Die deutsche Reichsverfassungskampagne‹. Mutti, lies du vor, du kannst das gut.«

Ingrid Badenhop tat ihnen den Gefallen und las:

»Wer die Pfalz nur einmal gesehen hat, begreift, dass eine Bewegung in diesem weinreichen und weinseligen Lande einen höchst heiteren Charakter annehmen musste. Man hatte sich endlich einmal die schwerfälligen, pedantischen, altbayerischen Bierseelen vom Halse geschafft und an ihre Stelle fidele pfälzische Schoppenstecher zu Beamten ernannt. Man war endlich diese tiefsinnig tuende bayerische Polizeischikane los, die in den sonst so ledernen ›Fliegenden Blättern‹ ergötzlich genug persifliert wurde und die dem flotten Pfälzer schwerer auf dem Herzen lag als irgendetwas anderes. Die Herstellung der Kneipenfreiheit war der erste revolutionäre Akt des pfälzischen Volkes: Die ganze Pfalz verwandelte sich in eine große Schenke, und die Massen geistigen Trankes, die ›im Namen des pfälzischen Volkes‹ während dieser sechs Wochen verzehrt wurden, übersteigen alle Berechnung.

Man brauchte eben keinen großen Scharfblick, um zu erkennen, welche unangenehme Enttäuschung in wenigen Wochen die preußische Armee über diese vergnügten Pfälzer bringen werde. Und doch waren die Leute in der Pfalz zu zählen, die nicht in der größten Sicherheit schwelgten. Dass die Preußen kommen würden, daran glaubten die wenigsten, dass sie aber, wenn sie kämen, mit der allergrößten Leichtigkeit wieder hinausgeschlagen würden, das stand allgemein fest.

In der Pfalz war der Mann nur nebenbei ›ernst‹. Die ›Begeisterung‹ und der ›Ernst‹ dienten nur dazu, die allgemeine Lustigkeit zu beschönigen. Aber man war immer ›ernst‹ und ›begeistert‹ genug, um sich allen Mächten der Welt, und namentlich der preußischen Armee gegenüber unüberwindlich zu glauben; und wenn in stillen Stunden der Sammlung einmal ein leiser Zweifel aufstieg, so wurde er mit dem unwiderleglichen Argument beseitigt: Wenn dem auch so wäre, so dürfe man es doch nicht sagen.«

Die ganze Familie hatte viel Spaß, weil jeder den Eindruck gewann, die Pfälzer hätten sich seitdem – zumindest aus norddeutscher Sicht – im Prinzip nicht verändert.

Badenhop hörte seiner Frau fasziniert zu und beobachtete die übrigen Zuhörer. Er fühlte sich wehmütig wohl. Die Atmosphäre in der Familie, die Gemeinschaft der drei Generationen, erschienen ihm ausnehmend schön. Mit Schrecken stellte er fest, dass er dies alles verlieren könnte.

Als er kurz vor Mitternacht im Bett lag, spürte er, dass er mehr Wein getrunken hatte als üblich. Neigte er dazu, seine Sorgen in Alkohol zu ertränken? Eigentlich nicht. Aber seit einiger Zeit stand beim Abendessen fast immer auch eine Flasche Wein auf dem Tisch, wenn seine Mutter zu Besuch war sowieso.

Heute hatte er einen Riesling und einen Weißburgunder geöffnet und hin und her probiert, um sich den Geschmack der beiden Sorten einzuprägen. Zu einem klaren Ergebnis war er nicht gekommen, zu einem spürbaren Schwips schon.

In kürzester Zeit war er eingeschlafen. Seine Frau stieß ihn während der Nacht mehrfach an, weil er schnarchte. Immerhin eine Berührung, dachte er in verbitterter, schlaftrunkener Selbstironie.

SECHS

Angesichts der gespannten Situation am Frühstückstisch fand es Badenhop an diesem Montag nicht angemessen, in aller Ruhe nach der Tageszeitung zu greifen, die er morgens gern las. Stattdessen machte er sich rasch auf den Weg ins Büro.

Er war überrascht, welche Geschäftigkeit dort bereits herrschte. Sabine Vogel winkte ihn in ihr Sekretariat und machte ihm aufgeregt klar, dass die Staatsanwältin sofort eine Konferenz wünschte und für elf Uhr eine Pressekonferenz angekündigt hatte.

»Was ist los?«, fragte Badenhop konsterniert.

Sabine Vogel sah ihn an, als stünde er im knallbunten Hawaiihemd vor ihr. »Haben Sie keine Zeitung gelesen?« Sie hielt ihm einen ausgerissenen Artikel vor die Nase.

Chef der Weinkontrolle ermordet
Der Verkehrstod einer Bergzaberner Chirurgin und des Chefs der rheinland-pfälzischen Weinkontrolle, Ministerialrat Gerd Lautereck, war kein Unfall, sondern Mord. Die Kriminalpolizei ermittelt, hüllt sich aber in Schweigen.
(peu) Seit einigen Tagen herrscht in der Abteilung für Schwerverbrechen bei der Neustadter Polizei hektische Betriebsamkeit. Das Ehepaar Lautereck war bei einem Verkehrsunfall in der Nähe von Neustadt ums Leben gekommen (wir berichteten). Was die Polizei bisher verschwieg: Die Bremsen des Unfallwagens waren manipuliert, der Unfall bewusst herbeigeführt. Es geht also nicht um einen Unfall, sondern um Mord.
Ob der Anschlag der Ärztin oder dem Weinkontrolleur galt, ist noch nicht endgültig geklärt. Wie die »Rheinpfalz« aus zuverlässiger Quelle erfuhr, wird in verschiedene Richtungen ermittelt. Im Verdacht stehen Angehörige einer Patientin, die von der Ärztin angeblich falsch behandelt wurde und nun querschnittgelähmt ist. Politisch delikater sind allerdings Ermittlungen in Schweigen, wo Gerd Lautereck sich bei Winzern äußerst unbeliebt gemacht hat, weil er den Schweigenern mit Weinbergen auf elsässischem Gelände

Bezeichnungen untersagt hat, die andernorts zugelassen sind. Der Regierungsbeamte soll deshalb auch schriftlich bedroht worden sein, wie Schweigener Winzer erfahren haben.
Ob der Konflikt in Schweigen das Mordmotiv lieferte, steht jedoch nicht fest. Der Fall könnte leicht weitere Kreise ziehen. Schließlich ist die rheinland-pfälzische Weinkontrolle ständig mit Unregelmäßigkeiten bei der Weinerzeugung, -etikettierung und -vermarktung befasst. In einigen Fällen geht es dabei um erhebliche Geldbeträge, insbesondere bei der Belieferung des Lebensmittelhandels mit großen Weinmengen. Steckt hinter dem Mord also ein handfester Weinskandal, von dem die Öffentlichkeit bisher nichts wusste?
Von der Polizei und von der zuständigen Staatsanwältin war gestern nichts zu erfahren. Wie lange die womöglich durch Weinmanipulationen betroffene Öffentlichkeit noch auf Erklärungen warten muss, ist unklar.

»Das hat uns gerade noch gefehlt: Spekulationen, die den Leuten Angst vor einem Weinskandal machen«, brummte Hochdörffer, der auf dem Weg ins Konferenzzimmer hinzugetreten war.

»Sie hören sich ja fast an wie die Welsch«, verkündete Kevin Gross fröhlich und erntete dafür eine Geste, die an den Ansatz einer Ohrfeige erinnerte.

Die eilig einberufene Konferenz brachte keine Neuigkeiten, sondern eindeutige Anweisungen der Staatsanwältin. »Erstens: Mit der Presse spricht niemand außer mir. Das gilt auch für die Pressekonferenz nachher um elf Uhr, bei der Kommissar Badenhop anwesend sein wird, falls Bedarf an Details besteht. Zweitens: Es muss mit besonderem Hochdruck an der Lösung des Falles gearbeitet werden, damit nicht weitere Spekulationen der Presse die Menschen draußen verwirren und die Weinbranche unnötig Schaden nimmt. Drittens: Ich werde selbst bei der Weinbauministerin vorsprechen, um festzustellen, ob tatsächlich weitere Konfliktfälle beziehungsweise Mordmotive denkbar sind, wie in diesem Artikel spekuliert wird. Kommissar Badenhop wird mich begleiten. Noch Fragen?«

»Mich würde interessieren, woher der Journalist die Information von den manipulierten Bremsen hat«, fragte Badenhop in die

Runde. Er vermutete, die Staatsanwältin habe sich wieder einmal der Presse gegenüber ins Licht setzen wollen. Doch niemand meldete sich.

Karin Welsch zuckte mit den Achseln. »Der Personenkreis, der Kenntnis hatte, war groß. Ich gehe davon aus, dass die hier Versammelten sich an unsere Vereinbarung gehalten haben. Jetzt tut es eh nichts mehr zur Sache.«

Die Pressekonferenz war kurzfristig angesetzt worden. Dennoch drängten sich alle wichtigen regionalen Medien sowie einige überregionale Korrespondenten ins enge Foyer des Präsidiums. Eines musste man Karin Welsch lassen: Ihre Auftritte vor Publikum waren gekonnt. In knappen, klaren Sätzen schilderte sie den augenblicklichen Kenntnisstand, ohne allerdings die neue Spur zu den Kaufverträgen zu erwähnen. Dafür schloss sie ihre Darstellung mit den Worten: »Ich kann Ihnen natürlich nicht verbieten, zu spekulieren, meine Damen und Herren, wie das ja heute Morgen bereits geschehen ist. Es wäre aber hilfreich, auch für Ihre Leser, wenn Spekulationen als solche zu erkennen wären. Die Polizei jedenfalls hat keinerlei Hinweis darauf, dass sich hinter dem Mord ein Weinskandal verbirgt.«

»Warum haben Sie uns nicht gleich über den Mordanschlag informiert? Und woher sollen wir wissen, dass Sie uns jetzt nicht wieder die Hälfte verschweigen?«, wollte ein Schwergewicht wissen, das sich mit »Peust, ›Rheinpfalz‹« vorgestellt hatte.

»Wir haben Sie nicht informiert, weil wir ein paar Tage in Ruhe arbeiten und genau solche sinnlosen Spekulationen wie heute Morgen vermeiden wollten. Übrigens deuten unsere bisherigen Ermittlungsergebnisse nur wenig darauf dahin, dass es dem Mörder um den Ministerialbeamten Gerd Lautereck ging. Wir halten es für wahrscheinlicher, dass Frau Berlingen getötet werden sollte. Es ist der Sache nicht dienlich, die Landesregierung und ihre Beamten hineinzuziehen.«

Ein Mitarbeiter eines Boulevardblattes, der sich ungestüm nach vorn gedrängt hatte, legte nach: »Wenn Sie glauben, es ging eher um die Ärztin: Heißt das, dass die Dame häufiger Patienten zu Krüppeln gemacht hat und deshalb der Kreis der Verdächtigen groß ist?«

Karin Welsch sah Badenhop an und nickte ihm kaum merklich zu.

Er war froh, dieser Vermutung deutlich widersprechen zu können. »Das Gegenteil ist richtig. Wir können Ihnen keinen Verdächtigen präsentieren, weil wir noch am Anfang stehen. Nach unserer Kenntnis war Frau Berlingen eine ausgezeichnete Ärztin. Ich rate Ihnen, an den Mord nicht auch noch einen Rufmord anzuhängen.«

»Kurz gesagt: Die Polizei hat keine Ahnung, um was es ging«, bilanzierte der Boulevardjournalist, der sich in gespielter Verzweiflung die Augen mit einer Hand bedeckte und dabei den Kopf schüttelte.

Badenhop musste ihm insgeheim recht geben, doch Karin Welsch sagte: »Geben Sie uns noch etwas Zeit. Wir finden den Mörder. Dann sind Sie bestimmt die Ersten, die alle wesentlichen Details erfahren.«

Von dem erneuten Gespräch mit den Berlingens versprach Badenhop sich viel. Er hatte nicht den Eindruck gewonnen, dass die Spur des Ehepaares Keller sie weit führen würde. Sicher war er sich nicht, aber ein unbestimmtes Gefühl sagte ihm, dass die Lösung des Falles in Schweigen zu finden war. Natürlich hatte die Staatsanwältin recht, wenn sie darauf hinwies, dass die Winzer kein sehr prägnantes Motiv hatten, auch wenn man ihre Reizbarkeit in Betracht zog. Andererseits: Die Hintergründe der Verträge beim Verkauf von Sankt Peter waren noch völlig unklar. Aber es wäre nicht das erste Mal, dass im Zusammenhang mit wertvollen Immobilien Unregelmäßigkeiten zu Verbrechen führten.

Es fiel Badenhop schwer, bei der Sache zu bleiben. Überlegungen zu dem Fall verschwammen in seinem Kopf mit seiner privaten Situation und den Ereignissen der letzten Tage.

Äußerlich war es ein ruhiges Wochenende gewesen. Einkaufen, kochen, lesen, Gespräche mit den Jungs. Am Samstag hatte Schwörer angerufen und sie bedrängt, mal wieder gemeinsam auszugehen. Ingrid Badenhop hatte zunächst ablehnend reagiert, weil sie »die laute Lustigkeit Schwörers und die ständigen Gespräche über Wein gerade nicht sonderlich gebrauchen« konnte.

Nachdem die Jungs jedoch überraschend zustimmend reagiert

hatten, vor allem als klar war, dass es zu Netts in Gimmeldingen gehen sollte, hatte sie sich bereit erklärt, mitzugehen. Die schöne Terrasse mit weitem Blick über die Rheinebene und die einfallsreiche, leicht südländisch angehauchte Küche mit kräftigen Aromen hatten es den Jugendlichen angetan. Aber nicht nur ihnen. An warmen Sommerabenden gab es in der Nähe von Neustadt, wie auch Ingrid und Jan Badenhop fanden, kaum einen besseren Platz im Freien, um gut zu essen und wie auf einem Balkon über der Rheinebene zu sitzen.

Schwörer legte Wert auf die Feststellung, dass auch die Weinkarte einiges zu bieten habe, und empfahl »ausnahmsweise wegen der Hitze« einen Moselriesling mit Restsüße, der als Aperitif allgemeine Begeisterung hervorrief. Der Abend war vor allem dank der schier unbegrenzten Unterhaltungskunst Schwörers äußerlich sorglos dahingeplätschert. Der Weinkontrolleur verfügte über einen Fundus von Anekdoten aus der Welt des Weines und konnte sich ansteckend ausschütten über seine eigenen albernen Witze, die er gern in breitestem Pfälzisch erzählte. »Kummt enn Mann zum Bauer: ›Heer mol, raacht dei Kuh?‹ De Bauer: ›Spinnschd du, e Kuh, die raacht?‹ De Mann: ›Nit? Dann brennt dei Scheier.‹«

Badenhop war die weitgehende Schweigsamkeit seiner Frau dennoch nicht verborgen geblieben. Bei der Rückfahrt im Auto sprach sie keinen Ton, während er mühsam mit den Jungs ein Gespräch zustande bringen wollte.

Als sie allein waren, platzte es aus Ingrid Badenhop heraus: »Jan, du scheinst agieren zu wollen, als wäre nichts passiert. So geht es nicht. Sag mir, was du willst. Ich halte das nicht aus. Mir geht es hundsmiserabel. Ich will nicht vor anderen Leuten Theater spielen, während ich am liebsten schreien möchte. Tu etwas, drück dich nicht vor klaren Entscheidungen, sonst muss ich das machen.«

»Du hast recht. Ich verhalte mich, wenn ich mit euch zusammen bin, so wie immer. Das hat einen Grund. Ich bin sehr, sehr gern mit euch zusammen, Ingrid«, hatte er geantwortet. »Es ist das, was ich will. Ich liebe euch. Und noch lieber hätte ich, dass auch du es genießen kannst. Können wir nicht diese unsere Stärken, die ja nicht weniger geworden sind, trotz allem ein wenig pflegen? Auch um uns zu helfen? Vielleicht würde es die klaren Entscheidungen leichter machen. Aber verzeih, wenn der Eindruck entsteht, ich wollte mich vor der Verantwortung drücken.«

Ingrid Badenhop hatte tief durchgeatmet und einen Moment geschwiegen. »Ich weiß, ich müsste um dich kämpfen. Wie sagt man: mit den Mitteln der Frau, oder? Aber es funktioniert nicht. Ich beginne, dich nicht mehr leiden zu können, wenn ich über das nachdenke, was du uns antust.«

Die beiden bisher nicht vernommenen Nachbarn des Ehepaares Lautereck-Berlingen waren nun erreichbar. Gross hatte die Kontaktdaten ermittelt und sich mit ihnen verabredet. Er stand einer etwa fünfzigjährigen Frau gegenüber, die ihn von oben bis unten musterte, sich dann als Gabriele Ebert vorstellte und ihn ins Haus bat, nachdem sie sich seiner Identität versichert hatte.

»Mein Mann ist auch da. Er hätte eine Schulstunde gehabt, die hat er abgesagt. Es scheint ja wichtig zu sein, wenn man sich vor Augen hält, was heute in der Zeitung steht. Würden Sie sich bitte die Schuhe ausziehen?«

Gross hatte dazu keine Lust und blieb im Flur stehen. »Moment, Frau Ebert. Haben Sie oder Ihr Mann denn in der fraglichen Nacht oder vorher etwas Verdächtiges beobachtet?«

Ein grauhaariger, hoch gewachsener Mann in gräulichem Anzug und Hausschuhen kam an die Tür des Wohnzimmers, nickte Gross grüßend zu und sagte in scharfem Ton zu seiner Frau: »Lass den Mann doch ins Wohnzimmer«, und zu Gross fast ebenso streng: »Was glauben Sie, was wir als Nachbarn beobachtet haben?«

Gross zuckte mit den Achseln. »Sagen Sie es mir.«

Der Mann winkte Gross, ihm zu folgen, ging zurück ins Wohnzimmer und zeigte auf ein großes Fenster. »Kommen Sie und erklären Sie mir, was Sie sehen.«

Gross sah aus dem Fenster. Was soll das nun werden?, dachte er. Ein Stück Garten, ein Maschendrahtzaun, ein Stück Garten der Nachbarn, eine Terrasse hinter deren Wohnhaus. »Nichts Besonderes, Herr Ebert. Was sollte ich denn sehen?«

»Nun, junger Mann, direkt nebenan ist die Terrasse des ermordeten Ehepaares. Was denken Sie, was wir da beobachten können?«

Das darf doch nicht wahr sein, dachte Gross. Er konnte seine

Gereiztheit nicht verbergen. »Herr Ebert, sicher ist es pädagogisch wertvoll, wenn Sie Ihre Schüler mit Fragen zum Nachdenken anregen. Aber ich bin Polizist. Ich mache hier kein Ratespiel. Ich frage Sie, ob sie etwas Besonderes beobachtet haben, und wenn ja, was.«

Der Pädagoge richtete sich verärgert auf, zog die Mundwinkel nach unten und hob warnend den Finger. »Ich darf doch sehr bitten, hier in meinem Hause diesen scharfen Ton zu unterlassen.«

Deeskalieren, Kevin, nahm Gross sich vor, setzte sein freundlichstes Lächeln auf und schleimte gekonnt: »Es tut mir sehr leid, Herr Ebert, wenn ich nicht den richtigen Ton getroffen habe. Wir sind leider durch diesen Mordfall sehr im Stress und auf rasche Ermittlungen angewiesen. Wenn Sie mir bitte einfach sagen könnten, was Sie beobachtet haben, bin ich auch gleich wieder weg.«

»Na, wir sehen und hören die ganz oft streiten«, mischte sich Gabriele Ebert ein, die hinter ihnen stand. »Nicht mal auf der Terrasse haben sie sich besonders zurückgehalten.«

Gross wandte sich zu ihr. »Haben Sie gehört, worum es dabei ging?«

»Nein«, antwortete der immer noch nicht ganz beruhigte Mann in ungehaltenem Tonfall. »Wenn wir etwas gehört haben, dann zufällige Wortfetzen. Wir gehören ja nicht zu den Leuten, die sich ans Fenster stellen und lauschen. Aber dass dieses Ehepaar keine gute Ehe führte, hat man immer wieder gemerkt.«

»Sie waren ja auch kinderlos. Aber dass es dann so enden musste …«, jammerte die Frau.

Ebert blitzte sie an. »Mein Gott, Gabriele, das hat doch nichts miteinander zu tun. Hat etwa einer den anderen umgebracht?« Er sah seine beiden Zuhörer an, als ob sie die Frage beantworten müssten. Dann gab er sie selbst. »Nein. Beide sind von einer anderen Person ermordet worden.«

Gabriele Ebert hatte eine Idee. »Oder etwa doch? Wollte einer von beiden ihrem Leben ein Ende machen, wenn sie schon nicht miteinander glücklich werden konnten?«

Gross fand im ersten Moment, der Gedanke war nicht völlig von der Hand zu weisen, auch wenn er das Gefühl hatte, die Frau lese zu viele billige Frauenzeitschriften. Nach kurzem Nachdenken verwarf er die Idee jedoch als unwahrscheinlich. »Das nehmen wir nicht an. Selbstmörder manipulieren keine Bremsleitungen. Sie finden andere, direkte Wege. Aber haben Sie in der fraglichen Nacht etwas beobachtet?«

»Nein. Wir waren gar nicht hier«, ließ der Lehrer Gross' Hoffnungen platzen.

Um vierzehn Uhr war er mit den Berlingens verabredet. Badenhop blieb noch Zeit, in der Nähe des Weintores in der Weinstube Jülg zu essen, die er einige Tage vorher gesehen hatte, als er mit dem Winzer sprach.

Er trat durch das große Tor, das auch zum Kellereigebäude führte, und erreichte einen gepflasterten, weiträumigen und oleandergeschmückten Hof mit dunklen Holzklappmöbeln. Die Tische im Hintergrund, wo ein riesiger Ahorn Schatten spendete, waren alle besetzt. Badenhop fand einen Sitzplatz in der Nähe der Außenmauer und bestellte Leberknödel mit Sauerkraut, die bald fluffig-weich und duftig vor ihm standen. »Großmutterqualität« hatte Schwörer einmal anerkennend die traditionellen Pfälzer Gerichte genannt, die hier besonders typisch serviert wurden.

Badenhop, neugierig geworden, wollte auch die Stube sehen. Er ging nach dem Essen ins Haus und fühlte sich um einige Jahrzehnte zurückversetzt. Die schlichten, keineswegs überladenen Räume der traditionellen Weinstube, so wünschte er sich in einem Anflug von Emotionalität, blieben hoffentlich noch viele Jahre so unverändert heimelig.

»Von Frankreich aus gesehen, beginnt die Pfalz nicht mit dem Weintor, sondern mit der Weinstube Jülg.« Dieser Satz von Schwörer war ihm in Erinnerung geblieben. Er verstand nun, was damit gemeint war, und machte sich auf den Weg durch das Dorf nach Sankt Peter.

Heute war es Daniel Berlingen, der Badenhop öffnete. Der Hund trottete hinter ihnen her, als sie zum Haus liefen. Badenhop hatte bereits am Telefon den Ordner mit den Unterlagen zu Sankt Peter erwähnt.

»Ich hätte Ihnen dazu etwas sagen können«, meinte Berlingen

entschuldigend. »Aber ich wäre gar nicht auf die Idee gekommen, dass der Tod meiner Tochter etwas mit den verschiedenen Verkäufen unseres Hauses zu tun haben könnte.«

Sie saßen wieder am Tisch unter der nach zwei Seiten offenen Arkade, die einen schönen Blick in den Garten, auf den mächtigen Turm und auf ein relativ neues Gebäude im Hintergrund erlaubte. Eine Flasche Wein, Wasser und Gläser standen schon auf dem Tisch.

Unter anderen Umständen hätte es ein angenehmes Gespräch über die sicher von dem Hausherrn ausführlich erforschte Geschichte der Burg werden können. Seinen Gastgebern sah Badenhop jedoch immer noch die Bürde der jüngsten Ereignisse an.

Er sah sich um und nickte dem Ehepaar anerkennend zu. »Sehr schön haben Sie es hier. Wenn ich den Kaufvertrag richtig verstanden habe, müssen Sie noch sehr jung gewesen sein, als Sie das Anwesen erworben haben.«

Daniel Berlingen lächelte, nahm die Hand seiner neben ihm sitzenden Frau und ließ gedankenverloren die Jahre an sich vorüberziehen, bevor er antwortete. »Es ist vierzig Jahre her. Ich war damals als junger Rechtsanwalt in einer Kanzlei meiner Heimatstadt Straßburg angestellt. Meine Eltern starben früh und hinterließen mir als einzigem Nachkommen ein Haus in der Innenstadt und etwas Geld. Beides zusammen reichte aus, um Sankt Peter zu finanzieren. Ich war seit meiner Kindheit verrückt nach alten Gebäuden, vor allem nach Burgen. Meine Eltern habe ich jeden Sonntag auf Ausflüge zu Ruinen festnageln wollen. Wenn wir endlich da waren, konnte ich stundenlang herumstromern, stöbern und in jede Ecke kriechen. Meiner Frau bin ich bis heute dankbar, dass sie damals dieses Risiko mit eingegangen und mit mir aus der Großstadt hier aufs Land in eine halbe Ruine gezogen ist. Die Eltern meiner Frau haben uns etwas Geld gegeben, damit wir uns einrichten konnten, um mit der Familie hier leben zu können. Es kamen ja dann auch bald die Kinder zur Welt. Die ersten Jahre waren sehr ländlich und sehr rustikal. Ich hatte das Glück, dass ich in Weißenburg bei einem älteren Kollegen in die Kanzlei eintreten und nach dessen Pensionierung die Kanzlei übernehmen konnte. Nach und nach haben wir, wie es unsere Mittel zuließen, den heutigen Zustand hergestellt. Zum Glück war immer noch etwas Geld für eine gute Flasche Wein übrig. Bitte bedienen Sie sich doch.« Er zeigte auf Wein und Wasser.

»Weingut Kerth, Riesling Kalkmergel trocken«, las Badenhop. Lust hatte er schon, sagte aber: »Danke, ich nehme gern ein Glas Wasser. An Ihren sicher sehr guten Wein traue ich mich am frühen Nachmittag noch nicht heran. Ich fürchte, ich könnte mich nicht mehr genug konzentrieren. Aber ich habe schon gehört, dass Sie Weinsammler sind und regelmäßig hochinteressante Weinproben veranstalten. Ein gemeinsamer Bekannter, Herr Schwörer, hat es mir erzählt.«

»Ja, Schwörer. Ein exzellenter Verkoster, der uns immer wieder mit seiner guten Nase und seinem beachtlichen Erinnerungsvermögen verblüfft.« Berlingen verstummte einen Moment, als ob er sich ein wenig wehmütig frühere Erlebnisse vor Augen führen würde. »Kürzlich mussten wir ihn leider wieder ausladen. Wir hatten vor, einige der besten Elsässer und Pfälzer Rieslinge zu vergleichen. Aber nach dem Tod unserer Tochter haben wir die Probe natürlich abgesagt. Die Weine sind noch da. Wir werden die Verkostung nachholen, wenn wir uns wieder in der Lage fühlen, Gäste zu empfangen. Vielleicht haben Sie auch Interesse.«

Badenhop fühlte sich geehrt, wehrte aber ab. »Ich bin neu in der Pfalz und verstehe leider noch fast nichts von Wein. Wenn ich fragen darf: Sie haben sich sicher auch mit der Geschichte der Burg beschäftigt. Aus welcher Zeit stammt sie?«

Daniel Berlingen schenkte sich und seiner Frau Wein und Wasser in jeweils verschiedene Gläser. »Wir haben drüben unter dem Nebengebäude die Reste eines romanischen Altars ausgegraben. Sicher stand hier im Mittelalter eine Kapelle, die später, durch eine Kirche ersetzt, zu einer pröpstlichen Residenz erhoben und zu einer festen Burg ausgebaut wurde. Um 800 wurde Sankt Peter als eines von vier Oratorien um das Kloster Weißenburg genannt. Sie lagen außerhalb des Klosterbezirks und wurden später, spätestens wohl im 13. Jahrhundert, zu Befestigungen umgebaut. Die anderen drei sind heute verschwunden. Die Zerstörung dieser Befestigung hier fällt wohl in die Zeit des Bauernkrieges. Danach wurde sie nie wieder vollständig aufgebaut, obwohl sie bewohnt war. Die letzte umfangreiche Restaurierung und der Neubau des Gebäudes dort drüben erfolgten Ende des 19. Jahrhunderts.«

Badenhop hätte gern mehr Details erfahren, wollte aber doch wieder auf den Fall zurückkommen. »War das im 19. Jahrhundert bereits die Familie Levi, von der in einem der Verträge die Rede ist?«

»Ah, ich sehe, meine Tochter hat diese Sache weiter verfolgt.« Berlingen war überrascht. »Wusstest du das, Louise?«

Seine Frau schob ein Schälchen mit Gebäck in Richtung Badenhop. »Greifen Sie ruhig zu. Das Gebäck behindert die Konzentration nicht. Ja … Brigitte hat mir von der Sache erzählt. Du weißt ja, Daniel, dass irgendwann der junge Mann hier gewesen ist. Mit ihm ist sie wohl in Kontakt geblieben. Aber vielleicht sollte der Kommissar die Sache chronologisch erfahren. Die Familie Levi hat das Anwesen nämlich zu Anfang des 20. Jahrhunderts erworben. Die Leute waren wohlhabende Weinhändler, wie viele Juden in der damaligen Zeit. Sie haben etwa dreißig Jahre lang hier gelebt, bis sie von den Nazis vertrieben wurden.«

Badenhop hatte bereits bei der Durchsicht der Unterlagen vermutet, dass der Verkauf im Jahr 1940 nicht freiwillig erfolgt war.

Daniel Berlingen bestätigte diesen Sachverhalt. »Das Elsass gehörte 1940 ja schon wieder zum Deutschen Reich. Das besiegte Frankreich musste im Frühsommer Hitlers Auflagen zustimmen, dass alle Juden französischer Staatsangehörigkeit aus Lothringen und dem Elsass in den unbesetzten Teil Frankreichs deportiert wurden, oft in das Internierungslager Gurs am Fuß der Pyrenäen. Das geschah alles etwa zwischen Juli und Ende Oktober 1940. Die Levis hatten sich gerade noch rechtzeitig für eine Ausreise entschieden und Hals über Kopf das Anwesen verkauft. Später, bei anderen Juden, die deportiert wurden, hat man das Eigentum einfach konfisziert. Um diesen Raub legal erscheinen zu lassen, mussten die Leute vor der Deportation Abtretungserklärungen unterschreiben. So gesehen erging es den Levis nicht ganz so schlimm. Am Ende haben sich die Braunen allerdings im Weinhandel selbst ein Bein gestellt.«

Badenhop wunderte sich, wusste aber wenig über die Details der damaligen Zeit in der Pfalz. »Ich dachte, die Nazis hätten den Weinbau unterstützt.«

Berlingen nickte. »Hinterher schon. Sie haben das protzige

Weintor gebaut und versucht, den Tourismus und den Weinverkauf anzukurbeln. Das war aber auch nötig, denn zwei riesige Ernten von 1934 und 1935 waren kaum abzusetzen. Später kam noch hinzu, dass sie, stumpfsinnig ideologisch, wie sie waren, den bestehenden Weinhandel gründlich zerstörten, weil er weitgehend von Juden geführt wurde. Die jüdischen Händler wurden schikaniert und aus dem Geschäft gedrängt. Dadurch brach der Handel zwischen den Weinbaugebieten und den Städten im Norden teilweise zusammen. Die Levis hatten Glück, weil sie im Elsass wohnten und auch hier Geschäfte machten. Aber ihr deutsches Geschäft war schon lange vor ihrer Flucht weggebrochen. Ich habe das alles erfahren, bevor wir Sankt Peter erwarben, weil ich das Anwesen nicht kaufen wollte, ohne seine Geschichte zu kennen. Dabei hat mir ein älterer Archivar in Weißenburg die Sache mit den Levis erzählt. Sie standen unter Druck, mussten vor den Nazis fliehen und haben, wie es häufig geschah in dieser Zeit, alles für einen lächerlichen Preis verkaufen müssen. Schon vorher war eine Horde brauner Rowdies hier eingedrungen und muss ein Teil der bewohnten Räume verwüstet haben.«

»Das hier ist der Kaufvertrag, mit dem die Immobilie von Levi auf Kuhn übergeht, nicht wahr?« Badenhop schob die Kopie aus Brigitte Berlingens Ordner über den Tisch.

»Ach!« Daniel Berlingen nahm erstaunt die Kopie in die Hand und studierte das Dokument aufmerksam. »Ich habe den Vertrag selbst noch nie gesehen. Ich wusste nur von dem Zwangsverkauf. Mir war das sehr unangenehm, dass wir quasi von einem Verbrechen profitieren würden, auch wenn unser Kauf natürlich rechtsgültig war. Wir haben damals, jung und neugierig, wie wir waren, recherchiert und tatsächlich die verarmte Frau Levi in einer sozialen Einrichtung in der Nähe von Detroit ausfindig gemacht. Wir wollten, dass wenigstens ein bisschen von dem Unrecht gutgemacht wurde und sie in einer besseren Einrichtung leben konnte. Deshalb habe ich beim Verkäufer, also dem Kuhn, darauf gedrängt, dass ihr ein Teil der Verkaufssumme zukommen sollte.«

Badenhop hoffte, dass sie sich nun dem Mordfall näherten. »Der Verkäufer, Karl Kuhn, war Weingutsbesitzer? Dieser Tage habe ich mit einem Weingut Kuhn in Schweigen gesprochen.«

Berlingen nickte. »Ja. Der alte Kuhn, der in den siebziger Jahren noch lebte und in der Nazizeit in der Partei aktiv war, hatte für die Immobilie den Zuschlag bekommen. Diese Art der Verteilung von jüdischem Besitz an Parteigenossen war ja in der damaligen Zeit nicht ungewöhnlich. Wir waren politisch engagiert und sahen die Möglichkeit, die Welt ein wenig gerechter zu machen, indem wir ziemlichen Druck auf den Verkäufer ausübten. Wir haben damit gedroht, den Zwangsverkauf publik zu machen. Na ja, große Freunde mit den Kuhns sind wir dadurch nicht geworden. Karl Kuhn wollte in der politisch sehr aufgeheizten Stimmung Anfang der siebziger Jahre natürlich nicht mit seinem Weingut an den Pranger gestellt werden. Außerdem waren sie darauf angewiesen, Sankt Peter zu verkaufen, weil damals die Geschäfte wohl nicht so gut gingen. Sonst wären wir mit unserer Idee nicht durchgekommen. Ausgleichende Gerechtigkeit, wenn man so will … Am Ende haben wir einen etwas höheren Preis gezahlt, aber er hat mehr als diese Differenz zugunsten von Frau Levi abgegeben. Damit war für uns die Sache erledigt.«

Für die Familie Kuhn auch? Badenhop fragte sich, ob ein vierzig Jahre zurückliegender Grundstücksverkauf heute Anlass für einen Mord sein könnte. Unwahrscheinlich. Aber galt das nicht für alle Motive in diesem verdammten Mordfall? Vielleicht gab es eine aktuelle Fortsetzung der langen Geschichte dieser Burg.

»Haben Sie eine Vorstellung, wie Ihre Tochter an diesen Vertrag gekommen ist?«

Während Daniel Berlingen ablehnend die Hände hob, nickte Louise Berlingen. »Wir haben dir doch erzählt, Daniel, dass vor einiger Zeit dieser junge Mann hier gewesen ist, der Amerikaner. Er stand eines Tages mit einem Rucksack auf dem Rücken vor der Tür und sagte, er sei auf Europareise und wolle gern Sankt Peter sehen, weil seine Vorfahren hier gewohnt hätten. Die alte Frau Levi, die damals das Geld bekommen hatte, sei seine Großmutter gewesen. Brigitte war gerade hier. Wir haben ihm alles gezeigt. Brigitte hat sich mit ihm noch eine Weile unterhalten. Mein Englisch ist nicht so gut. Als er wieder ging, war die Sache für mich eigentlich erledigt. Aber Brigitte hat wohl den Kontakt gehalten. Sie hatte von meinem Mann das Interesse an der Geschichte von Sankt Peter geerbt.« Louise Berlingen hielt inne.

Badenhop sah, dass sich ihre Augen mit Tränen gefüllt hatten. Deshalb richtete er den Blick auf Daniel Berlingen. »Vielleicht hatte der Amerikaner den Vertrag dabei?«

»Nein.« Louise Berlingen hatte sich rasch wieder gefangen. »Brigitte hat mir vor ein paar Wochen erzählt, dass sie diesen Amerikaner – jetzt fällt es mir wieder ein, Solomon Eisenstein heißt er – gebeten hatte, nachzusehen, ob es noch alte Unterlagen über Sankt Peter bei seiner Familie gab. Ach ja: Seine Großmutter ist übrigens wohnen geblieben, wo sie war, und hat den größten Teil des Geldes an ihren Sohn weitergegeben. Der muss es versoffen haben, wenn der junge Mann, der bei seiner Mutter aufwuchs und den Vater kaum kannte, die Wahrheit gesagt hat. Tatsächlich fand der Eisenstein diesen Vertrag hier, den er meiner Tochter in Kopie geschickt hat. Brigitte kam zu mir und fragte, was ich davon halte. Entschuldige, Daniel, dass ich es dir und George nicht erzählt habe. Brigitte wollte euch erst damit befassen, wenn sie mit den Kuhns gesprochen hatte.«

Berlingen legte liebevoll seinen Arm um seine Frau und beruhigte sie. »Ist schon in Ordnung, Liebes. Ich weiß, wie einzigartig euer Verhältnis war.«

Die Tränen kamen zurück. Louise Berlingen machte eine Pause und wischte sich über die Augen. »Der Vertragstext hat uns überrascht. Also das Besondere war, dass nicht nur von Sankt Peter die Rede war, das wir damals gekauft haben. Sondern dieser Karl Kuhn hat den gesamten Immobilienbesitz der Levis für das bisschen Geld bekommen, das im Vertrag steht. Das waren Sankt Peter und außerdem etwa sechs Hektar Weinberge im französischen Teil des Sonnenberg. Brigitte hat wissen wollen, was die wert waren. Gerd, ihr Mann, hat ihr dabei geholfen, es herauszubekommen, soweit ich weiß. Sie haben geschätzt, dass die Weinberge allein damals schon viel mehr wert waren, als Kuhn für alles einschließlich der Burg bezahlt hat. Und wir haben immer geglaubt, er habe nur Sankt Peter gekauft und an uns weiterverkauft.«

Sowohl Badenhop als auch Daniel Berlingen hatten dem Bericht gespannt gelauscht. Brigitte Berlingen hatte also über diese Sache mit dem Weingut Kuhn sprechen wollen. »Wissen Sie, ob das Gespräch mit Kuhn schon stattgefunden hat?«

Louise Berlingen atmete tief durch, wie um sich zu beruhigen. Dann stand sie auf und begann, neben der Arkade auf und ab zu gehen. »Wenn wir jetzt darüber sprechen, kommt es mir vor, als müsste man die Familie Kuhn verdächtigen. Darauf wäre ich bis heute nicht gekommen. So ist es doch, nicht wahr, Herr Kommissar? Ich will aber niemanden in Verdacht bringen, weil ich ja viel zu wenig weiß. So wie Brigitte mir die Sache geschildert hat, hörte es sich vielleicht ein wenig unangenehm, aber nicht gefährlich an.«

Badenhop, der allerdings den Eindruck hatte, hier ergebe sich ein neues Motiv, beruhigte sie. »Sie beschuldigen niemanden, Frau Berlingen. Ihre Aussagen und die Tatsachen zu werten, ist unsere Aufgabe und unsere Verantwortung. Sagen Sie uns einfach, was Sie wissen. Es könnte möglicherweise sehr hilfreich sein, um den Mörder Ihrer Tochter zu finden.«

Louise Berlingen war an einem der Arkadenpfeiler stehen geblieben und lehnte sich daran. »Brigitte hatte ein großes Gerechtigkeitsempfinden und zeigte viel soziales Verantwortungsbewusstsein. Das war ja auch ein Grund für ihre Berufswahl und letzte Woche ein Grund dafür, dass sie sich diese Operation so sehr zu Herzen nahm. Der junge Amerikaner jedenfalls hatte über seine schwierigen Familienverhältnisse berichtet. Er hatte es mit viel Mühe und Nebenjobs geschafft, Literatur zu studieren. Nun wollte er einen Roman schreiben, in dem er die Geschichte seiner Familie aufarbeitete. Deshalb hatte er das Geld zusammengekratzt, um nach Deutschland zu kommen und zu recherchieren. Brigitte war der Meinung, es stünde dem Weingut Kuhn sehr gut an, zu den Kosten des Buchprojekts einen Beitrag zu leisten und damit auch die eigene Geschichte zu verarbeiten. Aber ich kann gar nicht glauben, dass dies etwas mit dem Mord an Brigitte und Gerd zu tun haben könnte.«

Da war Badenhop nicht sicher und überlegte. Die Eigentumsverhältnisse waren geklärt, oder? Er sah Berlingen an. »Herr Berlingen, Sie sind Rechtsanwalt in Frankreich, wo die fraglichen Weinberge heute liegen. Ist es denkbar, dass ein Erbe der ehemaligen Besitzer der Weinberge heute noch Schadenersatzansprüche wegen des sittenwidrigen Vertrages aus dem Jahr 1940 stellen könnte?«

Berlingen dachte einen Augenblick nach, schüttelte dann aber den Kopf. »Das glaube ich nicht. Das ist mehr als siebzig Jahre her. Vertragsangelegenheiten sind in dieser Zeit längst verjährt, und eine Sonderregelung in diesem Zusammenhang, die Fristen für Naziverbrechen beträfe, ist mir nicht bekannt. Rechtliche Ansprüche waren wohl auch nicht das, worauf meine Tochter sich beziehen wollte. Wenn ich es richtig verstanden habe, ging es mehr um einen moralischen Appell. Das Ganze höre ich zum ersten Mal, wie schon meine Frau erklärt hat. So wie ich meine Tochter kannte, wundert es mich allerdings nicht. Ich könnte mir auch vorstellen, dass sie – wie ich vor vierzig Jahren – bei den Kuhns auf die Öffentlichkeitswirkung des plötzlich auftauchenden Nachfahren der beraubten Levis angespielt hätte.« Über sein Gesicht huschte ein Lächeln. »Es sieht fast so aus, als hätten sich manche Dinge in der Geschichte von Sankt Peter wiederholt.«

»So weit war es – glaube ich – nicht«, warf Louise Berlingen ein. »Brigitte hat mir am Tag vor ihrem Tod berichtet, dass sie mit dem alten Kuhn, also Adolf, telefoniert hatte. Sie wollte eigentlich nur um ein Gespräch bitten. Aber Adolf Kuhn hat sich wohl wirklich allein dadurch, dass sie ihn ansprach, unter Druck gesetzt gefühlt und extrem ablehnend reagiert. Ihr Ansinnen sei eine Unverschämtheit und sie solle aufhören, die alten Sachen aufzurühren. Schließlich hat er doch eingewilligt, wenigstens ein Gespräch zu führen, weil Brigitte ihm sagte, sie wolle sonst lieber mit seinem Sohn sprechen, der ja das Weingut schon längst übernommen hat. Aber das wollte der Alte nicht und meinte, dafür wäre er der bessere Ansprechpartner. Warum er nicht wollte, dass sie mit dem Sohn spricht, habe ich nicht ganz verstanden. Getroffen hat sie ihn dann nicht mehr. Am nächsten Tag war sie tot.«

In Landau kennen sich die Neustadter nicht besonders gut aus. Die beiden Kleinstädte an der Weinstraße liegen nur zwanzig Kilometer auseinander, aber was wusste Kriminalassistent Kevin Gross schon von der Landauer Gastronomie? Also stellte er nach der ersten Vernehmung, als sein Magen Nachschub verlangte, seinen Wagen auf dem Messplatz ab, begab sich ins Café Parezzo, das er von einem früheren Fall kannte, setzte sich draußen in der Fußgängerzone in den Schatten und begnügte sich mit einem üppig belegten Focaccia, während er Passanten und Cafébesucher beobachtete.

Als Ausgleich für die schwache Kalorienzufuhr gönnte er sich zum Kaffee eines dieser sagenhaften Stückchen der Weißenburger Konditorei Rebert, die ihn in der Auslage anlachten. Dann machte er sich zu Fuß auf und ging zurück in das nahe gelegene Fliegerviertel.

Das letzte Nachbarhaus des getöteten Ehepaares, dessen Bewohner bei den Vernehmungen noch fehlten, machte einen weniger gepflegten Eindruck als die ebenso stattlichen Bürgerhäuser rechts und links davon, die aber regelmäßig renoviert worden waren. Hier blätterte an manchen Stellen der Putz ab. An den einfach verglasten Fenstern schälten sich Farbpartikel ab. Der Wildwuchs im Garten hatte dafür gesorgt, dass Blumenrabatten weitgehend verdrängt worden waren, weil große Büsche und Bäume die Oberhand gewannen und kein Licht für niedrigen Bodenbewuchs übrig ließen.

»Frau Kohl?«, fragte Gross, als eine alte Dame die Tür öffnete. »Guten Tag. Mein Name ist Kevin Gross von der Neustadter Polizei. Ich ermittle wegen des Unfalls Ihrer Nachbarn.«

Die rundliche kleine Frau mit kurzen grauen Haaren, dunklem Kleid und dunkelblauer Schürze zögerte. Es sah aus, als überlegte sie, ob sie den jungen Mann hereinlassen könnte. Schließlich entschied sie sich dafür. Typ liebenswerte Großmutter, befand Gross.

Sie führte ihn in ein penibel aufgeräumtes Wohnzimmer, das sich wohl seit Jahrzehnten nicht verändert hatte, aber doch von früherem Wohlstand zeugte. Gross setzte sich auf ein Sofa mit kunstvoll geschwungenen Holzteilen im Chippendale-Stil.

Nachdem Katharina Kohl ihm ein Glas Wasser gebracht und sich selbst ihm schräg gegenüber auf einen Sessel gesetzt hatte, war sie bereit für seine Fragen.

»Sie leben allein hier, Frau Kohl?«

Die Frau war überrascht. »Ja, sieht man das dem Haus an? Ich kann halt nicht mehr alles machen, vor allem im Garten. Also, mein Mann ist schon vor über zehn Jahren gestorben. Er hatte sich so auf die Rente gefreut nach fast dreißig Jahren im Versorgungsamt. Und dann konnte er sie nur drei Jahre lang genießen. Die Kinder sind schon viele Jahre aus dem Haus. Sie wohnen beide weit weg mit ihren Familien. Immerhin bin ich noch gut genug beisammen, um sie manchmal zu besuchen.«

Gross befürchtete, dass dies ein langes, freundliches Gespräch ohne großes Ergebnis werden könnte, aber er sollte sich täuschen. »Frau Kohl, letzte Woche, waren Sie da auch verreist, als wir Sie befragen wollten?«

»Nein, nein, ich war vermutlich nur einkaufen oder spazieren. Aber ich habe von den Nachbarn gehört, dass die Polizei Erkundigungen angestellt hat. Und heute steht ja auch in der Zeitung, warum. Wie schrecklich! Hätte ich doch nur gewusst, was der Mann damals in der Nacht vorhatte. Das habe ich ja heute erst verstanden. Wenn Sie nicht angerufen hätten, hätte ich mich bei Ihnen gemeldet. Ich habe nämlich etwas beobachtet. Ich glaube, das müssen Sie wissen.« Sie setzte eine wichtige Miene auf und machte eine Kunstpause.

Gross, dem die Frau recht sympathisch war, legte den Kopf schief und fragte keck: »Verraten Sie es mir?«

Frau Kohl verzog das Gesicht, winkte abwehrend, wie um seine Ironie beiseitezuwischen, stand auf und bat ihn, ihr zu folgen. »Ich weiß, man führt fremde Männer nicht in sein Schlafzimmer, aber Sie sind ja von der Polizei. Ich will Ihnen nur zeigen, dass man von hier aus ganz gut die Straße vor dem Haus von Herrn Lautereck überblicken kann, sehen Sie?« Ihr Schlafzimmer, in dem auch viele Jahre nach dem Tod ihres Mannes noch zwei große Federbetten mit hohen hölzernen Rückenteilen nebeneinanderstanden, lag zwar nach hinten zum Garten hin, aber an der Seite gab ein Fenster den Blick zur Straße frei.

Gross besah sich den Ausblick. »Na dann, Frau Kohl: Was haben Sie gesehen und um wie viel Uhr?«

»Also, ich schlafe oft sehr unruhig und wache häufig auf. In der Nacht vor dem Unfall bin ich gegen drei Uhr wach geworden. Das wusste ich da noch nicht, weil ich erst später auf die Uhr da gesehen habe.« Sie zeigte auf einen Wecker. »Ich bin ins Bad gegangen, um mir ein Glas Wasser zu holen. Irgendwie ist man dann gewohnt, aus dem Fenster zu sehen, wenn man schon daran vorbeigeht. Und da habe ich dort unten, etwa zwei Meter von der Straßenlaterne weg, einen Mann gesehen. Er lag neben dem Auto von Herrn Lautereck. Ich dachte, vielleicht ist der gerade hingefallen. Obwohl er ja komisch dalag, auf dem Rücken, jedenfalls da vorn, ziemlich genau im Blickfeld. Ich glaubte, es wäre ihm beim Hinfallen etwas unter das Auto gefallen, und habe gewartet, was er macht. Er ist dann nach kurzer Zeit wieder aufgestanden.«

»Sie wissen also, welches Auto Herrn Lautereck gehörte und welches seiner Frau?«

»Ja, das größere gehörte ihm. Damit fährt er ja auch meistens. Wissen Sie, ich bin eine alte Frau, die nicht viel zu tun hat. Und ich verhalte mich auch wie eine alte Frau, die nicht viel zu tun hat. Ich sehe nicht nur nachts aus dem Fenster, sondern auch tagsüber. Deshalb weiß ich ungefähr, was da in der Nachbarschaft los ist. Ich hoffe, Sie legen mir das nicht als Altweiber-Neugierde aus.«

Gross fand ihre Ehrlichkeit amüsant. Er lachte. »Für die Polizei ist es immer sehr hilfreich, wenn es Nachbarn gibt, die ein Auge auf das Geschehen haben. Und niemand wird es Ihnen übel nehmen, wenn Sie sich die Zeit vertreiben, indem Sie aus dem Fenster gucken. Mich würde es jedenfalls nicht stören als Nachbar. Aber jetzt spannen Sie mich nicht länger auf die Folter. Erzählen Sie mir, was passiert ist.«

Sie standen immer noch beide am Fenster ihres Schlafzimmers und sahen auf die Straße. »Na ja, die Nachbarn hier stört es auch nicht, glaube ich, abgesehen vielleicht von der ältlichen Schönheit da drüben, die Angst hat, dass man sieht, wie viel Alkohol sie ins Haus schleppt. Entschuldigen Sie, das war böse. Aber mit allen anderen habe ich ein sehr gutes Verhältnis, auch mit den Lauterecks war das so, obwohl sie viel unterwegs waren.« Sie zögerte. »Ach, ich rede zu viel. Sie wollen ja wissen, was der Mann gemacht hat. Also, er hat sich dann umgesehen, als er wieder aufgestanden war. Jetzt wissen wir ja, was er gemacht hat. Aber in der Nacht habe ich mir nichts dabei gedacht. Wenn ich gesehen hätte, wie er sich drunterlegt, vielleicht. Aber er lag ja schon, als ich rausgesehen habe, und da dachte ich halt, er wäre gestürzt. Mein Gott, wenn ich doch die Lauterecks am Morgen angerufen und ihnen gesagt hätte, sie sollen unter ihr Auto sehen! Dann wären sie vielleicht noch am Leben«, sagte Katharina Kohl unglücklich. »Warum ist man aber auch manchmal so dumm als Frau? Meinem Mann wäre das nicht passiert. Ich mache mir Vorwürfe.«

Gross war plötzlich hellwach. Sie hatten eine Zeugin! »Das müssen Sie nicht, Frau Kohl. Sie hatten ja keine Ahnung, dass da ein Verbrechen vorbereitet wurde. Was jetzt für uns viel wichtiger ist: Haben Sie den Mann gekannt, oder können Sie ihn beschreiben?«

»Das ist es ja«, sagte Frau Kohl unzufrieden. »Es war doch Nacht. Genau habe ich ihn nicht gesehen. Aber ich glaube, es war ein eher schlanker Mann, kein dicker. Ich meine, er hätte eher dunkle als helle Haare gehabt, mindestens dunkelblond, nicht zu kurz. Ich habe überlegt, wie alt er gewesen sein könnte. Ich glaube, er war nicht ganz jung und auch nicht ganz alt. Aber ob er fünfunddreißig oder fünfundfünfzig war, kann ich nicht sagen.«

Das war wenig. »Meinen Sie, Sie könnten ihn wiedererkennen, wenn Sie ihn sehen?«

»Ich weiß es nicht. Aber wissen Sie was, es hat ja nicht lange gedauert, was der da gemacht hat neben oder unter dem Auto. Dann ist er aufgestanden und mit seinem Auto weggefahren.«

»Sie haben sein Auto gesehen? Wie sah es aus?«

»Ach, da fragen Sie mich was. Wenn ich mir doch die Automarken merken könnte! Es war ein helles Auto jedenfalls, ganz normal in der Form, nicht so wie diese großen, lastwagenähnlichen Dinger, die einem Angst machen und die jetzt so modern sind. Und ich weiß, dass es eine SÜW-Nummer hatte. Das ist mir noch aufgefallen, weil es nicht aus Landau war.«

Sie würden alle auch nur entfernt Verdächtigen überprüfen müssen. Mit etwas Glück ließ sich der Kreis der möglichen Täter deutlich einschränken. Gross konnte Badenhop und der Staatsanwältin immerhin mitteilen, dass es sich um einen Täter aus der Südpfalz handelte. Damit waren mögliche Weinfälscher oder verärgerte »Kunden« der Weinkontrolle aus anderen Landesteilen aus dem Schneider. Und die Welsch musste gegenüber der überregionalen Presse nicht begründen, warum sie nicht in ganz Rheinland-Pfalz nach dem Täter suchten. Vielleicht wusste diese Frau Kohl ja noch etwas mehr.

»Wenn wir Ihnen verschiedene Automodelle zeigen, würden Sie dann das richtige erkennen?«, fragte Gross.

»Ich glaube nicht.«

Na denn. Sie suchten also einen mittelalten, eher schlanken und nicht hellblonden Mann mit einem hellen, nicht zu großen Personenwagen und SÜW-Kennzeichen, keinen SUV. Immerhin. Ob die Aussagen der alten Dame zu ihren nächtlichen Beobachtungen am Ende vor Gericht Bestand haben würden, war eine andere Frage.

Dieses Paar, Daniel Berlingen und seine Frau Louise, lebt seit über vierzig Jahren zusammen. Doch man sieht bei jeder Bewegung, man spürt bei jedem Satz, dass sie sich lieben, dachte Badenhop. Nicht nur das, die jederzeit präsente gegenseitige Hochachtung gefiel ihm gut. Wie schrecklich, dass diesem sympathischen Paar, das sich hier ein Refugium aufgebaut hatte und das sich wohl bis vor wenigen Tagen in einem schönen Gleichgewicht von Arbeit, häuslicher Umgebung, sozialem Leben und Familie befunden hatte, die Tochter entrissen wurde.

Badenhop bemühte sich im Umgang mit beruflichen Begegnungen immer um Distanz. Er hielt dies auch in emotional schwierigen Situationen für sinnvoll, weil sein Kopf klar blieb. Doch nun war er berührt und fühlte sich niedergeschlagen, als er Sankt Peter verließ und zu seinem Wagen ging. Seine eigene emotionale Verwirrung hatte ihn weit verwundbarer gemacht, als er es gewohnt war. Und doch hatte er einen Augenblick lang das Gefühl, intensiver zu leben als früher. Fast munterte ihn dieser Gedanke wieder auf. Aber war diese Emotionalität gut für seine Arbeit?

Er war gespannt, was Adolf Kuhn ihm zum Ansinnen von Brigitte Berlingen zu sagen hatte, und stand wenige Minuten später vor dem Tor in der Rosenstraße. Im blumengeschmückten Hof des Weinguts hob eine junge Frau bedauernd die Schultern, als er sich vorstellte und nach dem Senior fragte.

»Er ist zum Ausbrechen im Weinberg.«

Badenhop fand, ein Weinberg sei kein schlechter Platz für das anstehende Gespräch, schon gar nicht, wenn es sich um einen der ehemaligen Levi'schen Weinberge handelte. »Wenn Sie mir erklären, wo es ist, fahre ich schnell hin.«

Die Frau lachte ihn an. »Da brauchen Sie nicht zu fahren. Es sind höchstens hundertfünfzig Meter runter in Richtung Weißenburg. Wir sind ja hier schon fast an der Grenze.«

»Aha, der Weinberg liegt in Frankreich. Wenn es so nah ist, laufe ich gern.«

Badenhop ließ sich den Weg beschreiben und spazierte auf einem unbefestigten Feldweg den sanft abfallenden Hügel hinab. Als er den beschriebenen Weinberg erreichte, sah er Adolf Kuhn unweit des Weges mit rascher Hand einzelne Triebe abreißen. Er blieb stehen und betrachtete die Abläufe einen Moment lang.

»Woher wissen Sie so schnell, was Sie abbrechen müssen?«, fragte er im lässigen Ton eines zufälligen Passanten. »Und warum nehmen Sie den Pflanzen Blätter weg? Brauchen die nicht möglichst viele?«

Adolf Kuhn sah Badenhop belustigt an. »Ja, manches stellt man sich einfacher vor, als es ist. Aber mit viel Übung geht es ganz schnell, vor allem wenn man es schon über fünfzig Jahre lang macht. Das Ausbrechen ist notwendig, weil sich am Stock mehr Triebe bilden, als erwünscht ist. Sie nehmen ihm Kraft weg. Durch rechtzeitiges Ausbrechen – ich bin eigentlich schon ein bisschen spät damit – kräftigt man die Triebe, die man braucht, und die Belichtung wird verbessert.«

Er griff nach unten, wo etwa dreißig Zentimeter über dem Boden ein Trieb aus dem Stämmchen gewachsen war, den er nun abriss. »Besonders die Bodentriebe hier sind für gar nichts gut. Aber bei den Trieben da unten ist das Bücken in meinem Alter nicht mehr so leicht. Na ja, Sie können gern helfen, wenn Ihnen langweilig ist.« Der alte Winzer machte einen recht leutseligen und freundlichen Eindruck.

Badenhop lachte. »Nein, ich bin aus einem anderen Grund unterwegs. Ich habe Sie gesucht.« Er zeigte seine Dienstmarke. »Kommissar Badenhop. Mein Kollege, Herr Gross, war vor einigen Tagen bei Ihnen. Ich habe noch ein paar Fragen, die allerdings gar nichts mit dem Drohbrief an Herrn Lautereck und dem Streit um die Bezeichnung der Weine aus Elsässer Weinbergen zu tun haben.«

Kuhn blieb stehen, unterbrach seine Arbeit und starrte Badenhop an. »Ach, haben sich noch andere Verdachtsmomente ergeben?«

»Ob es sich um Verdachtsmomente handelt, weiß ich noch nicht.

Aber es gibt jedenfalls ein paar neue Erkenntnisse, die mit der ermordeten Brigitte Berlingen zu tun haben.« Badenhop ging in die Offensive. Er sah Adolf Kuhn direkt in die Augen. »Ist das hier eigentlich einer der Weinberge aus dem ehemaligen Besitz der Familie Levi?«

Adolf Kuhn verschränkte die Arme wie abwehrend vor seinem Körper, lachte gehässig und knurrte: »Ach ja, daher weht der Wind. Ich habe mir doch gedacht, dass Sie früher oder später deswegen bei mir auftauchen. Da haben die feinen Herrschaften von Sankt Peter mal wieder einen Buhmann gefunden und glauben, sie könnten mir was anhängen.«

Die Stimmung war rascher gekippt, als Badenhop erwartet hatte. Hier hatte sich wohl einiges an Abneigung über viele Jahre gehalten oder war neu entfacht worden.

Er fühlte sich verpflichtet, dagegenzuhalten. »Wissen Sie, auf den alten Vertrag sind wir zufällig gestoßen. Die noch lebenden Berlingens hatten nichts damit zu tun. Aber richtig ist, dass dieser und andere Weinberge auf der Elsässer Seite damals zusammen mit Sankt Peter an Ihren Vater verkauft wurden – wenn man es Verkauf nennen darf.« Den letzten Halbsatz hätte er sich sparen sollen, das spürte er gleich. Den Alten zu provozieren, war keine geeignete Strategie. Wo war nur sein Gespür für den richtigen Umgangston bei einer Befragung?

Adolf Kuhn blieb unbeeindruckt. »Doch, auf jeden Fall dürfen Sie es Verkauf nennen, rechtsgültig und endgültig. Mit korrektem Vertrag. Manche Leute erzählen das gern anders, aber mein Vater war ein ehrenwerter Mann. Auch wenn es nicht jeder wahrhaben will, gab es in der damaligen Zeit erfolgreiche und weniger erfolgreiche Geschäftsleute. Dass man sich den Verhältnissen angepasst und Chancen genutzt hat, ist kein Verbrechen. Die Immobilien dieser Leute waren günstig zu haben. Mein Vater hat zugegriffen und sie ordnungsgemäß gekauft. Meine Familie hat in einer Zeit, als Recht, Ordnung und geschlossene Verträge noch etwas galten, hart gearbeitet und erfolgreich gewirtschaftet. Ich weiß nicht, was diese Elsässer damals gemacht haben, die jetzt meinen, sie müssten uns belehren. Die Weinberge gehören seit über siebzig Jahren meiner Familie. Da gibt es gar keinen Zweifel, oder haben Sie andere

Informationen, Herr Kommissar?« Er sprach die Anrede wie ein Schimpfwort aus.

Welcher Berg an Aggression hat sich hier angestaut?, dachte Badenhop. Er fragte sich, ob etwas Schwerwiegendes vorgefallen war oder ob das Verhalten des Winzers nur damit zusammenhing, dass ein verstockt-konservatives Weltbild, geprägt in der harten Nachkriegszeit durch einen reaktionären Vater, mit der liberal-weltläufigen Art der Berlingens konfrontiert worden war. Die Art seines Vaters, Geschäfte zu machen und sich dem Regime anzupassen, sah dieser Mann bis heute unkritisch. Und dann kam Brigitte Berlingen an und wollte eine »Spende« für das Buchprojekt des amerikanischen Juden. Kuhn musste es als eine Verhöhnung seiner Familie aufgefasst haben.

Badenhop nahm sich vor, keinen politischen Zungenschlag in die Befragung zu bringen, und versuchte es sachlich. »Wenn ich es richtig verstanden habe, steht die Rechtsgültigkeit Ihres Besitzes außer Zweifel. Aber es ist auch richtig, dass Brigitte Berlingen zu Ihnen kam und das Buchprojekt eines Nachfahren der ehemaligen Besitzer in Zusammenhang mit dem damaligen Vertrag brachte. Wissen Sie, ich versuche herauszufinden, womit Frau Berlingen sich in den Tagen vor ihrem Tod beschäftigt hat.«

Das nahm ihm Adolf Kuhn nicht ab. »Nein, Sie versuchen, aus der Auseinandersetzung zwischen ihr und mir ein Motiv zu konstruieren. Da gibt es aber keines.«

»Herr Kuhn, von einem Motiv spreche ich noch lange nicht«, sagte Badenhop ruhig. »Es gibt also gar keinen Grund zur Aufregung. Ich weiß nicht einmal etwas von einer Auseinandersetzung. Ich weiß nur, dass Frau Berlingen Sie relativ kurz vor ihrem Tod in dieser Sache sprechen wollte. Nun möchte ich gern von Ihnen wissen, wie dieses Gespräch verlaufen ist. Das ist zunächst alles. Dann sehen wir weiter. Wenn es Ihnen gefällt, erkläre ich es mit dem schönen Satz, der in allen Krimis vorkommt: Wir ermitteln in alle Richtungen. Also, Herr Kuhn: Wann hat Frau Berlingen mit Ihnen gesprochen, und wie verlief das Gespräch? Haben Sie sich getroffen, oder haben Sie nur telefoniert?«

Adolf Kuhn begann, weitere Triebe abzureißen, wie um sich zu beruhigen. Er wirkte nachdenklich. »Sie hat mich angerufen und mir erklärt, das Weingut Kuhn solle einem Amerikaner, dessen Vorfahren auf Sankt Peter gelebt haben, ein Buch finanzieren«, sagte er, ohne Badenhop anzusehen. »Ich wollte es gar nicht glauben. Ich habe gedacht, die spinnt. Wieso wir? Wieso nicht die feinen Herrschaften selbst? Sie wohnen doch da! Die Berlingen hat aber nicht lockergelassen und ziemlich offen damit gedroht, meine Familie und damit das Weingut in den Dreck zu ziehen.« Er riss aggressiv einen letzten Trieb ab und sah Badenhop wütend und herausfordernd an.

»Erinnern Sie sich an die Formulierung, durch die Sie sich bedroht fühlten?«

Kuhn funkelte ihn an. »Ich weiß nicht, ob ich es so schön ausdrücken kann. Ich will es aber versuchen.« Dann sagte er mit verstellter hoher Stimme und unnatürlicher Betonung: »Herr Kuhn, die Geschichte der Familie des jungen Mannes wird sicher auch die Zeitung interessieren. Er könnte dann dort einen allgemeinen Aufruf veröffentlichen, ihm bei der Finanzierung mit Spenden zu helfen, weil seiner Familie damals dies und das passiert ist. Aber angesichts der Verwicklung der Familie Kuhn wäre es doch sicher gut, wenn Sie sich frühzeitig freiwillig engagieren, bevor die Leute erfahren, wie Sie zu dem Besitz gekommen sind.« Er lachte gehässig und fuhr mit normaler Stimme fort. »Da kann man sich denken, was bei den Zeitungsschreibern herauskommen würde. Die Leute sollten denken: Diese Charakterschweine von Kuhn haben die Notlage der armen Juden ausgenutzt. Kauft nicht bei denen! So ähnlich, nicht wahr?«

Badenhop hielt dagegen. »Stimmt es, dass Ihre Familie schon damals beim Verkauf von Sankt Peter den ehemaligen Besitzern Geld zukommen ließ?«

»Genau.« Adolf Kuhn schien zu überlegen, wie er den damaligen Vorgang interpretieren sollte – bereits als eine Art Erpressung durch den alten Berlingen oder als eigene Großzügigkeit. Er entschied sich für die noble Variante. »Wir waren beim Verkauf an die Berlingens der Meinung, man könne den früheren Besitzern etwas zukommen lassen, weil sie ja durchaus in einer Notlage das Land verlassen mussten und wenig für ihren Besitz bekommen konnten. Verlangen konnte das niemand von uns. Aber wir haben es gemacht und einen ziemlich ordentlichen Betrag gespendet. Daran sehen Sie, dass wir keine Unmenschen sind. Ich habe mich sogar jetzt wieder darauf eingelassen, mit der jungen Berlingen ein Gespräch zu führen, um vielleicht auch diesmal einen Kompromiss zu finden. Aber dazu kam es nicht mehr.«

Kuhn hatte weiter Triebe abgerissen, während er sprach, und damit Badenhop gezwungen, ihm langsam in der Rebzeile zu folgen.

Badenhop hatte die sonderbare, ihn unterordnende Rolle des Nachläufers oder Bittstellers mitgespielt, um den Alten gesprächig zu halten. Er stellte seine vorläufig letzte Frage: »Frau Berlingen hatte den Eindruck, dass Sie Ihren Sohn nicht gern in die Sache einbeziehen wollten. Warum? Soweit ich weiß, ist er doch mittlerweile Eigentümer des Weinguts. Müsste nicht er entscheiden, ob das Weingut ein Literaturprojekt mitfinanziert?«

Kuhn hatte die Antwort sofort parat. »Letztlich muss er es entscheiden. Ich wollte zunächst allein mit Brigitte Berlingen sprechen und am Ende meinem Sohn und seiner Frau einen gemeinsamen Vorschlag präsentieren. Bernd hat ja mit der ganzen Geschichte von vor siebzig Jahren noch weniger zu tun als ich.«

Badenhop war nicht sicher, ob das der wirkliche Grund war. Womöglich wollte der alte Kuhn seine Art von »Lösung« des Problems selbst in die Hand nehmen. Er entschied, mit Bernd Kuhn zu sprechen, ganz gleich, ob sein Vater dies wollte oder nicht.

Er verabschiedete sich und ging zurück. Adolf Kuhn setzte seine Arbeit fort, als wäre nichts gewesen.

Bernd Kuhn saß telefonierend am Schreibtisch, als Badenhop von einem jungen Mitarbeiter des Weinguts ins Büro geführt wurde. Der Winzer beendete sein Gespräch rasch und begrüßte den Polizisten mit der Frage, was er für ihn tun könne.

Badenhop sparte sich eine Einleitung und war gespannt auf die Reaktion, als er in absichtlich grober Verkürzung sagte: »Herr Kuhn, was wissen Sie über Geldforderungen von Brigitte Berlingen an Ihren Vater für einen Nachfolger der jüdischen Familie, der früher Sankt Peter gehörte?«

»Wie bitte? Wer behauptet so etwas?«, fragte Bernd Kuhn perplex.

Badenhop, der ihn genau beobachtet hatte, registrierte pures Entsetzen im Blick seines Gegenübers. »Sagen wir einfach, ich weiß es. Meine Frage ist, was *Sie* davon wissen.«

Bernd Kuhn bemühte sich nicht, seine offenkundige Verzweiflung zu verbergen. »Ich weiß davon gar nichts. Ich bin völlig überrascht. Von einem Nachfahren der früheren Besitzer weiß ich auch nichts. Ich habe überhaupt keine Ahnung, wovon Sie sprechen. Wenn das stimmt, bedeutet es, dass Sie meinen Vater verdächtigen, Brigitte Berlingen deshalb ermordet zu haben. Habe ich recht?«

Badenhop hatte den Eindruck, die Überraschung des Mannes sei echt. »Nun, Herr Kuhn, zunächst versuche ich, einige Tatsachen zu klären. Wir glauben, dass es mehrere Ansatzpunkte für Verdachtsmomente gibt. Die genannte Sache ist nur einer von mehreren. Vielleicht sagen Sie mir zunächst, was Sie von dem damaligen Verkauf wissen.«

Bernd Kuhn zuckte hilflos mit den Achseln. Seine innere Unruhe war unübersehbar. Badenhop hatte ihn kalt erwischt.

»Ich weiß, dass meine Familie im Dritten Reich die Burg von Juden erworben hat, die das Land verließen. Als mein Großvater sie an die Berlingens weiterverkauft hat, war ich ein Baby. Ich weiß aber, dass damals Geld an Nachfahren der Juden in den USA gezahlt wurde. Mehr weiß ich nicht. Davon, dass es dazu aktuelle Entwicklungen gab, hatte ich bis vor drei Minuten keine Ahnung. Das müssen Sie mir glauben. Mein Gott, und dass mein Vater womöglich …« Er beendete den Satz nicht.

Badenhop fühlte sich verpflichtet, ihn zu beruhigen. »Herr Kuhn, bitte ziehen Sie keine voreiligen Schlüsse. Welches Verhältnis hatten Sie persönlich zu den Berlingens und speziell zu Brigitte Berlingen?«

Der Winzer sah auf. Erstmals huschte ein Lächeln über sein Gesicht. »Die Geschwister sind ein paar Jahre jünger als ich. Nun ja, Brigitte Berlingen war ein ziemlich gut aussehendes und von allen jungen Männern irgendwie bewundertes Mädchen. Sie wissen, wie das ist. Irgendwann sind wir uns auch mal nähergekommen. Aber es war nichts Ernstes. Ich habe sie immer gemocht. Mit George hatte ich nie viel zu tun, mit den Eltern auch nicht, obwohl sie Weinliebhaber sind. Ich glaube, unsere Eltern standen sich nicht sehr nahe. Das hat vermutlich abgefärbt. Nicht dass es einen Konflikt gegeben hätte. Würde es Ihnen etwas ausmachen, mir zu sagen, um was es nun aktuell ging? Ich weiß wirklich gar nichts.«

Badenhop glaubte dem Mann. Er sah keinen Grund, ihn nicht aufzuklären, und erzählte die Geschichte von dem jungen Nachfahren und seinem Literaturprojekt sowie dem Ansinnen Brigitte Berlingens, dafür das Weingut Kuhn zu gewinnen. »Was hätten Sie von Frau Berlingens Idee gehalten, Herr Kuhn?«

Bernd Kuhn lächelte erneut. »So wie ich Brigitte kannte, hat sie es vermutlich auf eine Art gesagt, die meinem Vater völlig gegen den Strich ging. Wäre sie damit zu mir gekommen, hätten wir vielleicht rasch einen Weg gefunden. Ich glaube, es wäre sogar eine schöne Aktivität gewesen, dem jungen Mann zu helfen, etwas für die Bekanntheit von Sankt Peter und seine Geschichte zu tun. Und, na ja, als Weingut und Familie Kuhn einen guten Eindruck zu hinterlassen, wenn Sie wissen, was ich meine.«

»Warum, glauben Sie, ist Brigitte Berlingen dann zu Ihrem Vater gegangen anstatt zu Ihnen, was doch einfacher gewesen wäre?«

»Da kann ich nur spekulieren. Brigitte war – wie soll ich sagen? – Ich mochte sie wirklich. Aber sie hatte manchmal so eine Art, jemanden ans Kreuz zu nageln. Das gefiel ihr. Sie hatte keine Angst vor Konflikten. Vielleicht wollte sie das Provozieren meines Vaters ein wenig auskosten. Der ist, was die Vergangenheit seines Vaters angeht, sicher ziemlich leicht auf die Palme zu bringen. Er selbst, na ja, ist ein konservativer Mensch. Aber dass er ihr dann etwas antun wollte, kann ich trotzdem nicht glauben.« Er schwieg niedergeschlagen.

Da war Badenhop weniger sicher. Er verabschiedete sich und vermutete, nicht zum letzten Mal hier gewesen zu sein.

Die Kleinstadt Weißenburg hat als Grenzstadt zwischen Deutschland und Frankreich viel von ihrer historischen Bedeutung verloren. Tagestourismus bringt dennoch viel Bewegung in die Innenstadt – zum hochgotischen Kreuzgang des ehemaligen Klosters, an den malerischen Quai Anselmann entlang der Lauter und zu den historischen Mauern der früheren Befestigung, die noch zu sehen sind.

Man bewundert alte Gebäude wie das Salzhaus mit seinem außergewöhnlichen Dach, das klassizistische Rathaus oder das »Maison de l'ami Fritz« mit seinem wunderschönen Erker. Vielleicht verliert man sich sogar in den kleinen Gassen der Altstadt und findet so das leicht verstaubte, aber sehenswerte Museum Westerkamp in einem prächtigen Fachwerkhaus.

Das kulturelle Leben, abgesehen von einer recht lebendigen klassisch-elsässischen Gastronomie, entspricht einem Achttausend-Einwohner-Städtchen. Immerhin findet ein Musikfestival statt, hin und wieder gibt es auch Jazzveranstaltungen.

An diesem Abend spielte im Kulturzentrum »La Nef« der Bassist Günter Lenz, der einmal im Jahr aus Frankfurt anreiste, im Quartett mit lokalen Musikern.

Martin Peust, dessen Begeisterung für guten Jazz ihn manchmal nach Karlsruhe oder Saarbrücken führte, hatte vom Konzert in Weißenburg gelesen und sich auf den Weg gemacht. Dort angekommen, bemerkte er einen handgeschriebenen Anschlag an der Tür des Konzertsaals, den er neugierig betrachtete. Prima, fand er. An diesem Abend schlage ich zwei Fliegen mit einer Klappe.

Hinter den *amis* von »Lenz et amis« verbarg sich, wie der Anschlag zeigte, auch George Berlingen, von dem Peust zwar als sehr gutem Jazzpianisten gehört hatte, der aber wohl zum ersten Mal mit Lenz zusammen auftrat. In den Pausen oder am Ende des Konzerts wollte er ihm sein Beileid wegen des Todes seiner Schwester aussprechen und ihn ein wenig aushorchen. Bestimmt gingen die Musiker anschließend irgendwo etwas essen. Gegen die Begleitung eines Journalisten haben sie sicher nichts einzuwenden, dachte Martin Peust. Vielleicht kannte Berlingen ihn ja noch.

Peust stand immer noch vor der Tür mit der handgeschriebenen Ankündigung, starrte auf ein kleines Päckchen in seiner Hand und dachte wehmütig an den Inhalt. Warum soll ich warten? Drinnen wird es nur stören, wenn ich mit Papier zu rascheln beginne.

Er prüfte die Örtlichkeit, sah unweit der Tür eine Bank und ließ seinen massigen Körper darauf niedersinken, um die Törtchen auszupacken, die er, wo er doch nun schon mal hier war, gerade um die Ecke in der überregional bekannten Patisserie Rebert erstanden hatte. Etwas unfein fand er es schon, sie hier aus der

Hand in sich hineinzustopfen. Aber sie schmeckten wie immer göttlich.

Während er eine mit Blattgold verzierte Himbeere von einem Stückchen mit köstlichem Schokomousse klaubte, kam ihm die Idee, George Berlingen schon vor dem Konzert in der Künstlergarderobe aufzusuchen. Als Journalist kam er da bestimmt rein.

Doch zunächst mussten noch die beiden Törtchen gefuttert werden, damit er beim Mitschreiben die Hände frei hatte.

»Schön, dich zu sehen«, sagte Daniel Berlingen, als er Herbert Kerth am Tor begrüßte und in den Arm nahm. Sie gingen den Weg in die Burg ohne Eile, sprachen über die Obstbäume im Garten und drehten eine Runde extra, um einen Apfelbaum zu begutachten, der merkwürdigerweise plötzlich gelbe Blätter bekommen hatte. Im Gemüsegarten trafen sie auf Louise Berlingen, die Kerth wortlos umschlang und ihn länger als gewöhnlich an sich drückte. Dann sprachen sie weiter über Kleinigkeiten, Belangloses, als wäre nichts geschehen.

Als bestünde eine wortlose Vereinbarung zwischen ihnen, sprachen sie das schreckliche Ereignis nicht an, obwohl es jedem von ihnen in jeder Sekunde präsent war und wie ein dunkler Schleier über der Unterhaltung lag.

Als sie später bei einem Glas Wein zusammensaßen, kam Daniel Berlingen auf die geplante Weinprobe zu sprechen. »Was meinst du, sollen wir uns doch einen Termin vornehmen? Nicht sofort natürlich, aber in absehbarer Zeit? Es hilft uns vielleicht, wieder etwas Gesellschaft zu haben. Louise, wie siehst du das?«

Louise Berlingen nickte zögerlich. »Ja. Es tut mir wahrscheinlich gut, Verpflichtungen zu haben, damit ich nicht den ganzen Tag grüble und mich in meine Verzweiflung eingrabe. George und du, ihr seid ja tagsüber in der Kanzlei. Wenn ich dann allein hier bin, habe ich manchmal das Gefühl, diese Trauer lähmt mich völlig und wird mich niemals mehr ein normales Leben führen lassen. Aber lasst uns trotzdem noch eine Weile warten.«

Herbert Kerth legte ihr die Hand auf den Arm. »Es ist schrecklich, Louise. Und in einem hast du recht: Es wird nie mehr wie vorher sein. Trotzdem muss man die Freude am Leben wieder suchen, irgendwann. Wenn bald mal wieder ein paar Freunde zu euch kommen und die Weine probieren, die wir zusammengetragen haben, ist das eine schöne Abwechslung.«

Daniel Berlingen sah zu seiner Frau. »Was glaubst du, Louise, können wir das in ein paar Wochen machen?«

Louise Berlingen nickte, traurig lächelnd.

Herbert Kerth und Daniel Berlingen verglichen mögliche Termine.

»Ich würde das gern mit Rolands Terminkalender abgleichen, der ja sicher dabei sein will«, sagte Herbert Kerth. »Er ist noch nicht da. Vor ein paar Tagen hat er sich recht plötzlich in den Urlaub verabschiedet, ohne besonderes Ziel, wie mir scheint. Jetzt, im Sommer, geht es ja vom Betrieb her ganz gut. Und ich hatte den Eindruck, er braucht Abstand. Ich habe mir schon Sorgen gemacht, weil er die letzten Tage völlig von der Rolle war. Die Sache hat ihn ziemlich mitgenommen, glaube ich. Wie uns alle.«

Louise Berlingen nickte versonnen. Sie war mit ihren Gedanken ganz woanders.

Bernd Kuhn hatte die ganze Zeit darauf gewartet, dass sein Vater noch einmal zum Weingut zurückkam, wie er es üblicherweise tat. Doch anscheinend war er nach der Arbeit im Weinberg direkt zurück in sein Haus gegangen. Er musste ihn unbedingt sprechen. Was der Kommissar ihm gesagt hatte, konnte doch nur bedeuten, dass der Alte sich in gehörige Schwierigkeiten gebracht hatte.

Er legte die hundert Meter zu seinem Vater fast im Laufschritt zurück.

Das kleine Haus mit einem hübschen, gut gepflegten Garten, in dem Adolf Kuhn lebte, stammte aus dem Besitz der Familie seiner Frau. Ihre Eltern waren früh gestorben. Als sein Vater sich endlich zur Übergabe des Weinguts entschieden hatte, renovierten sie das alte Fachwerkhaus für ihn, nahmen den hässlichen Putz von den alten Fachwerksbalken, setzten neue Holzfenster mit Doppelverglasung und traditionellen Sprossen ein und ließen sogar neue Fensterläden statt der weit verbreiteten stilfremden Rollläden anbringen. Das mit modernster Haustechnik versehene Fachwerkhaus war nun wieder ein Schmuckstück im Dorf. Es hatte einen Haufen

Geld gekostet, aber Adolf Kuhn fühlte sich hier wohl. Sohn und Schwiegertochter konnten im Weingut wirtschaften, ohne dass der Alte ihnen immer auf den Füßen stand. Auch deshalb war es gelungen, die früheren Konflikte zwischen den beiden Männern deutlich zu reduzieren. Jetzt war allerdings Krach unvermeidlich.

Bernd Kuhn erblickte seinen Vater durch das Fenster in der Küche. Er riss die Tür auf und stürzte hinein.

»Warum erfahre ich nichts von der Sache mit Brigitte Berlingen, verdammt noch mal?«, brach es aus Bernd Kuhn heraus. »Und was hast du da angerichtet? Du stehst unter Mordverdacht! Spinnst du eigentlich?«

SIEBEN

Martin Peust war mit sich und seiner Arbeit sehr zufrieden. Sein nach Leberwurst und Körperausdünstungen müffelndes Minibüro in der Bergzaberner Altstadt entwickelte sich zu einer Keimzelle für hochexplosive Nachrichten im aktuellen Mordfall.

Er hatte noch überlegt, ob er mit der Veröffentlichung seines neuesten Artikels warten sollte, bis er am Morgen die Polizei nach weiteren Details fragen konnte. Doch dann hatte er sich entschieden, zur Sicherheit die Sache noch am Abend ins Blatt zu bringen. Man konnte nie wissen, ob man wirklich der Schnellste war. Dass er einen Teil des wirklich hervorragenden Konzertes versäumen musste, um den Redaktionsschluss nicht zu verpassen, nahm er zwar ungern in Kauf. Er würde aber George Berlingen nach seinen nächsten Gigs fragen. Den Burschen konnte man sich schon noch mal in aller Ruhe anhören.

Gern erinnerte sich Peust an das Konzert. Der junge Anwalt hatte wirklich unglaublich schnelle Läufe gespielt. Und doch zeigte er auch bei langsameren Passagen Stärken durch das Modellieren außergewöhnlicher Akkordfolgen mit perkussivem Charakter. Peust hatte sich an den phantastischen, kurz nach einem Konzert in Deidesheim 2002 verstorbenen amerikanischen Pianisten Mal Waldron erinnert gefühlt, von dem er einige ältere Aufnahmen zu Hause hatte. Für einen Amateur: alle Achtung!

Peust sollte eine Konzertkritik schreiben. Das wollte er heute Nachmittag erledigen, wenn er der Neustadter Polizei weiter auf die Nerven gegangen war. Er musste sich vorher auch noch in Schweigen umhören, welche Familie wohl gemeint war. George Berlingen hatte es ihm leider nicht verraten wollen.

Zwei größere Aufgaben und ein wenig Redaktionsroutine lagen vor ihm. Und am Abend? Ah ja! Dann gönne ich mir zur Belohnung das Restaurant Schlössl in Oberotterbach, dachte er. Das 1778 von einem Oberamtmann aus Straßburg als Amtshaus erbaute, schlossähnliche Anwesen hatte jahrelang vor sich hin geschlummert. Glücklicherweise war das bauliche Schmuckstück vor wenigen Jahren von privater Hand mit gewaltigen Mitteln restauriert worden. Durch den gepflasterten Hof erreichte man ein Gourmetrestaurant, eine Weinstube und einen stilsicher hergerichteten Sandsteinkeller als Tagungsraum. Sogar ein paar schöne Hotelzimmer waren in dem stilvollen Bau entstanden. Peust freute sich auf die großzügige Südterrasse des majestätisch wirkenden Mansarddach-Baus. Dort konnte er den Blick in den wunderschön angelegten Garten richten und sich das ausgefallen-moderne, etwas verspielte, aber sehr gekonnte Menü des jungen, begabten Kochs Teller für Teller vorsetzen lassen. Dazu ein guter Riesling oder Weißburgunder aus dem bestens bestückten Keller – da konnte nichts schiefgehen.

Zufrieden Leberwurstbrot kauend, sah er auf die aktuelle Tageszeitung, die ein wenig fettverschmiert vor ihm auf dem Schreibtisch lag, und überflog erneut seinen Artikel. Er hatte wieder mal keine Zeit gehabt, sich mit der Redaktionsleitung abzustimmen. Es war ja Eile geboten gewesen. Natürlich würde der Lokalchef wieder motzen. Aber wenn man so einen Knüller hatte!

Berlingen-Mord: Neuer Verdacht
Die Neustadter Polizei geht im Mordfall Berlingen/Lautereck offenbar ganz neuen Verdachtsmomenten nach. Der Mord könnte mit dem Auftauchen eines Nachfahren von während der Nazizeit aus Sankt Peter vertriebenen Juden zusammenhängen.
(peu) Wie die »Rheinpfalz« aus zuverlässiger Quelle erfuhr, gibt es in der Mordsache Berlingen/Lautereck neue Hinweise auf mögliche Hintergründe. Sie führen in die neuere Geschichte von Sankt Peter und bergen erheblichen politischen Zündstoff. Frühere Eigentümer des stattlichen Anwesens bei Schweigen, das gleich hinter der Grenze im Elsass liegt, waren Juden, die während der Nazizeit fliehen mussten und ihren Besitz durch einen der damals typischen, in kürzester Zeit abgewickelten Notverkäufe verloren. Die Immobilie ging für einen lächerlich geringen Preis an einen braunen Parteigenossen, der sie nach dem Krieg mit erheblichem Gewinn weiterverkauft hat.
Offenbar hat sich die ermordete Chirurgin, deren Familie seit vielen Jahren auf Sankt Peter lebt, dafür eingesetzt, dass ein vor einiger Zeit aufgetauchter Nachfahre der vertriebenen jüdischen Familie durch Nachfahren der damaligen Käufer finanzielle Zuwendungen erhält.

Sie ist dabei, wie zu erfahren war, nicht gerade auf Begeisterung gestoßen, vor allem weil sie auch geplant hatte, die Presse über die damalige Situation zu informieren.
Ob hier das Motiv für die grausame Tat und damit der Täter zu suchen ist, bei der nicht nur die Ärztin, sondern auch ihr Mann Gerd Lautereck, der oberste Weinkontrolleur des Landes, gestorben ist, konnte bisher nicht bestätigt werden. Die Polizei hat dazu keine Angaben gemacht. Wie berichtet, könnten mögliche Motive auch durch einen ärztlichen Fehlgriff oder durch weinrechtliche Entscheidungen Lauterecks entstanden sein. Immerhin war es Lauterecks Wagen, der manipuliert wurde und in dem das Ehepaar starb.

»Oh nein«, stöhnte Bernd Hochdörffer, der die Meldung erst im Sekretariat zu Gesicht bekam. »Badenhop hat gestern Abend davon erfahren, und heute steht es in der Zeitung. Wie geht das? Immerhin haben sie ja noch nicht den Namen der Leute reingedruckt. Wo ist eigentlich Badenhop?«

Sabine Vogel grinste. »Der ist doch heute mit der Welsch in Mainz.«

»Ach Gott. Da hat er ja sicher einen phantastischen Tag.«

Ganz so schlimm wurde es nicht, stellte Badenhop fest. Er hätte sich gewundert, wenn Staatsanwältin Welsch ihm vorgeschlagen hätte, gemeinsam nach Mainz zu fahren. So viel Nähe zu ihm, zwei Stunden gemeinsame Autofahrt, würde sie sich nicht antun wollen, nahm er an. Er hatte recht. Kurz angebunden teilte sie ihm mit, dass sie sich um zehn Uhr im Weinbauministerium mit der Ministerin und dem provisorischen Leiter der Weinkontrolle, Dieter Kirsch, trafen. Badenhop hatte vor, sich im Zimmer von Gerd Lautereck umzusehen. Er hoffte, einen bisher nicht beachteten Hinweis auf ein Mordmotiv zu finden, von dem auch Kirsch nichts wusste.

Als er am Morgen das Haus verließ, sagte er so beiläufig wie möglich: »Ich muss heute nach Mainz, mit diesen Leuten von der Weinkontrolle reden. Es wird vermutlich spät. Ich werde dort übernachten.« Der letzte Satz war gelogen. Er war mit Katrin verabredet, wollte seine Frau jedoch nicht damit konfrontieren.

Ingrid Badenhop, die in Gedanken versunken aus dem Fenster

gestarrt hatte, drehte sich um, verschränkte demonstrativ die Arme und sah ihn böse an. »Wie schlecht du lügst. Auch das ist neu: Dass du mir das Gefühl gibst, du hältst mich für dumm. Was ist bloß aus dir geworden? Das ist alles so armselig und beschämend.«

Badenhop, der sofort spürte, dass er einen Fehler begangen hatte, ließ den Kopf hängen. »Nein, Ingrid, ich halte dich bestimmt nicht für dumm. Ich verhalte mich bescheuert, weil ich bescheuert bin, nicht weil ich dich gering schätze. Verzeih mir. Ich kann es einfach nicht, Ingrid. Ich kriege es nicht hin, mit dieser Situation würdig umzugehen. Ich versuche, so wenig Verletzungen wie möglich zu verursachen, und mache alles falsch.«

Sie starrte ihn regungslos an. Es sah nicht so aus, als hätten seine zerknirschten Äußerungen sie sehr beeindruckt. Ihre bitteren Worte trafen Badenhop wie Pfeile. »Du hast es dir so ausgesucht. Versuch nicht, mir leidzutun. Das wirkt nicht. Ich bin viel zu sauer auf dich. Und übrigens, es geht nicht darum, mit der Situation würdig umzugehen. Die ganze Situation ist unwürdig, für alle Beteiligten, besonders für mich. Das ist das Problem. Ich will dich nicht sehen! Schaff dich hier raus!«

Als Badenhop seine Frau verstört ansah, legte sie nach. »Hau endlich ab, damit ich dir keine Vase hinterherwerfe. Lust dazu hätte ich. Verschwinde!«

Ihr Zorn schockierte Badenhop. Er hatte seine Frau nie so erlebt. Die Gefühle, die sie in ihm auslöste, passten gar nicht zu ihrem Ausbruch. Ein warmes, zärtliches Gefühl überkam ihn. Er wollte seine Frau wiederhaben, wie er sie kannte, wohl wissend, dass er die Veränderung provoziert hatte. Wie dumm war er gewesen, dass er glauben konnte, ihre kühle, überlegte, aber zugewandte Art würde irgendeinen solidarischen Umgang mit dem Konflikt ermöglichen. Sie war schließlich auch nur ein Mensch.

Er wollte diese Veränderung nicht. Er wollte die enge, vertraute Beziehung nicht zerstören, mit der sie bisher jede Krise bewältigt hatten.

Unsicher machte er einen Schritt auf sie zu, um sie zu berühren. Sie versteifte sich sofort, sah ihn drohend an und ging einen Schritt zurück. Er gab auf. Wie ein geprügelter Hund verließ Badenhop das Haus.

Im Auto erreichte ihn ein Anruf von Gross. »Chef, ich habe Ihren Bericht von gestern Abend gelesen. Eine interessante Spur. Ich hoffe aber, Sie haben den Artikel heute Morgen gesehen.«

»Nein. Wenn Sie ihn vor sich haben, lesen Sie ihn bitte vor.«

Als Gross geendet hatte, war Badenhop verblüfft und verärgert. »Woher haben die das? Ich habe es selbst erst gestern Nachmittag erfahren. Sie werden nicht lange brauchen, um auch den Namen der Familie herauszufinden. Die Berlingens machten mir nicht den Eindruck, als ob sie ein Interesse daran hätten, die Presse zu informieren. Kuhn schon gar nicht. Na ja, wir werden uns damit abfinden müssen, dass dieser Journalist gute Informanten hat. Was haben Sie zu bieten, Herr Gross? Ich habe im System gelesen, dass Sie eine Zeugin haben.«

»Wir haben die Aussagen der Zeugin gleich heute Morgen mit allen Personen verglichen, mit denen wir bisher bei dem Fall zu tun hatten. Es geht um einen schlanken Mann mittleren Alters, der nicht hellblond ist und einen hellen Personenwagen fährt, keinen SUV. Das trifft, wenn man alle Autos der betroffenen Weingüter einbezieht, bei denen nur ein Ehefrau-Alibi die Männer entlastet, für folgende Personen zu: Bernd Kuhn, Roland Kerth, Peter Keller und – falls man sie noch in die Altersstufe reinnimmt – Herbert Kerth und Adolf Kuhn. Bei Adolf Kuhn wäre es ein Wagen des Weinguts. Natürlich kann sich diese Frau getäuscht haben, sowohl bei der Haarfarbe als auch beim Alter der beobachteten Person. Es kann natürlich auch ein ganz anderer Täter gewesen sein, den wir bisher nicht kennen. Aber wenn sie richtig beobachtet hat und niemand mehr auftaucht, bleiben nur diese fünf.«

»Das scheint dann doch auf Peter Keller hinauszulaufen«, sagte Badenhop. »Die Kerths sind sehr eng mit den Berlingens befreundet, Bernd Kuhn war, wenn er nicht ein außergewöhnlicher Schauspieler ist, ehrlich überrascht, als er von der neueren Entwicklung erfuhr. Dass einer dieser drei die Frage der Gewannennamen zum Anlass für einen Mord genommen hat, scheint mir auch eher unwahrscheinlich. Ich frage mich, wie Adolf Kuhn da hineinpasst. Über der Altersgrenze liegt er. Aber er ist sehr rüstig und kommt mir sehr beweglich vor. Ihm würde ich eine bösartige Reaktion auf Brigitte Berlingens Ansinnen zutrauen. Vielleicht müssen wir ihn und die anderen abends auf die Straße in Landau schicken und von der Frau noch mal beobachten lassen. Vielleicht kann sie sich festlegen.«

»Mein Gott, George, was hast du dir dabei gedacht?« Daniel Berlingen, der seit Jahren am Frühstückstisch nicht nur die »Dernières Nouvelles d'Alsace«, sondern auch die »Rheinpfalz« las, hatte in die Runde gefragt, woher »der dicke Peust das wissen kann«.

George hatte ihm geantwortet, dass der Mann gestern Abend vor dem Konzert mit ihm gesprochen habe. Es sei in Ordnung, fand der junge Berlingen, dass die Öffentlichkeit nun von der Sache erfahre. Es stehe ja auch nichts Unwahres in dem Artikel.

»Ach, George«, sagte Louise Berlingen leise, »wollen wir immer weitermachen mit diesen anklagenden und drohenden Sachen gegen die Kuhn-Familie? Es wird nicht lange dauern, und die Presseleute finden heraus, um welche Familie es sich handelt. Dann steht das Weingut am Pranger. Dabei ist der junge Kuhn ein netter und aufgeschlossener Mann, ganz anders als sein Vater und sein Großvater. Man hätte ihnen doch Zeit geben können, das alles gütlich zu regeln, ohne dass sie gleich in der Öffentlichkeit als Nazi-Gewinnler an den Pranger gestellt werden.«

»Das sehe ich anders«, entgegnete George Berlingen. »Der alte Kuhn ist zwar längst noch nicht überführt, aber er könnte es gewesen sein. Wenn der durch die Presse unter Druck kommt, habe ich gar nichts dagegen. Auch wenn er es nicht war: Er ist ein reaktionärer alter Sack, nicht viel besser als sein Vater. Das können die Leute ruhig wissen. Bernd Kuhn hat ja immer noch die Chance, sich ganz anders darzustellen als sein Vater und sein Großvater. Er kann in die Offensive gehen, wenn er sich traut. Ich würde ihm sogar dabei helfen. Man könnte das Buch dieses Solomon Eisenstein am Ende im Weingut von Kuhn der Presse vorstellen. Meinetwegen spiele ich auch dort. Das geht alles, wenn man will. Aber diesem Adolf einzuheizen, finde ich richtig.«

Daniel Berlingen konnte seinen Ärger nicht verbergen. Er schlug mit der flachen Hand auf den Tisch, sodass seine Frau und sein Sohn zusammenzuckten. »George, du weißt, dass du das nicht mehr steuern kannst, wenn das Weingut Kuhn in die Schusslinie der Presse gerät. Herrgott noch mal, wo hast du deine anwaltliche Intelligenz gelassen? Das hätte man vermeiden können, indem man in aller Ruhe mit Bernd Kuhn spricht, bevor die Presse das bekommt. Du solltest dich bei ihm entschuldigen. Dass du da gestern Abend gequasselt hast, war einfach Mist. Ich kann es nur mit der üblichen Aufregung vor deinem Konzert entschuldigen.«

»Fangt jetzt bloß keinen Streit an«, appellierte Louise Berlingen. »George, dein Vater sieht das nicht ganz falsch. Dass du Adolf eins auswischen wolltest, verstehe ich. Ich will mir gar nicht vorstellen, wie es ist, wenn sich herausstellt, dass er es wirklich war. Aber du hast leider vor allem dem jungen Kuhn Probleme gemacht, auch wenn du den alten treffen wolltest. Vielleicht rufst du Bernd an und bietest ihm deine Hilfe und Vermittlung mit dem Amerikaner an. Seine Handynummer haben wir ja aufgeschrieben, als der Kommissar mit Brigittes Unterlagen hier war. Er ist doch noch in Deutschland, oder? Je schneller Bernd Kuhn reagieren kann, umso weniger fällt ein schlechtes Licht auf das Weingut. Und habt ihr schon darüber nachgedacht, dass wir als aktuelle Eigentümer von Sankt Peter auch etwas für das Buch dazugeben sollten? Brigitte hätte es sicher gewollt.«

Die beiden Männer sahen sich an. Sie stimmten wortlos überein. »Ich glaube, das ist gar keine Frage«, sagte Daniel Berlingen, der sich wieder beruhigt hatte. »Obwohl ich nicht wirklich begeistert wäre, wenn das Buch ein Erfolg wird und ständig Touristen draußen vor der Tür stehen, um das Gelände schleichen und fotografieren.«

Louise Berlingen winkte ab. »Ach, Daniel. Nur sehr wenige Bücher werden so populär, dass Leser an die Schauplätze reisen. Und deine Angst, dass wir eine Touristenattraktion werden könnten, ist schon so alt wie unser Leben hier auf Sankt Peter. Bisher ist es nie dazu gekommen. Selbst wenn einer neugierig hin und her läuft – man kann doch gar nicht reinsehen.«

Daniel Berlingen musste nun selbst lachen. »Ja, Liebes. Es ist ein Spleen. Wenn ich mir allerdings vorstelle, dass auf manchen Burgen verarmte Adelige aus finanziellen Gründen zusehen müssen, wie jeden Tag Hunderte von Leuten durch das Haus streifen, würde ich lieber die Hütte verkaufen.«

»Hütte. Du bist und bleibst ein linker Snob, Paps«, sagte George

Berlingen grinsend. »Aber vielleicht habt ihr recht. Mal sehen, ich rede mit Bernd Kuhn. Das Konzert gestern Abend war übrigens großartig. Mit Lenz zu spielen, ist ein Erlebnis. Ich habe fast vergessen, dass Leute da waren.«

Auf dem Tisch standen ein Flasche Mineralwasser und eine Flasche Bio-Apfelsaft, was Badenhop daran erinnerte, dass die Ministerin für Landwirtschaft, Weinbau und Forsten den Grünen angehörte und auch mit Kleinigkeiten Duftmarken setzen musste. Kaffee wurde trotzdem angeboten.

Badenhop verkniff sich die Frage, ob er Fair Trade gehandelt wurde. Er war hier sowieso nur Staffage, was ihn nicht überraschte. Was die Staatsanwältin sich von diesem Gespräch für den aktuellen Fall versprach, vermochte er nicht zu erkennen. Die Klärung der Frage, ob es Konfliktfälle der Weinkontrolle gab, bei denen Gerd Lautereck besonders betroffen war, hätte auch telefonisch erfolgen können.

Es war wohl so: Karin Welsch hatte die Gelegenheit genutzt, in Mainz vorstellig zu werden. Es musste ihr innere Pein verursachen, dass die Ministerin der Partei angehörte, die ihren Ambitionen, die ungeliebte Provinzstelle in Richtung Regierung zu verlassen, nun gar nicht entgegenkam. Dennoch war klar, dass die ehrgeizige Staatsanwältin die Gelegenheit nutzen würde, in der Landeshauptstadt noch ein paar weitere, womöglich nützlichere Gespräche zu führen.

Sie saßen zu viert im Konferenzraum und brachten anfängliche Höflichkeiten hinter sich: die Ministerin, die Staatsanwältin, Lautereck Stellvertreter Dieter Kirsch und Kommissar Badenhop.

Anschließend fasste Karin Welsch die Aufgabenstellung zusammen. »Wir haben einige Verdachtsmomente, die sich auf Ereignisse in der Südpfalz beziehen. Im Augenblick geht es uns darum, auszuschließen, dass es außerhalb der Südpfalz weitere weinrechtliche Fälle beziehungsweise Straffälle gibt, die ein Motiv für einen Täter sein könnten, der speziell auf Herrn Lautereck zielen wollte. Falls dies nicht der Fall ist, bleibt die Geschichte regional begrenzt, ebenso wie ein möglicher Schaden für die Weinbranche. Damit hätte auch die überregionale Presse weniger Anlass, alle erdenklichen Weinrechtsverstöße in ganz Rheinland-Pfalz aufzurühren und die Menschen draußen im Land zu verunsichern.«

Die Ministerin nickte. »Sicherlich hat niemand in der Weinbranche oder im Ministerium ein Interesse daran, ohne Grund einen Riesenwirbel zu veranstalten. Deshalb haben wir auch alle Fälle über mehrere Jahre zurück überprüft, in denen Gerd Lautereck persönlich engagiert war. In keinem Fall gab es auch nur den geringsten Anlass zu glauben, ein Gemaßregelter oder ein Straftäter habe Herrn Lautereck nach dem Leben trachten können.«

Die Klarheit dieser Aussage überraschte Badenhop. »Was macht Sie so sicher?«

»Das hat mit unserer Arbeitsweise zu tun«, sagte Dieter Kirsch. »Die Abteilung in Mainz ist vor allem für die Personalleitung und für die Klärung von Rechtsfragen zuständig. Es kommt sehr selten vor, dass wir konkret und persönlich bei Streitfällen eingreifen. Das war im Fall der Gewannennamen auf Elsässer Gebiet so, weil hier eine Rechtsfrage darzustellen war. Deshalb ist Herr Lautereck mehrfach selbst hingefahren, um mit diesen Leuten zu sprechen, die jede vernünftige Argumentation einfach ignorieren. Na ja«, Kirsch sah verstohlen zur Ministerin, »es hatte auch mit der Hartnäckigkeit der Betroffenen dort unten zu tun, weil denen der zuständige Kontrolleur einfach nicht mehr beikam. Normalerweise sind es die Weinkontrolleure vor Ort, die Fälle von Verstößen aufgreifen und bearbeiten. Sie treten dann auch vor Gericht als Zeugen und Sachverständige auf. Wenn also jemand Anlass hätte, die Weinkontrolle durch einen Mord auszuschalten, dann eher die Kontrolleure vor Ort als die Abteilungsleitung. Es hat demnach nur ganz wenige Fälle gegeben, in denen Herr Lautereck persönlich mit den Betroffenen zu tun hatte. Dabei ging es praktisch immer darum, einen Kompromiss in komplizierten Abwägungssituationen zu finden, der schließlich auch gefunden wurde. Und nach einem Kompromiss bringt man ja seinen Gesprächspartner nicht um, oder? Auch die beteiligten Personen und die konkreten Situationen geben uns die Sicherheit, dass hier kein Täter zu finden sein wird.«

Eine ähnliche Aussage hatte Badenhop auch schon von Stefan Schwörer erhalten. Die Sachlage war damit geklärt. Sie nutzten die verbliebene Zeit, ihren Gesprächspartnern den Stand der Ermittlungen zu erläutern. Dann verabschiedeten sich die Ministerin und die Staatsanwältin.

Badenhop ging mit Dieter Kirsch zum Büro Lauterecks. Gross hatte diskret geklärt, ob es Rivalitäten oder Streit zwischen Lautereck und Kirsch gegeben hatte, um auch hier jeden Verdacht auszuschließen. Ergebnis: Der Mann mochte unsympathisch sein, aber nicht verdächtig.

»Das Büro blieb unberührt seit dem Mord?«, fragte Badenhop.

»Seien Sie unbesorgt. Ich habe es abgeschlossen und den Schlüssel verwahrt, wie mich Ihr Kollege gebeten hat. Das heißt, ich hatte natürlich Zutritt, aber sonst niemand. Ich musste in den vergangenen Tagen drei- oder viermal reingehen, um eine Akte zu holen – nichts, was in irgendeiner Weise mit Ihrem Fall zu tun haben könnte. Sonst habe ich nichts berührt.«

Badenhop ließ sich den Schlüssel geben und betrat das penibel aufgeräumte Büro. Er nahm sich viel Zeit, konnte aber dennoch nicht alle Ordner und sämtliche in Mappen verpackte Vorgänge prüfen. Die Bücher und Gesetzessammlungen interessierten ihn nicht.

Ein paar aktuelle Hinweise fanden sich an einem Notizbrett, das an der Wand befestigt war. Nichts davon fand Badenhop relevant, auch wenn ihn einige Wohnungsanzeigen überraschten, die Lautereck an einer Stelle zusammengepinnt hatte. Aufgekritzelte Telefonnummern und Bemerkungen deuteten darauf hin, dass damit gearbeitet worden war. Wollte Lautereck, oder wollten er und seine Frau nach Mainz umziehen?

Da sie zusammen getötet worden waren, hatten sich die Ermittlungen bisher nicht mit dem Verhältnis der beiden zueinander befasst. Angenommen, es war schlecht gewesen: Konnte hier ein verborgenes Motiv zu suchen sein?

Badenhop schüttelte intuitiv den Kopf. Es waren ja beide gestorben. Er nahm sich aber dennoch vor, bei nächster Gelegenheit etwas über die Ehe des Paares in Erfahrung zu bringen.

Außer schriftlichen Unterlagen entdeckte Badenhop auch einige Weinflaschen, die weniger aufgeräumt waren als der Rest des Büros. Sie fanden sich an verschiedenen Stellen des Raumes. Eine längliche grüne Flasche mit anderthalb Litern Inhalt stammte dem Etikett nach von der Mosel: 2012er Wehlener Sonnenuhr Auslese von einem Weingut mit dem Namen Reichsgraf von Kesselstatt. Einen Zusammenhang zu beruflichen Aktivitäten Lauterecks konnte Badenhop nicht erkennen. Anders verhielt es sich mit zwei Flaschen, die zusammen auf einer Sammelmappe standen, die mit »Schweigen (Auszug)« bezeichnet war. Die Weine stammten von den Weingütern Becker und Bernhart und trugen Bezeichnungen, die Badenhop im Zusammenhang mit dem Fall schon begegnet waren: »Rädling« und »Kammerberg«.

In der Sammelmappe befanden sich handschriftliche Notizen, bei denen es sich um Stichpunkte für einen Vortrag handeln konnte, sowie einige Kopien von Briefen, die zwischen Schweigen und Mainz hin- und hergeschickt worden waren. Nichts davon erschien Badenhop bemerkenswert.

Eine einzelne Flasche stand auf Lauterecks Schreibtisch, ein 2012er Spätburgunder aus der Pfalz. Ein gefaltetes Blatt Papier mit einer Notiz lag darunter:

Menge???
Wasgau Annweiler 1000 Flaschen???
Ralf Steffens prüfen!! – Anweisung telefonisch gegeben

Mehr stand da nicht. Kein Datum, keine Details. Badenhop verließ Lauterecks Büro, ging zu Dieter Kirsch und bat ihn, mit ihm zu kommen. Der Gesichtsausdruck des Beamten war unmissverständlich: Was soll das, mich hier aus meinen wichtigen Aufgaben zu reißen, nur weil einer nichts von dem versteht, was er vorfindet?

Badenhop übersah den Unwillen des Mannes bewusst. Er zeigte ihm zunächst die beiden Flaschen und die Sammelmappe. »Ich nehme an, es gibt zu dieser Sache noch einen ausführlicheren Ordner, oder?«

»Sie sehen doch, dass da Auszug draufsteht. Wollen Sie den Hauptordner haben?«

Ein unangenehmer Mensch, dachte Badenhop. »Die beiden Flaschen sind auch nur Beispiele?«

»Es sind die bekanntesten Winzer dort unten, die diese unzulässigen Bezeichnungen bis vor Kurzem verwendet haben. Inzwischen haben wir das abgestellt. Das heißt, wir haben ihnen sehr deutlich gemacht, dass wir die Weine kassieren, wenn sie weiter unzulässig bezeichnet werden.«

Badenhop drehte sich um und zeigte auf die Flasche mit dem Spätburgunder, die er wieder auf den Zettel gestellt hatte. »Hier habe ich noch etwas gesehen, das ich nicht verstehe. Kennen Sie die Flasche?«

Kirsch warf nur einen kurzen Blick darauf. »Natürlich. Das ist ein sehr guter Spätburgunder. Er hat einen Preis bei einer Zeitschrift gewonnen. Es ist viel über den Wein geschrieben worden.«

»Haben Sie mit Herrn Lautereck darüber gesprochen?«

Kirsch wurde ungeduldig. »Nein, warum sollte ich?«

»Wegen des Zettels, der drunterliegt. Haben Sie ihn gelesen?«

»Nein«, sagte Kirsch und griff nach der Notiz. Er wirkte überrascht, als er die wenigen Worte überflog, schwieg aber.

»Nun sagen Sie schon, Herr Kirsch. Was hat es damit auf sich?«

Die Arroganz des Beamten war verflogen. »Ich bin mir nicht sicher, aber das sieht so aus, als habe Herr Lautereck einen Hinweis zu dem Wein bekommen, dass in einem Supermarkt eine sehr ungewöhnliche Menge davon aufgetaucht ist. Damals wurde nämlich berichtet, dass es nur verhältnismäßig wenig von dem Wein gibt, weniger als zweitausend Flaschen, soweit ich mich erinnere. Der Chef hat offenbar den zuständigen Weinkontrolleur Ralf Steffens angewiesen, die Sache zu überprüfen. Leider steht kein Datum auf dem Zettel. Aber das kann nicht lange her sein, sonst hätte er es sicher in der wöchentlichen Besprechung angesprochen. Es muss zwischen der letzten Besprechung und seinem Tod gewesen sein.«

»Ist dieser Herr Steffens zufällig auch der zuständige Weinkontrolleur für Schweigen?«

»Nein. Er hat einen anderen Abschnitt der Weinstraße.«

»Aber der Bericht müsste demnächst bei Ihnen ankommen. Oder ist er schon da?«

»Wir haben nichts bekommen.«

»Wie schnell geht das üblicherweise?«

»Wenige Tage. Ich kann Herrn Steffens sofort anrufen, wenn Sie das wünschen.«

»Tun Sie das bitte.«

Kirsch nickte und verließ den Raum.

Badenhop hatte ausgerechnet jetzt eine Sache entdeckt, in die sich Gerd Lautereck kurz vor seinem Tod persönlich eingemischt hatte – was nach Aussage seines Mitarbeiters höchst selten vorkam. Zwar hatte er seinen Kontrolleur angewiesen, die Sache zu prüfen. Aber es war durchaus auch möglich, dass er direkt das Weingut kontaktiert hatte. Ob es um ein Vergehen oder gar um eine schwerwiegende Straftat ging, konnte Badenhop nicht abschätzen.

»Der Weinkontrolleur sagt, es sei alles in Ordnung«, sagte Kirsch, der das Telefonat beendet hatte. »Herr Lautereck hat ihn tatsächlich angerufen, weil er im Annweilerer Wasgau erfahren hatte, dass der Markt recht viel von dem Wein verkauft hat. Aber das Weingut hat, wie Herr Steffens festgestellt hat, kurz nachdem der Wein bekannt wurde, einen großen Teil der Produktion an den Wasgau gegeben. Auch die Flaschenzahl, die ich Ihnen vorhin nannte, war zu gering. Ich muss mich da vertan haben.«

»Ist das üblich, einen ganz besonderen Wein an einen Supermarkt zu geben?«

Dieter Kirsch war verunsichert. »Nein. Mir wäre es auch komisch vorgekommen. Aber wenn unser Kontrolleur das geprüft hat …«

Badenhop hatte eine Idee. »Herr Kirsch, da die Sache von Ihrer Seite aus erledigt ist: Haben Sie etwas dagegen, wenn ich die Flasche und den Zettel mitnehme? Ich bezahle den Wein auch gern.«

Kirsch zuckte mit den Schultern. »Meinetwegen. Sie müssen ihn aber nicht bezahlen. Wie gesagt, ein ganz ausgezeichneter Spätburgunder.«

Badenhop hatte viel Zeit in Lauterecks Büro verbracht. Er war hungrig. Rasch verabschiedete er sich und ging in die Stadt, wo er sich ein ruhiges Plätzchen suchte, um mit Stefan Schwörer zu sprechen. Den würde der Spätburgunder sicher interessieren. Außerdem hatte Badenhop ein unbestimmtes Gefühl, dass hier doch etwas nicht in Ordnung war. Er glaubte, dass auch Dieter Kirsch seine Zweifel hatte, obwohl er den Anschein erwecken wollte, dass er sich auf seinen Kontrolleur vor Ort verlassen konnte.

Einen Fehler zuzugeben, fällt dem einen schwerer und dem anderen leichter. George Berlingen gehörte eher zu der zweiten Gruppe. Das passte zu einer aufbrausenden und emotionalen Seite seines Charakters, die seiner Künstlerseele entsprach. Er konnte aus der Haut fahren oder spontane Entscheidungen treffen, war aber auch in der Lage, zurückzurudern, wenn er sich verrannt hatte.

Seine Eltern hatten ihm nahegelegt, noch einmal darüber nachzudenken, ob er im Anwaltsberuf gut aufgehoben war. Er hatte sich mit dem Argument durchgesetzt, sein Musikstudium, das er zeitweise neben Jura verfolgt hatte, könne ihn nicht ernähren. Er behielt recht. Als Anwalt zeichnete er sich durch einen überaus klaren Kopf aus. Er war in der Lage, nicht juristische Überlegungen oder persönliche Betroffenheit aus seinen professionellen Aktivitäten zu verbannen.

George Berlingen hatte im Grunde schon beim Lesen des Artikels dieses schwergewichtigen Journalisten ein ungutes Gefühl gehabt. Durch das Gespräch mit seinen Eltern hatte es sich verstärkt, auch wenn er anfangs noch für sein Verhalten argumentiert hatte. Dennoch brauchte er nicht lange, um sich für einen kurzen Anruf bei Bernd Kuhn mit der Bitte um ein Gespräch zu entscheiden.

Jetzt, am frühen Abend nach seinem letzten beruflichen Termin, hatten beide Zeit.

»Bonjour, George. Lange nicht gesehen«, begrüßte ihn Bernd Kuhn. »Herzlichen Glückwunsch zu dem Artikel über dein Konzert. Der Journalist muss ja ganz begeistert gewesen sein. Aber deshalb bist du bestimmt nicht hier. Ich kann mir schon denken, warum du kommst.«

Der Elsässer sah ihn fragend an. »Wirklich?«

»Klar. Wir haben ja wohl beide gelesen, was außerdem heute noch in der Zeitung steht. Dass wir im Verdacht stehen, etwas mit dem Tod deiner Schwester und deines Schwagers zu tun zu haben. Es fehlt nur noch unser Name. Das wird aber nicht mehr lange dauern. Hier im Dorf wissen die Älteren ja alle noch, wer euch Sankt Peter verkauft hat.«

George Berlingen verlor keine Zeit damit, um den heißen Brei zu reden. »Ja, dass ich dich sprechen wollte, hängt damit zusammen. Es ist nämlich so, dass ich den Fehler begangen habe, darüber mit dem Journalisten zu reden. Das tut mir leid, und ich wollte dir anbieten, dir zu helfen, das Beste daraus zu machen, bevor der nächste Artikel mit eurem Namen erscheint. Andererseits … wir müssen offen reden, auch über deinen Vater.«

Bernd Kuhn sah ihn mit großen Augen an. »Du warst das? Na vielen Dank. Da müsste ich dir eigentlich in den Arsch treten. Aber komm in die Weinprobierstube, wir setzen uns hin. Ich glaube, wir haben einiges zu besprechen.«

»Ja, das glaube ich auch. Versuchen wir es so sachlich wie möglich.«

Die Männer gingen die paar Schritte zu der modernen, etwas kühl wirkenden, aber geschmackvollen Probierstube und setzten sich.

»Fangen wir mit dem Wichtigsten an, das mich vielleicht auch dazu gebracht hat, mit dem Journalisten zu reden«, sagte George Berlingen. »Dein Vater. Du hast doch sicher gewusst, dass meine Schwester kurz vor ihrem Tod mit ihm gesprochen hat. Hat sie auch mit dir geredet?«

Bernd Kuhn hob abwehrend die Hände. Der Anflug von Feindseligkeit, der nach Berlingens Geständnis aus seinem Gesicht gesprochen hatte, wich einem eher unglücklichen Zusammensinken. »Glaub mir, gestern, als dieser Kommissar hier war, habe ich zum ersten Mal überhaupt davon gehört, dass ein Nachfahre der früheren Besitzer hier aufgetaucht ist und über die Geschichte seiner Familie und über Sankt Peter schreiben will. Ich hatte überhaupt keine Ahnung. Mein Vater hat mir keinen Ton gesagt. Ich bin ihm gestern beinahe an die Gurgel gegangen. Er hat es ja gleich bei ihrem Anruf abgelehnt, die Sache noch mal aufzurühren, wie er sich ausdrückt. Und Brigitte hat wohl damit gedroht, die ganze Geschichte und die Rolle meines Großvaters öffentlich zu machen. Das sieht jetzt natürlich so aus, als ob er etwas mit dem Tod deiner Schwester zu tun hat.«

»Hat er?«

Bernd Kuhn sah kummervoll aus dem Fenster, dann Berlingen ins Gesicht. »Ich bin sofort zu ihm hin und habe ihn zur Rede gestellt. Er sagt, dass er nichts damit zu tun habe. Zwar hat er die Forderung nach Geld abgelehnt, aber er sagt, er habe sich zu einem

Gespräch mit Brigitte bereit erklärt. Das hätte er ja nicht machen müssen, wenn er sie umbringen wollte. In der Sache hat es ihm unglaublich gestunken, was Brigitte wollte und wie sie aufgetreten ist. Das habe ich noch gestern an seiner Reaktion deutlich gemerkt. Also, mein Vater ist ein verstockter alter Kerl, der nichts auf die Vergangenheit seiner Familie kommen lassen will. Aber ich kann mir überhaupt nicht vorstellen, dass er ein Mörder ist.«

George Berlingen sah ihn nachdenklich an. Hier saß er nun mit dem Sohn des Mannes, der womöglich seine Schwester auf dem Gewissen hatte. Eine dumpfe Aggression stieg in ihm hoch. Was machte er hier? Er sollte die Straße hinaufgehen zu dem kleinen Häuschen dieses alten Reaktionärs und ihn so lange schütteln, bis er die Wahrheit sagte. Er erschrak. Sein Vater würde sagen, das sei wieder seine Musikernatur. Bernd Kuhn schien ihm vertrauenswürdig. Sie waren von früher miteinander bekannt. Bernd war immer ein Frauentyp gewesen, aber im Gegensatz zu anderen hatte er das nie rücksichtslos ausgenutzt. George mochte ihn. Bernd konnte nichts für seinen Vater. Er sollte ihn aber nicht verteidigen.

»Bernd, ich will dir nicht zu nahe treten«, sagte er, ganz Anwalt. »Aber bei einem Großteil der Tötungsdelikte sagt die Umgebung der Betroffenen, sie hätten nie geglaubt, dass der Täter zu so etwas fähig wäre. Ist dein Vater nicht auch einer von denen gewesen, die sich ganz besonders über das Verhalten meines Schwagers wegen der Bezeichnung der Sequesterlandweine aufgeregt haben?«

Bernd Kuhn hielt es kaum mehr auf seinem Stuhl. Er rutschte hin und her, begann zu gestikulieren und schlug dann mit der flachen Hand auf den Tisch. »Verdammt, ich weiß, wie das aussieht. Er ist wahrscheinlich der einzige Mensch, der theoretisch ein Motiv hatte, beide zu töten – außer mir vielleicht, wenn du mir das Gleiche unterstellst …«

»Ich unterstelle dir nichts, Bernd. Aber ich will wissen, wer es war. Und, sei mir nicht böse, für deinen Vater würde ich die Hand nicht ins Feuer legen.«

»Meinst du, ich will nicht, dass das aufgeklärt wird? Mein Vater hat kein Alibi, und er hat, wenn man so will, zwei Motive. Aber es hat doch keiner damit rechnen können, dass sie beide an diesem Morgen in dasselbe Auto steigen. Es war ein Arbeitstag. Da sind die normalerweise in verschiedene Richtungen gefahren. Wer hätte etwas anderes wissen sollen?«

George Berlingen nickte. »Wahrscheinlich hast du recht. Der Mörder hat sehr wahrscheinlich nur einen töten wollen, und der andere war zufällig mit im Auto. Aber wen wollte er umbringen? Es ist so furchtbar. Es vernebelt mir manchmal den Kopf ... meine Schwester ... ich kann es noch gar nicht glauben.« Ihm war zum Weinen zumute. Er riss sich zusammen. »Aber vielleicht reden wir noch über die andere Sache. Das hätte Brigitte gewollt. Die mit dem Amerikaner und wie ihr da als Familie und als Weingut am besten reagieren könntet. Den Mord klären wir beide wahrscheinlich nicht auf. Wie siehst du das denn mit dem Literaturprojekt von dem Amerikaner? Wir würden auch was dazugeben.«

»Ich habe gar nichts dagegen, den jungen Mann zu unterstützten, meine Frau auch nicht. Und meinen Vater frage ich nicht. Wenn wir das als Weingut offensiv angehen, kann es sogar einen positiven Effekt haben.«

»Klar! Kommen Sie vorbei! Wir probieren Ihren Wein. Ich bin zu Hause«, hatte Stefan Schwörer ins Telefon gerufen. »Hoffentlich ist es was Anständiges! Bei den anderen sage ich immer: Das Beste, was dem Wein passieren kann, ist ein Korkschmecker.«

Badenhop, der früher als erwartet aus Mainz zurückkam, lenkte seinen Wagen auf den Parkplatz vor dem Mehrfamilienhaus in Deidesheim. Er war noch nie bei Schwörer gewesen, der mit seiner Lebensgefährtin zusammenwohnte.

Der Weinkontrolleur öffnete strahlend die Tür und schlug Badenhop leicht auf die Schulter. »Willkommen in meiner Hütte. Ich glaube, das ist eine Premiere. Sie bringen mir zum ersten Mal in Ihrem Leben einen Wein mit. Vielleicht wird aus Ihnen doch noch ein Weinkenner. Hoffentlich taugt er was. Aber na ja, es ist ja beruflich. Wissen Sie was? Kommen Sie doch mit zu der Probe bei Berlingens. Da können Sie was lernen, und es gibt ganz bestimmt exzellente Tröpfchen.« Bei dem Wörtchen »exzellent« erhob er den Zeigefinger und die Augenbrauen. »Ich sage Ihnen, wann die Probe stattfindet. Es gehört ja fast zu Ihrem Fall, oder? Genau wie der Wein hier. Also, Flasche auf, arbeiten wir!«

Badenhop hatte ihm nicht gesagt, um welchen Wein es ging und wo er ihn her hatte. Er hatte die Flasche in Zeitungspapier eingewickelt und bat Schwörer um ein Glas und einen Korkenzieher. »Es ist ein Spätburgunder. Bitte sagen Sie mir ohne Blick auf das Etikett, wie er Ihnen schmeckt.«

Schwörer brachte das Verlangte und grinste den Kommissar an. »Soll ich Fehler suchen oder einen möglichen Preis raten?«

»Sagen Sie mir einfach, was Sie davon halten.«

Schwörer schnüffelte, hob das Glas gegen das Licht, sah Badenhop mit hochgezogenen Brauen an und schnüffelte erneut. Noch vor dem ersten Schluck zog er leicht angewidert die Mundwinkel nach unten und konnte sich nicht zurückhalten. »Also, es riecht schon ein bisschen nach Spätburgunder, aber der Kerl kann es nicht. Dünn, unreif, ganz grobes Holz. Und im Mund …« Er nahm einen Schluck, spülte ihn leicht im Mund hin und her und ging dann zum Spülbecken, um den Wein wieder auszuspucken. »Das trinke ich nicht. Ich will nicht sagen, dass dieser Spätburgunder untrinkbar ist. Aber es ist simples, billiges Zeug, ohne Dichte, vor allem ohne Schmelz. Und das Schlimmste: Damit er etwas Volumen bekommt, hat man Herold, Dunkelfelder oder so etwas Ähnliches reingeschnitten. Das geht gar nicht. Burgunder zu verschneiden, heißt, sie zu zerstören. Man kann einen einfachen Riesling-Literwein trinken. Aber bei Spätburgunder geht das nicht. Der muss eine gewisse Qualität haben. Ich bin enttäuscht, Kommissar. Von Ihnen hätte ich Besseres erwartet. Sie schulden mir einen anständigen Tropfen.« Er verzog das Gesicht zu gespielter Enttäuschung.

Mit wenigen Worten ging es bei Schwörer nie. Seine Aussage in der Sache war jedoch klar. Warum war Badenhop nicht überrascht? Er nahm das Papier von der Flasche und hielt Schwörer das Etikett hin. »Ich dachte, der Wein sei hoch prämiert?«

Schwörer riss die Augen und den Mund demonstrativ auf. »Das gibt es nicht. Das ist nicht der Wein, unmöglich! Wo haben Sie die Flasche her?«

»Vom Schreibtisch Ihres ermordeten Chefs. Es lag dieser Zettel dabei. Herr Kirsch hat den zuständigen Weinkontrolleur gleich angerufen. Der sagte, es sei alles in Ordnung. Er habe die Sache nach dem Anruf von Gerd Lautereck überprüft.«

Schwörer las die kurze Notiz Lauterecks und sagte einen Augenblick lang nichts. Das war neu. Badenhop hatte noch nie erlebt, dass dem fidelen Weinkontrolleur die Worte fehlten. Doch jetzt fühlte sich Schwörer offensichtlich unwohl in seiner Haut. In seinem Gesicht arbeitete es.

»Das soll diese sensationelle Spätburgunder Spätlese der Gebrüder Lüller sein?«, stieß er schließlich hervor. »Unmöglich! Das ist nicht der Wein. Dabei bleibe ich. Mehr kann ich nicht sagen.«

»Kommen Sie, Herr Schwörer. Was kann der Grund dafür sein, dass Sie sich einerseits sicher sind, dieser Wein kann nicht der damals prämierte sein, und andererseits Ihr Kollege meint, es sei alles in Ordnung?«

Schwörer sah ihn ernst an. »Das habe ich mich auch gerade gefragt. Da gibt es drei Möglichkeiten. Entweder jemand hat den Wein gefälscht und er stammt gar nicht von dem Weingut. Oder mein Kollege ist bei dem Weingut reingelegt worden, als er das checken wollte.« Bei dieser Alternative starrte Schwörer auf die Flasche und schüttelte unwillkürlich den Kopf, um anschießend Badenhop noch eindringlicher anzusehen. »Oder der Kontrolleur hat drittens gar nicht richtig geprüft. Aber bitte, Herr Kommissar: Ich will dem Kollegen nichts unterstellen. Ich werde der Sache noch mal nachgehen, auch wenn es nicht mein Revier ist, okay? Jedenfalls stimmt da etwas nicht, das ist sicher.«

»Das Weingut … kennen Sie es? Ich meine, haben die Leute generell gute Weine? Halten Sie den Betrieb für seriös? Ich will nur Ihre ganz persönliche Einschätzung, mehr nicht.«

Schwörer grinste ihn auf seine unnachahmliche Art an, die sowohl Amüsement als auch Hintergründigkeit und leichte Verruchtheit signalisierte. »Ich sag's mal so: Sie sind noch nie für etwas verurteilt worden, geben aber immer mal wieder Anlass, etwas zu überprüfen, weil unwahrscheinliche Sachen vorkommen. In der Regel geht das dann aus wie das Hornberger Schießen, weil sie mit allen Wassern gewaschen sind. Eines ist sicher: Im Keller können die Burschen was.« Er lachte lauthals heraus. »Fragt sich nur, was … Der Spätburgunder, den sie damals präsentiert haben, war jedenfalls große Klasse. Wir haben ihn vor- und zurückanalysiert, weil wir bei denen immer ein wenig vorsichtig sind. Aber er war in Ordnung.

Allerdings gab es nur eine recht kleine Menge davon. Das weiß ich, weil wir uns extra noch mal erkundigt haben. Wenn sie größere Partien bei Wasgau verkaufen – allein tausend in Annweiler, du lieber Himmel – und dieser hier dort im Regal stand, dann stimmt etwas nicht.«

»Kann es auch an diesem Wasgau-Markt liegen?«

»Das glaube ich nicht. Die Leute, die dort den Einkauf und den Verkauf machen, sind wirklich engagiert und haben es außerdem nicht nötig, etwas Illegales zu drehen. Es gibt kaum irgendwo eine bessere Weinabteilung im Lebensmittelhandel, zumindest nicht in der Pfalz und Umgebung.«

»Hätten die vom Wasgau nicht Lunte riechen müssen?«, fragte Badenhop.

Schwörer zuckte mit den Achseln. »Ich kann mir vorstellen, der Lüller hat ihnen erklärt, sie bekämen den größten Teil der Produktion exklusiv. Wie viele Flaschen eigentlich exakt existierten, haben sie vielleicht nicht gewusst. Es stand ja nicht überall zu lesen. Dann haben sie eine Flasche probiert – wie man das so macht –, und die war in Ordnung. Sie können ja nicht alle probieren. Nein, den Leuten ist kein Vorwurf zu machen.«

Badenhop bedankte sich, bat Schwörer, ihm unbedingt Bescheid zu geben, was bei seiner Überprüfung herauskam, und gab Kevin Gross einige telefonische Anweisungen, bevor er nach Forst zu Katrin Mellen fuhr.

Erst jetzt, auf dem Weg zu ihr, konnte er sich richtig auf die Verabredung freuen. Sie hatten sich vorgenommen, zum ersten Mal in der Pfalz zusammen auszugehen – nicht allzu nah an Neustadt, aber immerhin noch in der Pfalz.

Sie entschieden sich für das Restaurant Karlbacher in Großkarlbach, ein mit viel Geld und Geschmack renoviertes, großartiges Renaissance-Fachwerkhaus aus dem 17. Jahrhundert. Dort achteten sie nur am Rande auf die französische Küche und den Sommerabend im glasüberdachten Innenhof. Dafür erzählten sie sich Geschichten aus ihrem Leben. Es gab noch viel, das sie nicht voneinander wussten.

Badenhop vermied es, die beiden wichtigsten Frauen in seinem Leben zu vergleichen. Die wohlüberlegte, gebildete und fast aristokratische Ingrid hatte ihn immer mit ihren klaren Gedanken, ihrer konsequenten Art fasziniert. Katrins witzige, intelligente, wenn auch manchmal etwas sprunghaft gefühlsbetonte Lebendigkeit faszinierte ihn in jeder Minute. Und selbst wenn sie sich nicht anfassten – wozu er pausenlos Lust hatte –, umfing ihn ihre wohlig-weibliche Ausstrahlung mit kuscheliger Wärme.

Er genoss den Abend und die darauffolgende Nacht so sehr, dass ihn sein schlechtes Gewissen erst am Morgen ereilte, als er Katrins Haus verließ.

ACHT

»Die beiden Lüller-Brüder sind zwar dunkelhaarig, aber recht klein und gedrungen. Außerdem besitzen sie kein helles Auto, auch nicht im Weingut. Aber der Weinkontrolleur, dieser Ralf Steffens, der passt«, sagte Gross, der Badenhops Bürotür gerade so weit geöffnet hatte, dass er seinen Kopf hereinstrecken konnte. »Schlank, dunkelhaarig, eher groß. Sein Dienstwagen ist nicht hell, aber sein Privat-Pkw. Das wird der Staatsanwältin gar nicht gefallen.«

Badenhop war früh ins Büro gekommen und entschied, alle Personen, auf die das von der Nachbarin beschriebene Täterprofil zutraf und die kein Alibi hatten, erneut oder erstmals zu verhören. Er nahm ein Blatt Papier und schrieb die Namen Roland Kerth, Herbert Kerth, Peter Keller, Adolf Kuhn, Bernd Kuhn und Ralf Steffens untereinander. Hinter Steffens schrieb er in Klammern »Schwörer abwarten«. Badenhop wollte mit allen persönlich reden. Er hoffte, so endlich ein Gesamtbild zu erhalten, das Schlussfolgerungen zuließ. Noch immer wussten sie nicht einmal, wer eigentlich ermordet werden sollte.

Er beschloss, den heutigen Tag mit den Befragungen zu verbringen. Gross organisierte derweil die kommende Nacht, in der die kurze Sequenz vor dem Haus des Ehepaares Lautereck-Berlingen nachgestellt werden sollte. Vielleicht konnte die alte Dame aus der Nachbarschaft, Frau Kohl, sich genauer an einen der Verdächtigen erinnern.

Das war wirklich eine völlig unerwartete Wendung in der Sankt-Peter- und Lautereck-Berlingen-Geschichte. Martin Peust hatte eine Weile telefonieren müssen, bis er erfuhr, wer damals den jüdischen Besitzern von Sankt Peter das Anwesen abgekauft, sich in Wirklichkeit aber an der Not der Leute bereichert hatte. Der alte Berlingen hatte auch nichts dazu sagen wollen.

Im Dorf dagegen fand sich relativ rasch einer, der wusste, wer es wissen musste. Zwar wollte niemand so gern über diese Zeit reden – es war ja ein bisschen peinlich –, aber dann fand sich ein verärgerter Nachbar, ein Konkurrent oder gar ein politisch und historisch interessierter Aktivist, der gar nichts dagegen hatte, wenn alte Geschichten »ans Licht« gebracht wurden. Nach fünf oder sechs Anrufen wusste der Journalist, um wen es ging.

Doch dann geschah etwas Seltsames. Gerade hatte Peust sich mit zufriedenem Grinsen die Hände gerieben, ein Brot geschmiert und höchstens zweimal reingebissen, da klingelte das Telefon und Bernd Kuhn war dran. Ausgerechnet Bernd Kuhn. Den hatte er wegen einer Stellungnahme anrufen wollen, denn sein Großvater war es gewesen, der damals die Juden mit einem lächerlichen Geldbetrag für das große Anwesen Sankt Peter abgespeist hatte.

»Herr Kuhn, welche Überraschung«, säuselte Peust in den Hörer. »Das muss Gedankenübertragung sein. Gerade wollte ich Sie anrufen.«

»Ich habe damit gerechnet, Herr Peust. Es konnte ja nach Ihrer Notiz nicht sehr lange dauern, bis sie auch den dazugehörigen Namen finden würden. Das haben Sie inzwischen sicher getan. Und es stimmt: Mein Großvater hat der Familie Levi damals Sankt Peter und die dazugehörenden Weinberge für sehr wenig Geld abgekauft. Es ist auch richtig, dass Frau Berlingen meinen Vater angesprochen und um Unterstützung für einen Nachfahren der früheren Besitzer gebeten hat. Sie sollten dazu aber noch ein paar weitere Informationen haben, denn inzwischen ist einiges passiert.«

»So?« Peust war mit einem Schlag hellwach, schob das angebissene Brot auf die Seite, griff nach seinem Schreibblock und einem Kuli und brummte: »Erzählen Sie!«

Bernd Kuhn zögerte. »Na ja, ich habe eigentlich gedacht, dass wir das vielleicht nicht am Telefon besprechen sollten. Es ist eine längere Geschichte. Vielleicht können wir uns irgendwo zur Mittagszeit treffen und eine Kleinigkeit essen? Ich lade Sie ein.«

Das war Peust, der seine journalistische Unabhängigkeit besonders in diesem delikaten Fall gewahrt wissen wollte, doch ein wenig zu freundschaftlich. Er schlug vor, sofort ins Weingut zu kommen, um mit Bernd Kuhn zu reden. Dass er bei der Gelegenheit auch gleich den alten Kuhn befragen wollte, sagte er nicht.

»Ich will, dass du jetzt sofort mit mir kommst und wir zusammen noch mal unangemeldet hingehen, uns die Bücher ansehen und eine Erklärung verlangen.« Stefan Schwörer war stinkig. Er hatte seinen Kollegen Ralf Steffens gebeten, sich mit ihm zu treffen, ohne ihm allerdings vorher zu sagen, was er wollte. Ein gutes Gefühl hatte er von vornherein nicht gehabt, nicht zuletzt, weil Steffens, von dem er noch nie besonders viel gehalten hatte, mit den Lüllers befreundet war. Das hatte er Badenhop zwar nicht gesagt, aber es war ihm sofort eingefallen, als der Verdacht aufkam, dass mit dem Spätburgunder etwas nicht in Ordnung sein könnte.

Solche Freundschaften konnte und wollte man natürlich nicht verbieten, aber sie hatten schnell ein Gschmäckle, vor allem im Fall eines eher umstrittenen Weinguts wie Lüller. Und wenn man die Fakten betrachtete, war kaum zu verstehen, dass Steffens »Alles okay« gemeldet hatte. Schwörer war nur nicht sicher, ob der Kontrolleur in die Sache verwickelt oder nur treudoof und vertrauensselig war.

Nun hatte sich Schwörer fast drohend vor dem Schreibtisch seines Kollegen aufgebaut, Badenhops beziehungsweise Lauterecks angetrunkene Spätburgunder-Flasche auf den Tisch geknallt und mit giftigem Blick gepoltert: »Hier, ich hab dir was Feines mitgebracht. Kennst du doch bestimmt, oder?«

Ralf Steffens, der beim Knall der Flasche zusammengezuckt war, hob abwehrend die Hände und versuchte abzuwiegeln: »Sachte, sachte! Wo ist das Problem? Das ist doch ein sehr guter Wein. Wie komm ich zu der Ehre?«

Die Kaltschnäuzigkeit Steffens machte Schwörer aggressiv. Er war zwar eine immer zu Witzen und dummen Bemerkungen aufgelegte Frohnatur, aber wenn ihm einmal der Kamm schwoll, dann richtig.

Er stellte ein Glas neben die Flasche, goss ein und hielt es Steffens vor die Nase. »Ich bin gespannt, was an dieser Brühe besonders gut sein soll. Los, trink! Lautereck hat diesen Wein noch vor seinem Tod bei Wasgau in Annweiler gekauft. Die Polizei hat die Flasche in seinem Büro gefunden. Mit einer Notiz, dass Lautereck dich angewiesen hat, die Sache zu prüfen. Ich habe mich erkundigt. Die gesamte Wasgau-Gruppe hat dreitausendzweihundert Flaschen von dieser Ausstattung, also ›Sieger-Wein‹ 2012er Spätburgunder Spätlese, bezogen. Allein im Markt in Annweiler sind ungefähr tausend Pullen verkauft worden. Dazu kommen die Verkäufe des Weinguts an die Gastronomie und an Privatkunden, vielleicht sogar noch an Händler. Das ergibt fünftausend Flaschen Minimum, wahrscheinlich erheblich mehr. Es hätten aber nur tausendachthundert sein dürfen bei sechs Barriques, die damals vorhanden waren, als der Wein die Preise gewonnen hat. Waren das Barriques aus der Hochzeit von Kanaan mit wunderbarer Weinvermehrung, aus denen man beliebig viel Wein herausholen kann und die nie leer werden? Kannst du mir sagen, was du da geprüft hast, um dann hinterher nach Mainz zu melden, es wäre alles in Ordnung – und auch das erst, als Mainz noch mal extra nachgefragt hat?«

Steffens war bemüht, ruhig zu wirken und Zeit zu gewinnen. Er schenkte sich einen Probierschluck ein und schwenkte ihn im Glas. »Dann wollen wir mal sehen, was sich da in der Flasche befindet, bevor wir hier ein Theater veranstalten.« Er roch am Glas, wiegte den Kopf hin und her und nahm einen Schluck in den Mund. »Na ja, schlimm ist das nicht, aber er schmeckt bei Weitem nicht so wie der Wein, den ich kenne und der die Preise abgeräumt hat. Komisch.«

Schwörer schnaubte. »Ja, komisch, nicht? Und deshalb fahren wir da jetzt noch mal hin und sehen uns die Sache genauer an. Was hast du eigentlich gemacht, als Lautereck dich angewiesen hat, die Lüllers noch mal zu prüfen?«

Bereits erheblich kleinlauter suchte Steffens nach einem Ausweg. »Was soll ich schon gemacht haben? Ich hab bei Lüller angerufen und gefragt, wie es sein kann, dass so viele Flaschen existieren. Sie haben geantwortet, in der Mail, die er mir damals geschickt hat, weißt du, wo drinstand, es sind sechs Barriques, da hätten sie sich vertippt und eine zwei vergessen. Es wären sechsundzwanzig Barriques gewesen.«

Schwörer war sprachlos. Er starrte seinen Kollegen eine Weile an. Dann platzte es aus ihm heraus: »Das ist doch gequirlte Scheiße, die du hier erzählst! Das mit den sechs Barriques wurde damals in mehreren Artikeln geschrieben. Sogar bei der Preisverleihung haben sie extra betont, dass es davon nicht sehr viele Flaschen gibt. Die Info kommt nicht von dir und deiner blöden Mail, sondern vom Weingut selbst. Du kennst den Laden doch in- und auswendig. Erzähl mir nicht, dass du den Wein vor der Füllung nie probiert hast. Die haben dir bestimmt die tollen Barriques gezeigt, sodass du schon vorher wissen musstest, wie viel es ungefähr war. Bist du Weinkontrolleur oder Hanswurst, Menschenskind? Und wenn Lautereck dich anweist, die Sache zu prüfen, dann machst du einen Anruf und das war's? Das kann ich kaum glauben.« Er sah Steffens an, als ob ihm eine Idee käme. Dann sagte er bissig: »Sei froh, dass er nicht mehr lebt. Los, mach dich fertig, wir fahren hin. Ich will das jetzt sofort klären.«

Zweifellos war an diesem Tag mit Schwörer nicht zu spaßen. »Meinetwegen«, murmelte Steffens und griff nach seinem Dienstkoffer. »Wenn ich gewusst hätte, dass da Flaschen mit anderem Inhalt unterwegs sind, hätte ich natürlich mehr unternommen. Das verändert ja die ganze Situation. Aber woher hätte ich das wissen sollen? Lautereck kam ja nur die Menge komisch vor. Ich hab den Wein seit damals nicht mehr probiert.«

Schwörer antwortete nicht mehr. Er drehte sich um und verließ wortlos das Büro.

Steffens folgte ihm.

Auf dem Weg zum Weingut Lüller verloren beide kein Wort mehr über die Sache. Steffens, weil er froh war, nichts mehr sagen zu müssen, Schwörer, weil er so geladen war, dass er Angst hatte, ausfallend zu werden. Außerdem war er gespannt darauf, was sie im Weingut erwartete.

»Du sagst gar nichts. Ich rede«, sagte Schwörer schließlich, als sie beim Weingut angekommen waren und aus dem Auto ausstiegen.

Einen der beiden Lüller-Brüder, Frank, trafen sie im Lagerkeller an. Er wirkte überrascht, gab sich jedoch lässig und witzelte: »Ah, hoher Besuch! Seid ihr schon zu zweit unterwegs, damit einer die große Verantwortung bei eurer Arbeit nicht allein tragen muss?«

»Da liegen Sie vielleicht gar nicht so falsch«, gab Schwörer zurück. »Manchmal ist es besser, wenn vier Augen einen Vorgang prüfen.«

»Und bei uns wollt ihr mit dem Prüfen anfangen?«

Schwörer schüttelte den Kopf. »Nein, wir sind überhaupt nur zu Ihnen gekommen, weil wir eine ganz besonders interessante Sache überprüfen müssen. Sie haben doch bestimmt noch ein paar Flaschen von Ihrem großartigen Spätburgunder auf Lager. Dürfen wir den noch mal probieren und nachher einen Blick ins Weinbuch werfen?«

Der Winzer gab sich erstaunt. »Ach, darum geht's! Ja, Ralf hat kürzlich mal gefragt, wieso der Wein bei Wasgau steht und wie es mit der Produktionsmenge aussieht.« Er sah Steffens fragend ins Gesicht. »Ich habe dir doch gesagt, Ralf, dass Wasgau eine größere Partie abgenommen hat von den knapp achttausend Flaschen, die wir gemacht haben. Aber kommt ruhig in die Probierstube, ich hole eine Flasche.« Lüller zeigte auf die Tür zur Stube, drehte sich aber um und machte sich auf den Weg ins Flaschenlager.

Schwörer folgte ihm und winkte auch Steffens, den er nicht allein lassen wollte. »Achttausend Flaschen, aha. Warum habe ich die ganze Zeit sechs Barriques im Hinterkopf? Na, ich komm am besten mit und seh mir gleich mal an, wie hoch der Flaschenbestand ist.«

Frank Lüller sah über seine Schulter zurück. »Bestand? Wenig natürlich. Wir sind fast vollkommen ausverkauft und geben nichts mehr ab. Die letzten paar Flaschen behalten wir selbst für Gelegenheiten wie diese. Und sechs Barriques – weiß ich auch nicht, wie das in die Welt gekommen ist. Wir hatten sechsundzwanzig. Irgendjemand hat mal behauptet, es wären sechs gewesen, und dann hat wohl jeder von sechs geredet. Hier sind die restlichen Flaschen. Was wird das noch sein? Zehn oder elf Sechser-Kisten. Suchen Sie sich eine Flasche aus, Herr Schwörer, Sie scheinen ja ziemlich misstrauisch zu sein.«

Dieser Lüller ist nicht doof, dachte Schwörer. Was hier lag, war garantiert der Rest des echten, ursprünglichen Spätburgunders. Die anderen hatten sie entweder woanders untergebracht, oder sie waren tatsächlich ausverkauft.

Er nahm eine Flasche aus einer offenen Kiste, drückte sie Steffens in die Hand und machte ein paar Schritte zum Ausgang. »Dann wollen wir mal sehen, wie er schmeckt. Ich habe ihn eine Weile nicht probiert.« Er blieb stehen. »Ihr Weingut ist ja eigentlich gar nicht auf Barriqueweine spezialisiert, wenn ich mich richtig erinnere. Können wir vielleicht grad noch einen Blick in den Barriquekeller werfen, wenn wir schon hier sind?«

»Barriquekeller! So was haben wir noch nicht, wollen wir aber demnächst bauen. Die Barriques liegen vorn bei den Gärtanks. Aber es sind nicht viele. Es stimmt, wir sind nicht darauf spezialisiert.«

An einer Wand des Gärkellers zählte Schwörer insgesamt zweiundzwanzig Eichenbarriques. »Wie viele Weine mit Barriqueausbau machen Sie eigentlich und welche Mengen davon?«

»Also, das ändert sich natürlich von Jahr zu Jahr«, sagte Lüller, »je nachdem, wie der Jahrgang ausfällt. Es gibt immer einen Chardonnay aus dem Barrique und eine Rotweincuvée aus Dornfelder, Cabernet Cubin und Merlot. Den Spätburgunder gibt es nicht immer, nur in guten Jahren. Der Chardonnay ist nicht hundert Prozent Barrique. Er ist rückverschnitten mit Tankwein. Die Kunden wollen den ganz starken Holzton nicht. Im Augenblick haben wir sechs Barriques für den Chardonnay – die sind aber leer, weil der schon gefüllt ist. Dann gibt es zehn Barriques für die Rotweincuvée und sechs Barriques mit Spätburgunder vom letzten Jahr. Das könnte der Nachfolger von dem hier werden.« Er zeigte auf die Flasche in Steffens Hand.

»Aha, und dann hatten Sie genau in dem Jahr, in dem Sie den hochgelobten Wein hier hatten, auch eine ganz besonders große Menge Spätburgunder und Barriques, ja?« Schwörer war sich schon jetzt sicher, dass hier etwas nicht stimmte. »Wie viele Hektar Spätburgunder haben Sie denn?«

Lüller fühlte sich sichtlich unwohl in seiner Haut. »Null Komma acht. Normalerweise machen wir einen einfachen Spätburgunder, manchmal brauchen wir die Trauben auch für Rosé oder für unseren Sekt.«

Schwörer musste lachen, so grotesk erschienen ihm die Erklärungen des Winzers. »Und ausgerechnet 2012 waren die ganzen Trauben so exzellent, dass Sie alles für diesen Top-Wein verwendet haben. Und es war ja noch dazu eine ziemlich große Ernte. Sechstausend Liter Top-Spätburgunder von null Komma acht Hektar, das habe ich bis jetzt noch nie erlebt. Einen Spitzen-Pinot gibt es im Burgund oder in Deutschland nicht über viertausend Liter pro Hektar. Und Sie wollen auf das Hektar gerechnet siebentausendfünfhundert geerntet und den Rotweinpreis gewonnen haben? Wem wollen Sie das erzählen?« Die Geschichte stank zum Himmel, das war klar.

Lüller machte ein missvergnügtes Gesicht. »Sie haben mich erwischt. Wir haben tatsächlich noch ein paar Trauben zugekauft, exzellente Qualität von einem alten Weinberg eines Feierabendwinzers, ist natürlich dokumentiert. Das waren ungefähr zwanzig, höchstens fünfundzwanzig Prozent. Ich weiß, es steht versehentlich trotzdem Erzeugerabfüllung auf der Flasche. Das war dann vielleicht nicht ganz korrekt. Ich hoffe, wir kommen da nicht in allzu große Schwierigkeiten.«

Wenn es nur das wäre, dachte Schwörer. »Darüber reden wir noch, wenn es sonst nichts zu bemängeln gibt. Und die Barriques haben Sie weiterverkauft, ja? Sie sind ja nicht mehr hier. Dann haben Sie bestimmt den Verkaufsbeleg.«

»Klar, Sie waren nur einmal gebraucht und der nächste Jahrgang, der 13er, war bei Spätburgunder nicht besonders gut. Es war ja eher ein kühler, säurebetonter Jahrgang. Den 12er haben wir kurz nach der 13er-Ernte gefüllt. Da wussten wir schon, dass wir die Fässer nicht mehr brauchen. Einen Beleg, ja, also ich glaube, das geht nicht. Die sind nach und nach verkauft worden, ein paar an Kollegen und einige dreijährige haben wir durchgeschnitten und als Blumenkübel an Kunden abgegeben für ein paar Euro. Da müsste ich wirklich in den Krümeln suchen, ob wir da immer eine Rechnung haben. Na ja, und beim Einkauf ist es ein bisschen ähnlich. Wir kaufen oft gebrauchte Fässer von Kollegen. Das geht nicht immer über Rechnung, wie es halt so ist im Leben.«

Er hat für alles eine Erklärung, das muss man ihm lassen, dachte Schwörer, wenn auch keine besonders glaubwürdige. Und die Weinkontrolle ist nicht das Finanzamt. »Okay, gehen wir mal das gute Tröpfchen probieren.« Schwörer hatte dem Winzer nicht gesagt, dass er die angebrochene Flasche von Lautereck in seinem Dienstkoffer hatte.

Als die Flasche aus dem Restbestand geöffnet war und Lüller drei Gläser auf den Tisch stellte, zog Schwörer die zweite Flasche aus dem Koffer und stellte sie auf den Tisch. »Wir haben den Wein hier noch mal. Lassen Sie ein Glas frei dafür. Wir möchten die Weine gern vergleichen.«

Zuerst verkosteten Schwörer und Steffen die beiden Burgunder. Sie sagten nichts, doch die Weine hatten offensichtlich wenig Gemeinsamkeiten. Als Lüller den mitgebrachten Wein verkostet hatte, sah er Schwörer entsetzt an, schüttelte den Kopf und stieß wütend hervor: »Das ist nicht unser Wein. Was haben Sie da in die Flasche gefüllt? Wollen Sie mir was anhängen?«

Ralf Steffens hob die Hand und sagte in scharfem Ton: »Mal langsam, Frank. Nichts unterstellen. Diese Flasche hat Gerd Lautereck einige Tage vor seinem Tod bei Wasgau in Annweiler gekauft. Der Polizeikommissar, der den Mordfall Lautereck/Berlingen untersucht, hat die ungeöffnete Flasche aus dem Mainzer Büro Lauterecks mitgebracht und vor den Augen meines Kollegen hier geöffnet. Genau der Wein, den du hier verkostet hast, war in der Flasche. Da gibt es überhaupt keinen Zweifel.«

Schwörer ging einen Schritt weiter. »Wir können im Übrigen auch gern noch mehr bei Wasgau bestellen. Die hatten nämlich nicht alle verkauft, als ich gestern Abend noch dort angerufen habe. Natürlich hat der stinksaure Marktleiter sofort alles aus dem Regal geräumt. Er hat die eine offene Kiste mit vier Flaschen und zwei geschlossene Kartons – Originalkartons des Weinguts – im Lager für uns gesichert. Und er hat seine Zentrale alarmiert, damit die anderen Märkte nachsehen, ob von dem Zeug noch etwas bei ihnen rumsteht. Ich nehme an, Herr Lüller, das künftige Geschäft mit Wasgau wird schwierig für Sie werden. Ich will ja nicht behaupten, der Wein sei hundsmiserabel. Aber es ist ein einfacher, dünner und etwas säuerlicher Spätburgunder, wahrscheinlich sogar aus 2013. Sie haben ja ganz richtig gesagt, da hat es oft bei der Reife gehapert. Und nun wüsste ich gern, wie dieser Wein in offensichtlich beachtlicher Menge mit der 2012er-Ausstattung des hervorragenden echten Weines in Verkehr kommen konnte.«

Zwei Personen im Raum fühlten sich sichtlich unwohl. Hinter der Stirn von Frank Lüller arbeitete es. Er hatte den Kopf auf die Hand gestützt und schien zerknirscht. Auch Steffens musste klar sein, dass die Situation für ihn Folgen haben würde.

»Ich will Ihnen etwas sagen«, begann Lüller schließlich. »Das ist geschäftsschädigend, wie Sie ja selbst festgestellt haben. Natürlich nimmt jetzt der Wasgau nichts mehr von mir. Ich werde Anzeige gegen Unbekannt erstatten. Da will mich jemand fertigmachen. Wie es allerdings passieren konnte, kann ich mir nicht erklären. Aber ob größere Mengen der Fälschung existieren, kann man ja schlecht wissen. Vielleicht sind es nur ein paar Flaschen gewesen, und Lautereck hat zufällig eine erwischt.«

Schwörer wollte nicht glauben, was er hörte. Dieser Lüller ließ keine noch so wilde Theorie aus. »Vielleicht war es Ihr Bruder, was meinen Sie?«, erwiderte er zynisch. »Haben Sie sich mit ihm gestritten? Aber im Ernst: die gleichen Flaschen, die gleiche Ausstattung, Originalkisten von Ihnen. Angeliefert von Ihnen. Wir werden uns die restlichen Flaschen bei Wasgau ansehen, das verspreche ich Ihnen.« Es reichte Schwörer, wie dieser Gauner ihn für dumm verkaufen wollte. Er wurde lauter. »Wissen Sie, was ich glaube? Sie haben nach dem überraschenden Erfolg Ihres zweifellos hervorragenden echten Weines ein Zusatzgeschäft machen wollen und eine ganz andere Partie mit der gleichen Ausstattung unter die Leute gebracht. Wie gefällt Ihnen diese Version?«

Noch bevor Lüller, der schon den Mund zur Antwort geöffnet hatte, etwas sagen konnte, fuhr Schwörer fort: »Und jetzt würde ich gern das Weinbuch sehen.«

Frank Lüller war bei den letzten Worten des Weinkontrolleurs wütend aufgestanden, trat auf Schwörer zu, der ebenfalls aufgestanden war, und stellte sich direkt vor ihn, beinahe Kopf an Kopf. Dann tippte er ihm mit dem Zeigefinger grob an die Schulter. »Ich will Ihnen mal was sagen, Bürschchen. Wenn ich so eine Scheiße noch einmal höre, schmeiß ich euch raus, aber eigenhändig, verstanden?«

Schwörer, der nicht zum ersten Mal in seinem Leben mit aggressiven »Kunden« zu tun hatte, trat einen Schritt zurück. »Ich rate Ihnen dringend, mich nicht mehr anzufassen«, sagte er ruhig. »Es sollen ja zu den weinrechtlichen Vergehen nicht noch Tätlichkeiten dazukommen.«

Ralf Steffens trat zwischen die Männer, legte beiden die Hand auf die Brust, wie um sie auseinanderzuschieben, und rief: »He, aufhören! Wir wollen das hier seriös weiterprüfen. Also sehen wir uns jetzt die Bücher an, okay?«

Frank Lüller jedoch schien sich nicht beruhigen zu können. »Verdammt, Ralf, muss ich mir das hier in meinem eigenen Haus anhören, ohne dass irgendetwas bewiesen wäre? Das ist eine Unverschämtheit. Ich weiß ja, dass manche mich auf dem Kieker haben. Aber jetzt zu versuchen, mir diesen großen Erfolg mieszumachen, lasse ich mir nicht bieten. Sucht gefälligst den Kerl, der diese Sache gefälscht hat.«

Schwörer grinste ihm ohne jeden Respekt ins Gesicht. »Wir sind dabei, Herr Lüller. Genau jetzt sind wir dabei. Zeigen Sie uns doch bitte ohne weitere Diskussionen Ihr Weinbuch.«

Lüller hatte immer noch nicht genug. »Woher wollt ihr denn wissen, ob nicht einer Flaschen mit billigem Roten gefüllt und bei Wasgau ins Regal gestellt hat, um uns zu schaden? Prüft das doch mal, statt hier unbewiesene Theorien aufzustellen.« Er griff nach den beiden Korken, die auf dem Tisch lagen. »Ha, guckt euch die Korken an«, sagte er zufrieden. »Sie sehen zwar gleich aus, aber wer weiß, ob sie auch gleich sind. Korkbrand ist ja nicht mehr vorgeschrieben. Wir verwenden keinen mehr. Hätten wir vielleicht machen sollen, dann würde man sehen, dass der zweite Korken nicht von uns ist. So sieht man gar nichts.«

Schwörer wusste sich nur noch mit Sarkasmus zu helfen. »Ja, schade, nicht? So kann man leider gar nichts überprüfen. Wie dumm. Ich sehe, wie sehr Sie das bedauern. Aber wenn es im Weinlager des Wasgau Fälschungen gibt, wird die Geschichte schwierig, nicht? Oder wollen Sie den Leuten, die sich dort unglaublich für regionale Weine einsetzen, unterstellen, dass sie den Ruf des Hauses aufs Spiel setzen, um billigen Wein in die Flaschen ihrer Lieferanten zu füllen? Nur weil Sie sich so kolossal aufregen, verrate ich Ihnen noch etwas: Der Kommissar, der den Mordfall untersucht, hat sich ziemlich gewundert, dass Lautereck die Weinkontrolle anweist, diese Sache zu prüfen, und kurz darauf tödlich verunglückt.« Das war Schwörer herausgerutscht. Er hätte es nicht sagen sollen. Aber die Unverfrorenheit dieses Kerls regte ihn dermaßen auf, dass er sich kaum beherrschen konnte.

Lüller betrachtete ihn, als ob er ein kleines, schmutziges Tier vor sich hätte, das er im nächsten Moment zertreten wollte. »Ach Gott, Herr Schwörer. Steffens hat mich angerufen wegen der Produktionsmenge, nachdem Lautereck ihm Anweisung gegeben hatte. Ich habe ihm gesagt, was Sache ist. Damit war das für mich erledigt. Für mich hatte Lautereck in Annweiler eine Flasche meines Spätburgunders gekauft, na und? Was hätte ich davon gehabt, ihm etwas anzutun? Spinnt ihr jetzt vollkommen?«

Ganz unlogisch ist es nicht, was dieser Kerl in Bezug auf Lautereck sagt, dachte Schwörer zerknirscht. Lüller hatte trotz seiner ziemlich offenkundigen Betrügerei wenig Grund gehabt, Lautereck beiseitezuschaffen.

Nachdenklich sah er Steffens hinterher, der sich bereits abgewandt hatte und in Richtung Büro zur Begutachtung des Weinbuchs ging. Wenn Steffens in die Sache verwickelt war, hatte er allen Grund, seinen Kopf zu retten.

Was sie im Büro zu sehen bekamen, wollte Schwörer kaum glauben. Lüller legte ihm zwar die Kellerbücher der vergangenen drei Jahre vor. Es waren aber alte, traditionelle, gebundene Kellerbücher. Der Betrieb nutzte weder das etwas modernere Durchschreibeverfahren noch die aktuelle Weinbuch-EDV, bei der Korrekturen automatisch mit Änderungsdatum nachzuvollziehen gewesen wären.

Schwörer blätterte die Bücher durch, suchte die Eintragungen im Herbstbuch, die Zukäufe, verglich die Mengen, rechnete den angegebenen Jahresabschluss nach – und war frustriert. Dieser Kerl hatte an alles gedacht. Die Bücher waren perfekt. Nur: Lüller fühlte sich anscheinend so sicher, dass er nicht einmal den Kugelschreiber gewechselt hatte. Da hatte sich einer richtig Arbeit gemacht.

Schwörer sah Lüller mit Verachtung an. »Erstaunlich, Herr Lüller, dass Sie hier einen topmodernen Betrieb haben bis hin zum Büro – alles neueste Einrichtung. Nur eine Weinbuchführung auf EDV-Basis haben Sie sich bisher nicht geleistet, sondern Sie arbeiten mit alten Papier-Kellerbüchern. Das hat natürlich keinesfalls damit zu tun, dass man das hier leichter manipulieren kann, oder?«

Lüller winkte ab und lachte gehässig. »Fangen Sie nicht schon wieder an. Es hat sich einfach keiner im Betrieb die Mühe gemacht, sich in die EDV-basierte Form einzuarbeiten. Das Programm haben wir hier. Aber wir haben zu viele wichtigere Dinge zu tun.«

Schwörer nickte anerkennend. »Jaja, der fleißige Winzer macht die Bürokratie-Arbeit zuletzt. So sehen ja auch die Kellerbücher aus. Der erste Eintrag von vor zwei Jahren ganz genau wie der letzte. Warum sind diese Bücher hier kürzlich komplett neu geschrieben worden?«

Lüller stand vor dem Schreibtisch, die Hände in den Hosentaschen, und antwortete völlig ungerührt: »Ja, dumme Sache. Die gebundenen Bücher haben den Vorteil, dass man sie leicht transportieren kann. Als es vor einiger Zeit so warm war, habe ich mich mal draußen im Garten hingesetzt und die neuesten Weinbehandlungen, Abfüllungen und so weiter nachgetragen, wie es eben Vorschrift ist. Dabei wurde ich weggerufen, weil Kunden kamen. Danach habe ich die Sachen im Garten vergessen. Das war genau der Tag, als das Gewitter mit diesem Wahnsinnsregen kam, bei dem wir auch ein wenig Hagelschäden in den Weinbergen hatten. Na ja, die Bücher waren im Garten herumgeflogen, vom Wind vollkommen durchnässt und kaum noch zu entziffern. Da habe ich mich hingesetzt und alles neu geschrieben. Das war vielleicht eine Arbeit.«

»Und die alten Bücher haben Sie weggeworfen, ja?«

»Klar, waren ja nicht mehr zu gebrauchen.«

Das war bodenlos unverschämt, aber vermutlich nicht gerichtsverwertbar. Schwörer erinnerte sich an einen Winzer, der sein Weinbuch angeblich nicht vorlegen konnte und behauptete, der Hund habe es gefressen. Was er hier aufgetischt bekam, war nicht weit davon entfernt.

Er stand auf und wandte sich zum Gehen. »Respekt, Herr Lüller. Wie es aussieht, haben Sie an alles gedacht. Dann müssen wir mal sehen, was sich bei den übrigen Flaschen in Annweiler ergibt, nicht wahr? Ich wünsche Ihnen noch einen schönen Tag.«

Lüller grinste ihn breit an. »War mir ein echtes Vergnügen, Herr Schwörer. Ihnen bei der Arbeit zuzusehen, ist doch immer wieder interessant.«

Als die Weinkontrolleure im Auto saßen, konnte Schwörer sich nicht mehr zurückhalten. »Du willst mir im Ernst sagen, dass du diesen Betrieb geprüft hast? Das ist doch ein Witz! Du bist mit ihm dick befreundet, oder? Soll ich dir sagen, wie das aussieht? Als ob du mit diesem Burschen unter einer Decke stecken würdest!«

Als er Herbert Kerth verließ, fehlte Badenhop nur noch dieser Weinkontrolleur, Steffens hieß er. Er wollte sich mit ihm am Abend unterhalten, bevor die geladenen dunkelhaarigen, schlanken Helles-Auto-Besitzer sich auf der Straße im Landauer Fliegerviertel der alten Dame am Schlafzimmerfenster präsentieren sollten. Steffens war bereit gewesen, an dem Experiment teilzunehmen. Bevor Badenhop mit ihm sprach, wollte er hören, was Schwörer über seinen Besuch im Weingut Lüller und über seinen Kollegen zu berichten hatte.

Bei der Rückfahrt nach Neustadt gingen ihm seine privaten Probleme nicht aus dem Kopf. Dennoch versuchte er, gedanklich ein Fazit des Tages zu ziehen. Die Gespräche, die er an diesem Tag geführt hatte, waren nicht dazu geeignet gewesen, einen der Beteiligten komplett von jedem Verdacht zu befreien. Aber sie waren aufschlussreich gewesen.

Bei Peter Keller, den Badenhop erstmals persönlich getroffen hatte, hatte er einen völlig anderen Eindruck gewonnen als sein Kollege Hochdörffer, was er allerdings vor allem darauf zurückführte, dass der Mann sich nach der ersten Aufregung, dem Frust über die irreversible Verletzung seiner Frau und der kaum verhohlenen Aggression gegenüber der operierenden Ärztin Brigitte Berlingen nun beruhigt hatte und mit etwas Distanz auf die Situation blicken konnte. Keller hatte ihn empfangen und sich ausdrücklich bedankt, dass er nochmals Gelegenheit erhielt, mit einem Ermittler zu sprechen. Badenhop hatte rasch den Eindruck gewonnen, der Mann wolle sich einiges von der Seele reden.

»Ich habe seit dieser schrecklichen Operation viel Zeit mit meiner Frau verbracht«, hatte Keller begonnen. »Was passiert ist, können wir nicht mehr ändern. Diese Lähmung wird unser ganzes Leben umkrempeln und erschweren. Aber wir werden weiterleben. Wissen Sie, Herr Kommissar, wir werden es uns so schön wie möglich machen. Ich baue das Haus so um, dass meine Frau mit dem Rollstuhl zurechtkommt und im Haus so viel wie möglich machen kann. Sie wird nicht mehr Motorrad, sondern Rollstuhl fahren. Wir werden verreisen können, nicht mehr so wie vorher, aber es wird gehen. Meine Frau ist inzwischen sehr tapfer. Ich freue mich, dass sie viel häufiger Pläne macht und sich überlegt, wie wir alles regeln können. Wir überlegen gemeinsam, und wir werden es irgendwie organisieren. Manchmal habe ich das Gefühl, das Ganze hat uns noch mehr zusammengebracht. Ich will sagen, wir machen halt das Beste daraus. Und die Ärztin … Ich habe die Klage wegen ihres Arztfehlers eingeleitet. Das muss schon allein deshalb sein, weil wir jetzt das Geld aus einer Entschädigung sehr gut gebrauchen können, aber auch, weil man so einen Fehler natürlich nicht einfach durchgehen lassen kann. Andererseits habe ich wirklich sehr aggressiv reagiert. Es stimmt: Ich hätte diese Ärztin im ersten Moment umbringen können. Aber ich habe es nicht getan, das müssen Sie mir glauben. Dass sie gestorben ist, tut mir leid.«

Badenhop war gerührt gewesen und hatte sich einen Schritt weiter gewagt. »Ich weiß nicht, ob es Ihnen wichtig ist, Herr Keller. Aber wir haben uns über Brigitte Berlingen erkundigt. Sie war eine sehr engagierte und ausgezeichnete Ärztin. Das hilft Ihnen nicht viel, weil ihr ausgerechnet bei Ihrer Frau möglicherweise ein Fehler passiert ist. Aber ich glaube, dass ihr diese Operation sehr nahegegangen ist.«

Keller hatte genickt. »Ja, ihre Mutter hat das auch gesagt.«

»Sie haben mit Louise Berlingen gesprochen?« Badenhop war überrascht gewesen.

»Ja. Das mit dem Unfall und dass ich verdächtigt werde, das hat mich ziemlich verfolgt. Wenn der Täter am Ende gefunden wird, ist ja alles in Ordnung. Aber jetzt? Ich habe bei den Eltern der Ärztin angerufen und ihnen gesagt, dass sie mir bitte glauben sollen und dass ich nichts persönlich gegen ihre Tochter habe, auch wenn ich das Krankenhaus jetzt verklage. Die Frau war sehr freundlich. Sie hat mir sogar erzählt, dass ihre Tochter am Tag der Operation anschließend zu ihr gekommen ist und wie schlecht sie sich gefühlt hat. Wir haben uns lange unterhalten. Ich denke, sie hat mir schließlich geglaubt, dass ich es nicht war.«

Badenhop hatte den Mann angesehen, der in Arbeitshosen und

einem alten Pulli vor ihm saß. Im Wohnzimmer lagen Bretter und Werkzeuge. Offenbar war Peter Keller schon dabei, das Haus so gut es ging barrierefrei umzurüsten. Es war Badenhop ein Bedürfnis, zu sagen: »Ich glaube Ihnen auch, Herr Keller.« Dennoch hatte er ihn gebeten, am Abend nach Landau zu kommen. Keller hatte zugesagt.

Ähnlich wie bei Keller war es Badenhop bei Bernd Kuhn ergangen, der ihm von den Plänen berichtet hatte, den jungen Solomon Eisenstein bei seinem Buchprojekt zu unterstützen. »Ich sehe das unter zwei Aspekten«, hatte Kuhn erklärt. »Einmal können wir mit dieser Sache deutlich machen, dass wir die Fehler der Vergangenheit unserer Familie sehen und die Dinge heute ganz anders betrachten. Außerdem kann das Buchprojekt tatsächlich Aufmerksamkeit wecken für Schweigen und seine Geschichte, und wir können sogar als Weingut davon profitieren, wenn wir es unterstützen. Wir haben mit diesem Eisenstein schon Kontakt aufgenommen. Er hält sich noch in Deutschland auf und wird demnächst noch mal nach Schweigen kommen. Ich habe ihm angeboten, später eine Buchvorstellung hier auf dem Weingut zu machen.«

Badenhop war angenehm überrascht gewesen, dass der junge Kuhn die Sache so offensiv anging. »Ihr Vater sieht die Angelegenheit völlig anders. Er wird nicht sehr begeistert sein«, hatte er zu bedenken gegeben.

»Da mögen Sie recht haben. Er wird versuchen, es mir auszureden. Aber ich habe mich entschieden, auch wenn er Ärger macht. Trotzdem bin ich mir sicher, Herr Kommissar, dass er mit der Manipulation des Autos nichts zu tun hatte. Mein Vater ist ein alter Sturbock und vielleicht in seinem Kopf ziemlich rückwärts orientiert. Aber er ist kein Mörder.«

Badenhop war sich da weniger sicher, anders als beim Sohn, den er für unschuldig hielt. »Wir sind dabei, dies zu überprüfen. Dazu dient auch die Gegenüberstellung heute Abend, bei der Sie beide anwesend sein sollten.«

Adolf Kuhn, den er gleich anschließend aufgesucht hatte, zeigte sich bockig und unzugänglich, bestritt jedwede Verbindung mit dem Tod von Lautereck und Berlingen und war anfänglich nicht bereit, an der abendlichen Gegenüberstellung teilzunehmen. Da er es nicht gewesen sei, brauche er auch nicht extra nach Landau zu fahren, war seine Begründung gewesen. Badenhop musste ihm androhen, das Erscheinen zu erzwingen. Schließlich versprach er, zu kommen, trug aber darüber hinaus in keiner Weise dazu bei, neue Erkenntnisse in der Sache zu gewinnen.

»Was sollte Ihrer Meinung nach in der heutigen Situation vom Weingut Kuhn in Bezug auf das Buchprojekt des Nachfahren der Levis unternommen werden?«, hatte Badenhop noch wissen wollen. Aus der Antwort schloss er, dass Bernd Kuhn bisher nicht über seine Pläne gesprochen hatte.

Adolf Kuhn, der Badenhop im Hof seines Häuschens auf einer Bank sitzend empfangen und ihm keine Sitzmöglichkeit angeboten hatte, kniff die Augen zusammen und zeigte keinerlei Entgegenkommen. »Das fehlte gerade noch, dass wir dem Amerikaner auch noch Geld geben. Dafür gibt es keinen Grund. Er soll bleiben, wo er ist. Ich würde ihm ganz deutlich machen, dass wir ihn verklagen werden, wenn er den Namen unserer Familie und unseres Weinguts in den Schmutz ziehen will. Dann lässt er das Ganze vielleicht bleiben. Ich bleibe dabei, dass er darauf hinauswill, uns zu schaden. Das müssen wir uns nicht gefallen lassen.«

Die bissige Verbohrtheit, mit der Adolf Kuhn es ablehnte, die Geschichte seiner Familie in Frage zu stellen, hatte, wie Badenhop fand, etwas Endgültiges, Prinzipielles. Der alte Kuhn würde keinen Millimeter von seiner Position abweichen. War ihm der Schutz der Familie und des Weinguts so wichtig, dass er das Auto von Brigitte Berlingen, die ihn mit ihrem Ansinnen provoziert und die mehr oder weniger deutlich gedroht hatte, die Vergangenheit an die Öffentlichkeit zu bringen, manipuliert hatte? Badenhop traute es ihm zu.

Außerdem war Adolf Kuhn der einzige der befragten Winzer, der von sich aus sofort einen Zusammenhang zwischen der anonymen Bedrohung Lauterecks und dem tödlichen Unfall hergestellt hatte, obwohl von einer Manipulation der Bremsen noch gar nicht die Rede gewesen war. Mehr noch: Kuhn war der einzige Verdächtige, der einen Grund hatte, sowohl Lautereck als auch Brigitte Berlingen aus dem Weg zu schaffen. Auch wenn das Alter nach Aussage der Nachbarin nicht stimmte: Der alte Kuhn war im Augenblick

Badenhops Hauptverdächtiger. Nur hatte er nicht die geringste Idee, wie er ihm die Tat nachweisen sollte.

Der anschließende Besuch bei Familie Kerth brachte überhaupt nichts Neues. Roland Kerth war nach wie vor mit unbekanntem Ziel verreist. Herbert Kerth gab Badenhop die Handynummer seines Sohnes. Dort erhielt Badenhop allerdings ständig die Meldung: »Der Teilnehmer ist derzeit nicht erreichbar.« Nun ja, dachte Badenhop, anscheinend gibt es doch noch viele Orte, an denen keine Netzverbindung besteht.

Herbert Kerth, der sich sofort bereit erklärte, am Abend nach Landau zu kommen, zeigte sich in jeder Hinsicht kooperationsbereit. Badenhop zählte ihn keineswegs zu den wirklich verdächtigen Personen. Er war mit den Berlingens eng befreundet und hatte auch die Sequesterland-Affäre eher auf die leichte Schulter genommen. Ein Motiv war bei ihm nicht zu erkennen.

Auch bei Roland Kerth sah Badenhop kein Motiv für einen Mord. Allerdings erstaunte es ihn, zu hören, dass der junge Winzer nun eine gute Woche verreist war, ohne etwas von sich hören zu lassen oder auch nur sein Telefon einzuschalten. Anlass für einen Verdacht sah Badenhop darin freilich nicht, bat aber Herbert Kerth, er möge seinen Sohn bitten, ohne Verzögerung Kontakt mit der Neustadter Dienststelle aufzunehmen, falls er sich meldete.

Blieb Ralf Steffens. Badenhop wählte Schwörers Nummer und war gespannt, was der Weinexperte ihm berichten konnte. Er stellte überrascht fest, dass der normalerweise mit überbordender Fröhlichkeit gesegnete Mann ihm regelrecht unglücklich begegnete.

»Hören Sie, mir gefällt das alles überhaupt nicht, und ich weiß auch nicht genau, wie ich reagieren soll in Bezug auf meinen Kollegen«, sagte Schwörer ungehalten. »Ich fange mal mit Lüller an. Da bin ich mir zu hundert Prozent sicher, dass er sich einen günstigen Wein besorgt und ein illegales Zusatzgeschäft gemacht hat. Er hat allerdings an ziemlich alles gedacht, und es wird schwer werden, es ihm jetzt noch nachzuweisen. Hätte man den Betrieb vor einiger Zeit ordentlich geprüft, wäre es leichter gewesen. Jetzt sieht es fast so aus, als wäre er gewarnt worden. Und damit bin ich bei meinem Kollegen Ralf Steffens. Ich will wirklich niemanden anschwärzen, schon gar nicht einen Kollegen. Aber Sie müssen einen Mord aufklären, Kommissar. Also unter uns … bitte, wenn es nicht sein muss, sollte das unter uns bleiben … Ich kann mir nicht helfen, aber ich habe das Gefühl, der steckt da mit drin. Dass er dermaßen gepennt und alle Anzeichen übersehen hat, kann ich mir einfach nicht vorstellen. Er hätte sofort nach Lauterecks Anruf nach Annweiler fahren, die Ware überprüfen, sicherstellen und danach unangemeldet beim Weingut auftauchen müssen, statt einmal kurz anzurufen. Ich habe ihm das auf den Kopf zu gesagt, aber er bestreitet natürlich, alles gewusst zu haben.«

»Trauen Sie ihm oder Lüller zu, das Auto manipuliert zu haben?«

»Diesem Lüller traue ich alles Mögliche zu. Für mich ist das ein gerissener Gauner. Aber er hatte keinen wirklichen Grund, Lautereck etwas anzutun. Er konnte sich ja darauf verlassen, dass Steffens, dem er nur neue Zahlen gegeben hat, den Lautereck beruhigt. Und er mogelt sich jetzt auch so durch, wie es aussieht. Bei Steffens sieht es anders aus. Da hängt halt die ganze Existenz dran. Wenn er mit drinsteckt und Lautereck kommt ihm auf die Schliche, verliert er seinen Job und wird noch gestraft dazu. Das wäre natürlich schon ein Grund … Außer Lautereck hatte ja zu diesem Zeitpunkt noch niemand etwas gewusst … Aber bitte … das sind nur Spekulationen … Ich fühle mich so schon schlecht genug, weil ich unbewiesene Vermutungen über einen Kollegen anstelle.«

Für Badenhop ergaben sich aus Schwörers Bericht zwei Szenarien. Angenommen, Steffens hatte nur schlampig gearbeitet, deckte jedoch nicht die illegalen Machenschaften Lüllers. Dann hatte er keinen Grund, Lautereck zu ermorden. Lüller allerdings auch nicht, denn selbst wenn nach Steffens Anruf noch weiterrecherchiert worden wäre, musste Lüller damit rechnen, dass der Vorgang aktenkundig war und Lautereck nicht der Einzige, der Kenntnis von der Sache hatte.

Steckte dagegen im zweiten Fall Steffens mit Lüller unter einer Decke, so hatte Lüller erneut kein Motiv. Er konnte damit rechnen, über Steffens jeweils rechtzeitig gewarnt zu werden, wie es – wenn Schwörer recht hatte – ja wohl geschehen war. Steffens jedoch wusste, dass Lüller zwar womöglich mit seiner Hilfe seine Machenschaften verbergen konnte, in jedem Fall aber ein schlechtes Licht auf ihn fallen würde, wenn die Sache weiterverfolgt wurde, erst recht, wenn herauskam, dass er mit drinsteckte. Auch wenn Lüller davonkam, war die Manipulation offenkundig. Steffens wusste auch, dass Lautereck vorerst nur ihn informiert hatte. Wenn er rasch handelte, konnte er sich Strafverfolgung und ein berufliches Aus ersparen, solange die Lüllers dichthielten. Dass Badenhop Lauterecks Flasche mit dem Zettel finden und den Wein Schwörer zum Verkosten geben würde, war nicht zu erwarten gewesen.

So könnte es gewesen sein, dachte Badenhop, kurz bevor er Neustadt erreichte. Er nahm sich vor, Steffens später zu verhören.

Als er vor seinem Haus den Wagen abschloss, traf ihn das schlechte Gewissen wie ein Schlag. Obwohl Ingrid ihn durchschaut hatte, war er gestern nicht nach Hause gekommen. Es graute ihm davor, seiner Frau unter die Augen zu treten.

»Bevor du es morgen in der Zeitung liest, sage ich es dir lieber gleich: Wir werden das Buch des Amerikaners über Sankt Peter und seine Familie finanziell unterstützen. Die Berlingens übrigens auch.« Bernd Kuhn, der auf dem Weg zu der Landauer Gegenüberstellung am Steuer saß, sah seinen Vater von der Seite an.

Adolf Kuhn schlug mit der Faust auf das Armaturenbrett, dass es krachte, und begann zu schreien. »Haben sie dir ins Gehirn geschissen, du blöder Trottel? Du bezahlst Geld dafür, dass mein Vater, dein Großvater, und das Weingut in den Schmutz gezogen werden? Habe ich mein Leben lang dafür gearbeitet, damit man mir nichts, dir nichts alles aufs Spiel setzt und uns als Unmenschen hinstellt, die den armen Juden ihr Eigentum weggenommen haben? Was glaubst du denn, was dieser amerikanische Jude schreibt? Meinst du, er wird dir beim Inhalt entgegenkommen, weil du Geld bezahlst? In den Arsch treten wird er dir! Als Naziweingut wird er uns hinstellen! Und du gibst ihm auch noch Geld dafür! Eine Klage hätte man ihm androhen sollen, damit er uns in Ruhe lässt! Stopp das sofort!«

In diesem Augenblick wurde dem Alten bewusst, was sein Sohn noch gesagt hatte. Er schwieg einen Moment und fuhr leise fort: »Zeitung, sagst du? Sag bloß, du hast schon mit der Zeitung geredet? Ohne mich zu informieren? Glaubst du, nur weil der Betrieb auf dich überschrieben ist, habe ich überhaupt nichts mehr zu sagen, wenn Scheiße über meine Familie ausgegossen werden soll?«

Bernd Kuhn hatte eine anstrengende Diskussion erwartet, nicht jedoch einen Ausbruch dieser Heftigkeit. Er zwang sich, ruhig und sachlich zu bleiben. »Die Vergangenheit ist vorbei, Vater. In der Gegenwart hilft es uns mehr, zu zeigen, dass wir weltoffen und tolerant sind und die Geschichte mit anderen Augen sehen. Großvater hat zumindest aus heutiger Sicht keine moralisch und politisch einwandfreie Rolle gespielt. Daran ist nichts zu ändern. Dass wir uns aber der Sache stellen und sogar das Buch fördern, wird man uns sehr positiv anrechnen. Wir bekommen gute Presse, da bin ich sicher. Dem Mann Knüppel zwischen die Beine zu werfen, ist nicht nur unfair, sondern auch dumm. Was glaubst du, wie die Öffentlichkeit reagieren würde, wenn das rauskäme? Sie würden uns in der Luft zerreißen. Ich sehe schon die Schlagzeile: ›Naziweingut will verhindern, dass seine Geschichte aufgedeckt wird‹. Wäre dir das lieber?«

»Ach ja, den Großvater kann man aber ruhig den Schweinen zum Fraß vorwerfen, ja? Er ist ja Vergangenheit! Ich will dir was sagen zur Vergangenheit: Du könntest heute nicht in einem schönen Weingut sitzen, tolle Trauben im Sequesterland ernten und Geld für jüdische Bücher rauswerfen, wenn der Großvater damals nicht die Gelegenheit beim Schopf gepackt und die Immobilie günstig gekauft hätte. Mein Vater hat es gut gemacht, so wie überhaupt vieles gut war damals. Ich lasse nicht zu, dass man ihn beschmutzt!«

Bernd Kuhn erschrak. Was waren das für ein Hass und eine dumpfe Angst? Sollte der Kommissar doch recht haben? War sein Vater so verbissen, dass er zu einer gemeinen und niederträchtigen Tat in der Lage war?

Auf dem ganzen Weg nach Landau hörte der alte Winzer nicht auf, Vorwürfe und Befürchtungen herauszubellen. Er konnte sich gar nicht beruhigen. Bernd reagierte nur noch mit halber Kraft. Was wäre die Auseinandersetzung um das Buchprojekt im Vergleich mit der schrecklichen Vorstellung, sein Vater könnte zwei Menschen auf dem Gewissen haben?

Es war eine warme, wolkenlose Nacht. Frau Kohl würde eine ähnliche Sicht haben wie in der fraglichen Nacht. Als Kevin Gross kam, um ihn abzuholen, war Badenhop schon bereit.

Die Begegnung mit seiner Frau war so frostig verlaufen, wie er befürchtet hatte. Selbst den Jungs fiel die ungewöhnliche, wortlos schlechte Stimmung beim Abendessen auf. »Ihr seid ja heute super drauf«, meinte Jens, als er sein Geschirr wegräumte.

Ingrid Badenhop zog nur die Augenbrauen nach oben, als er erklärte, er müsse noch mal weg zu einer Gegenüberstellung in Landau. Warum sollte sie ihm auch glauben? Als sie einen Moment allein in der Küche waren, sagte sie: »Ich habe mich selten so verlassen und betrogen gefühlt wie gestern Nacht. Ich kann das nicht mehr lange, Jan. Entscheide dich. Oder ich entscheide mich. Nimm das ernst.«

Hier zu sein, im Haus, mit seiner Familie, hatte ihm immer Ruhe und Zuversicht gegeben. Jetzt war er froh, dass er es wieder verlassen konnte. Was hatte er nur angerichtet?

Gross sah ihn merkwürdig an, als er sich neben ihn ins Auto setzte. »Alles okay, Chef?«

»Bin ein wenig abgespannt«, log Badenhop, der eine Zehntelsekunde lang geneigt gewesen war, Gross sein Seelenleid zu beichten. »Während Sie die Gegenüberstellungen vorbereiten, spreche ich mit Ralf Steffens. Es könnte sein, dass er unser Mann ist.«

Steffens, der in der Nähe von Landau wohnte, traf kurz nach den Polizisten ein und verkündete sofort in eher ärgerlichem Ton, er sei zwar bereit gewesen, zu kommen, habe aber mit der Sache nichts zu tun und verstehe auch nicht, wieso er geladen sei.

»Wir suchen einen Mörder«, erklärte Badenhop. »Wir prüfen alle Eventualitäten. Sie könnten uns weiterhelfen. Sie könnten aber auch in ernsten Schwierigkeiten stecken.«

»Schwierigkeiten? Was wollen Sie damit sagen?«

Badenhop sah ihn betont ernst an. »Es kann alles in Ordnung sein. Es kann sein, dass Sie Ihre Pflichten als Weinkontrolleur verletzt haben, was uns hier nur am Rande beträfe. Es kann aber auch sein, dass Sie in der vergangenen Woche die Bremsleitungen eines Autos manipuliert haben. Es gibt Zeugen, die Ihnen und anderen Personen heute Abend bei bestimmten Tätigkeiten zusehen werden und uns hoffentlich sagen können, wer sich damals in der Nacht an dem Auto der Opfer zu schaffen gemacht hat. Vorher, Herr Steffens, habe ich noch ein paar Fragen. Vielleicht machen wir einen kleinen Spaziergang.«

Eher kleinlaut gab der Mann nach. »Meinetwegen. Wir können in Richtung Fort laufen, solange es noch hell ist. Vielleicht kennen Sie es nicht«, schlug Steffens vor.

Badenhop war einverstanden. »Ein Fort? Das kenne ich wirklich nicht. Ich wohne noch nicht lange in der Pfalz. Gut, wenn es nicht zu weit ist …«

Steffens zeigte in Richtung untergehende Sonne und wandte sich zum Gehen. »Nur ein paar Minuten, dort vorn über die Straße. Landau war eine französische Festung, von einem berühmten Baumeister gebaut, Vauban. Davon sind noch Reste erhalten. Es ist heute eine Art Park, irgendwie eingeklemmt zwischen Universität, Zoo und Krankenhaus. Aber man kann dort gut spazieren gehen. Es ist ganz interessant. Man sieht noch die dicken Sandsteinmauern und einige unterirdische Gänge.«

Manche Menschen neigen unter Stress zu ausschweifenden Erzählungen. Badenhop hatte den Eindruck, dass Steffens sich mit seinen Erklärungen beruhigen wollte. Für einen Augenblick kam dem Kommissar auch der Gedanke, Steffens wolle womöglich eine örtliche Umgebung aufsuchen, die ihm Fluchtmöglichkeiten bot. Er würde aufmerksam sein müssen, ging aber das Risiko ein.

»Herr Steffens, wo waren Sie in der vergangenen Woche in der Nacht von Dienstag auf Mittwoch?«

Steffens schwieg einen Augenblick und antwortete dann mit nervöser Stimme: »Ach, darauf läuft es also schon hinaus! … Äh … Ja, also nachts … Äh … Ich denke, da war ich wohl zu Hause … Nachts liegt man normalerweise zu Hause im Bett, oder?«

Stellt der Mann sich absichtlich doof?, dachte Badenhop. Er muss doch wissen, was auf dem Spiel steht. »Herr Steffens, überlegen Sie genau und machen Sie eine konkrete Angabe.«

»Also, ich war in der vergangene Woche jede Nacht zu Hause. Meine Freundin war für einige Tage zu ihrer Schwester nach Köln gefahren. Ich bin zwar abends manchmal weggegangen, aber in der Nacht …? Ja, ich habe zu Hause geschlafen. Da meine Freundin nicht hier war, kann es auch niemand bestätigen. Ich war allein. Das wollen Sie doch sicher auch wissen.«

»Sind Sie auch am Dienstagabend ausgegangen? Wenn ja, wo waren Sie, wer hat Sie gesehen, und wann sind Sie nach Hause gegangen?«

»Dienstagabend, das ist mein Fitnesstag. Ich war im Fitnessstudio, vielleicht bis halb neun oder neun. Dort gibt es einige Leute, die mich kennen. Die haben mich gesehen. Von dort aus bin ich nach Hause gefahren und zu Hause geblieben. Es war noch hell, fällt mir ein. Ich bin nicht mehr weggegangen. Aber ich glaube auch nicht, dass mich jemand gesehen hat. Ich wohne in einem Gebäude mit mehreren Wohnungen. Da achtet man nicht besonders auf die Nachbarn.«

Gerade hatten sie eine Straße überquert und gingen auf einem schmalen Weg auf eine Art Wäldchen zu, als Badenhop zusammenzuckte. War das eine Sinnestäuschung, oder stand dort tatsächlich ein Kamel auf der Wiese? Es rupfte seelenruhig Gras und kaute mit merkwürdigen, rollenden Bewegungen seiner riesigen Lippen. Eine Sekunde später sah Badenhop den Zaun. »Ach, das gehört wohl zum Zoo«, sagte er halblaut vor sich hin und fuhr, an Steffens gewandt, fort: »Und Sie waren nicht da vorn in der Straße und haben auch nicht die Bremsleitungen am Wagen Ihres Chefs manipuliert?«

Steffens blieb mit einem Ruck stehen. »Nein, natürlich nicht. Ich verstehe auch gar nicht, wie Sie darauf kommen.«

»Das kann ich Ihnen sagen«, antwortete Badenhop, ohne stehen zu bleiben, sodass Steffens ihm hinterherlaufen musste. »Wir glauben, dass ein Wein des Weinguts Lüller verkauft wurde, der nicht den Flaschenangaben entsprach. Ich denke, Sie wissen, wovon ich spreche. Ihr Verhalten in dieser Sache legt den Schluss nahe, dass Sie zumindest Ihrer Pflicht als Weinkontrolleur nicht nachgekommen sind, womöglich sogar selbst in die Sache verwickelt sind. Herr Lautereck hat kurz vor seinem Tod zufällig eine dieser Flaschen entdeckt, die ihm zweifelhaft vorkam, und Sie angewiesen, die Sache zu überprüfen. Dann starb Lautereck …«

»Aber das war Zufall …«

»Lautereck starb, und Sie ließen nichts mehr von der Sache

hören. Ihre Dienststelle erfuhr nichts davon und hätte wohl auch nichts erfahren, wenn ich nicht in Lauterecks Büro auf seine handschriftliche Notiz gestoßen wäre. Lauterecks Stellvertreter, Herr Kirsch, musste erst bei Ihnen nachfragen und erfuhr dann, dass angeblich alles in Ordnung sei. Das haben Sie aber gar nicht überprüft, sondern nur eine telefonische Anfrage an das Weingut gerichtet. Dabei hätten Sie sofort die zweifelhaften Weine sicherstellen und das Weingut kontrollieren müssen. Schauen Sie, Herr Steffens. Im weiteren Sinne gehen wir ja einer ähnlichen Beschäftigung nach. Wir müssen Vergehen nachweisen, die uns die Leute verheimlichen wollen. Wenn ich meine Arbeit so machen würde wie Sie in diesem Fall, wäre ich als Kommissar nicht zu gebrauchen, finden Sie nicht?«

Steffens ging mit gesenktem Kopf neben Badenhop. Seine Stimme war beträchtlich leiser, als er sprach. »Ja, Sie haben vielleicht recht. Die Geschichte mit Lüller ist zwar noch nicht abgeschlossen, aber es deutet vieles darauf hin, dass er erheblich mehr von seinem prämierten Wein verkauft hat, als es ursprünglich gab. Ich hätte das besser prüfen müssen. Ich kenne die Lüller-Brüder ganz gut, da habe ich mich auf ihre Aussage verlassen, ohne sie richtig zu überprüfen. Ich habe mich sicher nicht mit Ruhm bekleckert, aber deshalb bringe ich doch niemanden um!«

»Wenn Sie das Weingut gut kennen, wissen Sie vielleicht auch, dass es nicht das erste Mal zweifelhafte Beobachtungen dort gab. Sie hätten also gerade besonders aufmerksam sein müssen.«

»Ich habe davon gehört, aber ich bin noch nicht sehr lange bei der Weinkontrolle. Mit den früheren Beschuldigungen hatte ich nichts zu tun. Es kam aber auch nichts dabei heraus.«

Badenhop spielte einen Trumpf aus. »Weil die Lüllers vielleicht immer gute Beziehungen zu den Weinkontrolleuren hatten? Sehen Sie, mein Kollege hat heute ein wenig gearbeitet. Sie hatten vor ein paar Monaten einen bedauerlichen Verkehrsunfall, den Sie selbst verschuldeten und den Ihre Versicherung nicht bezahlte. Den Schaden an der Gartenmauer, die Sie gerammt hatten, haben Sie von Ihrem Konto bezahlt. Für den gebrauchten Audi, den Sie sich dann gekauft haben, konnten wir jedoch keine Kontobewegungen feststellen. Sie müssen ihn bar bezahlt haben. Woher hatten Sie so viel Bargeld? Überlegen Sie genau. Wir werden Ihre Angaben prüfen.«

Steffens war blass geworden und schien völlig überrumpelt. »Ich … Hören Sie, das ist eine andere Sache … Das hat damit gar nichts zu tun … Ich habe Lautereck nicht ermordet.«

»Woher war das Geld?«

»Verdammt, Sie vermischen da etwas … Ich habe mit dem Tod von Lautereck nichts zu tun.«

»Das Geld hatten Sie von Lüller, richtig?«

»Ich habe ihnen manchmal geholfen, sie beraten, auch bei dem Spätburgunder. Sie hatten ja mit Weinen dieser Qualität keine Erfahrungen bisher. Ich weiß, dass ich nicht nebenher Weingüter beraten darf, aber es sind quasi Freunde, und nach dem blöden Unfall brauchte ich ja ein Auto. Sie haben mir ausgeholfen.«

»Und dafür durften Sie ihnen nicht nur hin und wieder einen Rat geben, sondern auch den Rücken freihalten, damit nicht alles immer ganz genau kontrolliert wurde.«

»Nein, ich habe nichts Illegales gemacht«, sagte Steffens verzweifelt, »und schon gar nicht habe ich etwas an Lauterecks Bremsen verändert.«

Badenhop schwieg und sah sich um. Er hatte bekommen, was er wollte. Die enge Verbindung zu den Lüllers war eindeutig. Wie eng sie war, bewiesen die Geldzahlungen. Steffens hatte seine Dienstpflichten schwer verletzt, was er natürlich verheimlichen musste – ein eindeutiges Motiv. Aber es gab keinen Beweis.

Die beiden Männer waren durch eine Art Senke gegangen. Seitlich sah Badenhop vier bis fünf Meter hohe Sandsteinmauern, die nicht in gerader Linie verliefen, sondern Ausbuchtungen hatten, womöglich frühere Gefechtsstände. Er hätte gern mehr über diesen Festungsbau gewusst und nahm sich vor, etwas darüber zu lesen. Doch zunächst wollte er zurück. Die Dämmerung hatte begonnen, man würde bald mit den Nachstellungen der Vorgänge auf der Straße vor Lauterecks und Berlingens Haus beginnen können.

»Kommen Sie, wir gehen zurück. Wir werden dort drüben bald erwartet. Herr Steffens, Ihre Dienstvergehen sind nicht meine Sache. Aber Sie hatten allen Grund, das alles zu verheimlichen.

Das ging am besten, wenn Lautereck die Fälschung des prämierten Spätburgunders nicht weiter verfolgen konnte.«

Steffens schüttelte heftig den Kopf. »Das stimmt nicht. Selbst wenn alles richtig wäre, was Sie über mein Verhältnis zu den Lüllers behaupten, wäre ich vielleicht rausgeflogen oder hätte eine Geldstrafe bekommen. Aber dafür bringt man doch niemanden um! Ich war es nicht. Das werden wir auch gleich sehen, wenn diese Nachbarin sich richtig erinnert.«

Die Bemerkung stimmte Badenhop nachdenklich. Zwar waren schon wegen geringerer Anlässe Morde geschehen, aber was machte Steffens so zuversichtlich, dass Frau Kohl ihn nicht identifizieren würde? Schweigsam gingen sie zurück.

Als sie auf die Straße zugingen, die sie überqueren mussten, um zurück zum Haus der Lauterecks zu gelangen, sah Badenhop ein Auto anhalten. Der Fahrer sprach einen Passanten an. Badenhop erkannte Peter Keller im Wagen. Er hielt Steffens instinktiv zurück und beobachtete, wie der Passant mit dem Arm gestikulierte und Keller nickte, die Hand hob und weiterfuhr. Sekunden später bog er in die Straße ein, in der Kevin Gross auf ihn wartete. Offensichtlich hatte Keller nach dem Weg gefragt. Wäre Badenhop nicht ohnehin schon sicher gewesen, dass der Schreiner nicht der Mörder war, so war dies ein weiteres Indiz dafür, dass er die Adresse Brigitte Berlingens gar nicht kannte.

»Gehen Sie bitte zurück und melden Sie sich bei meinem Assistenten, Herr Steffens«, sagte er rasch und lief dem Passanten hinterher.

Dieser bestätigte seine Vermutung. »Ja, der Mann kannte sich nicht aus. Er fragte mich, wo die Richthofenstraße ist, obwohl sie kaum fünfzig Meter weiter rechts abgeht.«

Badenhop war erleichtert. Damit war Keller, der ihm ausgesprochen sympathisch gewesen war, endgültig aus dem Spiel – wenn er nicht ein blendender Schauspieler war.

Kevin Gross hatte bereits in Absprache mit der Nachbarin die Vorgehensweise auf der Straße geklärt, Autos an den richtigen Platz gestellt, an dem sie sich auch vor einer guten Woche befunden hatten, und mit Frau Kohl noch einmal besprochen, wie der Mann sich damals bewegt hatte, damit alle Verdächtigen sich entsprechend verhielten. Während Gross unten die Verdächtigen nacheinander einwies, blieb Badenhop oben bei Frau Kohl, um ihre Beobachtungen zu verfolgen.

Die alte Dame war aufgeregt, aber dennoch zu einem Späßchen aufgelegt. »Jahrelang gar nichts, und dann innerhalb von zehn Tagen schon der zweite Mann in meinem Schlafzimmer«, witzelte sie. »Nicht wahr, Herr Kommissar, das verstehen Sie aber nicht falsch. Spaß muss sein, oder?«

Badenhop lachte. »Keine Angst, Frau Kohl. Ich kann einiges an Späßen aushalten, obwohl ich aus Hamburg komme.«

»Ach, Hamburg, eine schöne Stadt. Aber wie kommen Sie mit den Leuten hier zurecht? Das muss doch alles fremd für Sie sein, die Pfälzer und ihr Dialekt und die Weinstraße mit den kleinen Dörfern. Haben Sie manchmal Heimweh?« Eine Antwort wartete sie gar nicht ab und redete munter weiter. »Aber schön ist es doch hier, nicht wahr? Früher sind wir so gern auf die Weinfeste gegangen, mein Mann und ich. Aber das ist schon einige Jahre her. Heute komme ich ja kaum noch hier raus. Glücklicherweise bin ich noch so gesund, dass ich mich selbst versorgen kann. Nur mit dem Garten klappt es nicht mehr so richtig. Das haben Sie bestimmt gesehen.« Frau Kohl war offensichtlich zum Plaudern aufgelegt.

»Ihr Garten freut sich, wenn nicht so viel darin gemacht wird«, sagte Badenhop. »Seien Sie froh, dass Sie einen haben. Ja, die Pfalz ist schon anders als Hamburg. Als ich herkam, war vieles ungewohnt für mich, zum Beispiel die laute Art zu sprechen, vor allem in Kneipen und Weinstuben. Wir sind auch sicher in vielem sehr zurückhaltend, während man in der Pfalz gern direkt auf Leute zugeht. Das hat alles Vor- und Nachteile. Aber ich habe das Gefühl, ich gewöhne mich schneller daran, als ich dachte. Ich trinke sogar schon hin und wieder mit großem Vergnügen ein Glas Wein. Nur meine Frau trauert Hamburg ein wenig hinterher.« Ich dagegen habe mit Katrin Mellen einen wunderbaren Zugang zur Pfalz gefunden, dachte Badenhop. Ja, da waren ihm die norddeutsche und die süddeutsche Art vielleicht durch die beiden Frauen begegnet. Das sagte er nicht, doch beim Gedanken an Katrin Mellen kroch ihm ein warmes Gefühl vom Rücken bis in den Kopf.

»Wir sind so weit«, krächzte Gross aus dem Funkgerät. »Wie

sieht es bei Ihnen aus? Können wir mit dem ersten Kandidaten loslegen?«

»Frau Kohl, ist da unten alles so wie in der Nacht, als Sie aufwachten und den Mann gesehen haben? Auch die Sichtverhältnisse?«

Die Frau sah aus dem Fenster. »Ja, nur bin ich weniger verschlafen als damals.«

»Los geht's!«, rief Badenhop ins Funkgerät.

NEUN

»Du elender, fetter Leberwurstjournalist! Hast du immer noch nicht verstanden, was wir von dir erwarten, Menschenskind? Hast du sonst nichts rausbekommen? Du bist unser Mann in dem Fall, weißt du noch? Und weißt du immer noch nicht, was seriöser Tageszeitungsjournalismus ist? Information! Statt neuen Ermittlungsergebnissen der Polizei präsentierst du uns jetzt eine PR-Maßnahme des Weinguts Kuhn. Und dann haust du unten an den Artikel auch noch weitere Spekulationen über den Mordfall dran, die damit gar nichts zu tun haben. Ich schmeiß dich raus! Ich tret dir noch in den Arsch dazu! Ich komme sogar extra nach Bergzabern dafür und quäle mich durch deinen Leberwurstgestank!«

Der Redaktionsleiter in Landau war wirklich sauer. Aber erstens gab es wenig Neues, weil die Polizei nicht vorankam. Und zweitens handelte es sich bei dem schönen Artikel über das Buchprojekt zur Geschichte von Sankt Peter auf keinen Fall um eine PR-Sache. Das wusste der Landauer ganz genau. Na ja, dass er dann noch den Kuhn unten drangehängt hatte, da hatte der Chef vielleicht recht.

»Ich kann doch nicht die Arbeit der Polizei machen. Die finden den Mörder nicht. Und überhaupt: Wenn du den Artikel mal gelesen hättest, wüsstest du auch, dass es kein PR-Artikel ist«, ätzte Martin Peust ins Telefon und knallte den Hörer auf die Gabel, ohne sich zu verabschieden.

Er starrte auf die Bergzabern-Seite der heutigen Zeitung, die er täglich, auch wenn er sie selbst weitgehend geschrieben und gestaltet hatte, noch einmal von oben bis unten durchlas. Die Pfeifen in Landau sollten ihn in Ruhe lassen.

Fast zärtlich strich er über die Seite mit dem Artikel über das Weingut Kuhn und die Geschichte von Sankt Peter.

»Dazu müssen wir stehen«
Weingut Kuhn fördert Buchprojekt – eine Art Entschädigung
Bernd Kuhn, Besitzer des gleichnamigen Weinguts in Schweigen,

geht in die Offensive. Er will mit der Vergangenheit seiner Familie aufräumen.
(peu) Die Familie Kuhn in Schweigen hat vor über 70 Jahren von der Not der jüdischen Familie Levi profitiert, die vor den Nazis fliehen und Sankt Peter mit seinen Weinbergen zu einem Spottpreis verkaufen musste. Jetzt könne er einem Nachfahren der Familie Levi helfen und damit ein ganz anderes Zeichen setzen, erklärte Bernd Kuhn in einem Gespräch mit der »Rheinpfalz«. Aus heutiger Sicht müsse man das damalige Geschäft sicher kritisch beurteilen, doch wolle er, Bernd Kuhn, nicht den Stab über seinen Großvater brechen. Dazu sei er, der diese Zeit nicht erlebt habe, nicht befugt. Er wolle aber heute, in der Gegenwart, zeigen, »dass wir in einer anderen Welt leben, die von Toleranz und Offenheit geprägt ist«. Die Fehler der Vergangenheit könne man nicht mehr korrigieren. Aber man könne heute aufeinander zugehen, sich die Hand reichen und zumindest mit einer Geste deutlich machen, dass Fehler der Vergangenheit erkannt wurden.
Wie berichtet, hatte sich die bei einem provozierten Verkehrsunfall getötete Brigitte Berlingen dafür eingesetzt, ein Buchprojekt finanziell zu fördern, das sich mit der Geschichte der Familie Levi auf Sankt Peter – und damit auch mit dem Weingut Kuhn – beschäftigt. Während die Ärztin beim Vater des heutigen Besitzers gar nicht auf Begeisterung stieß, sieht sein Sohn Bernd das Buchprojekt eher als Chance. Er will mit dem jungen Amerikaner Solomon Eisenstein, der sich zurzeit in Europa aufhält, in Kürze ein Gespräch führen und ihm finanzielle Hilfe anbieten. Auch die Familie Berlingen, die Sankt Peter heute bewohnt, will sich finanziell beteiligen.
Details seien bisher nicht beschlossen, da man mit Eisenstein noch nicht gesprochen habe. Bernd Kuhn möchte Eisenstein anbieten, das Buch in seinem Weingut vorzustellen, gemeinsam mit den Bewohnern von Sankt Peter. Hierbei denkt Kuhn auch an begleitende Musik von George Berlingen, der kürzlich bei einem Jazz-Konzert mit Günter Lenz in Weißenburg das Publikum begeisterte. Berlingen, im Hauptberuf Anwalt, tritt auch als Solokünstler auf.
Welche Rolle der Vater des Weingutsbesitzers in dem Drama spielt, das mit der noch immer nicht aufgeklärten Ermordung von Brigitte Berlingen und Gerd Lautereck begann, ist allerdings noch nicht ge-

klärt. Die Neustadter Mordkommission hält es offenbar für möglich, dass Brigitte Berlingens Ansinnen den darüber erzürnten Seniorchef des Weinguts zu einer Kurzschlussreaktion verleitet hat. Der Vater, der gestern nicht zu sprechen war, hat dies bisher vehement bestritten. Auch sein Sohn zeigte sich gestern überzeugt davon, »dass mein Vater mit dieser feigen Tat nichts zu tun hat«.
In der Bevölkerung, insbesondere im Raum Schweigen, macht sich mittlerweile Unmut breit, weil die Polizei immer noch nicht weiß, wem der Anschlag eigentlich galt, bei dem zwei Menschen ums Leben kamen – von Festnahmen ganz zu schweigen. Der Bürgermeister von Schweigen, Gerhard Backenburg, hat gegenüber dieser Zeitung seine Verärgerung deutlich gemacht, weil »seit zwei Wochen der Verdacht nicht ausgeräumt wird, dass Schweigener Bürger hinter der Sache stecken«. Dabei tappe die Polizei in Wirklichkeit völlig im Dunkeln.

»Meine Dame, meine Herren, ich kann diesen Bürgermeister verstehen.« Die Staatsanwältin, heute im kleinen Schwarzen, klopfte mit dem Finger auf die vergrößerte Fotokopie des Zeitungsartikels, der vor ihr auf dem Tisch lag. »Es sieht tatsächlich so aus, als stünden wir noch ganz am Anfang. Wir kennen nicht mal das eigentliche Ziel des Verbrechens. Mich würde interessieren, wieso diese Abteilung einen aggressiv auftretenden Verdächtigen, der Brigitte Berlingen ausdrücklich bedroht hat, immer noch nicht dingfest machen konnte und stattdessen neuerdings einen staatlichen Weinkontrolleur verdächtigt, weil dieser ein angebliches Weinvergehen, das noch nicht einmal nachgewiesen ist, nicht forsch genug verfolgt hat und deshalb aus Angst seinen Chef ermordet haben soll. Aber vielleicht haben Sie ja Neuigkeiten nach der gestrigen Gegenüberstellung zu bieten. Bitte, Herr Badenhop.«

Da saß die versammelte Mannschaft, die seit bald zwei Wochen intensiv an diesem vertrackten Fall arbeitete, und musste sich solche Sprüche anhören. Badenhop war drauf und dran, laut zu werden. Aber er konnte sich beherrschen und beschränkte sich auf einen Giftpfeil.

»Da sich eine Mordkommission nicht nach politisch opportunen Wunschvorstellungen richten kann, sondern auf Beweise angewiesen ist, müssen wir in alle Richtungen ermitteln …«

Karin Welsch unterbrach ihn in scharfem Ton: »Versuchen Sie nicht, mich zu belehren, Kommissar. Halten Sie sich einfach an die Tatsachen.«

Badenhop nickte ihr betont deutlich zu. »Ja, das sollten wir alle tun, Frau Staatsanwältin. Der Weinkontrolleur Ralf Steffens, um mit ihm zu beginnen, hat zugegeben, vom Weingut Lüller, das dringend der Weinfälschung verdächtigt wird, finanzielle Zuwendungen erhalten zu haben. Das ist auch dann ein grobes Dienstvergehen, wenn es nicht mit gemeinschaftlichen illegalen Aktivitäten verbunden ist. Steffens hatte ein starkes Motiv, zu verhindern, dass Gerd Lautereck seine Entdeckung dieser wunderbaren Weinvermehrung weiterverfolgt. Gestern bei der Nachstellung der nächtlichen Tat hat die Nachbarin nicht ausgeschlossen, dass es sich bei dem Täter um Steffens handelte. Allerdings war ihre Aussage nicht eindeutig. Frau Kohl sah auch bei Peter Keller und Bernd Kuhn die Möglichkeit, dass sie es gewesen sein könnten.«

»Aha«, ließ die Dame in Schwarz verlauten.

»Ja, allerdings schließen wir die beiden als Täter aus. Das Verhalten Peter Kellers, abgesehen von seiner ersten Reaktion, lässt nicht darauf schließen, dass er der Mörder ist. Er hat sogar Louise Berlingen angerufen und ihr sein Beileid ausgesprochen. Dass er als Mörder so weit gehen würde, traue ich ihm nicht zu. Außerdem – und das halte ich für noch gravierender – musste er gestern Abend nach dem Weg fragen, um den Tatort zu finden. Ich habe das selbst beobachtet. Er kannte offensichtlich die Adresse nicht. Herr Gross hat übrigens niemandem die Adresse von sich aus gesagt. Die beiden Kuhns und Peter Keller haben sofort danach gefragt, Keller mit den Worten: ›Wo muss ich überhaupt hin?‹ Das kann Schauspielerei gewesen sein, in Verbindung mit seinem übrigen Verhalten glauben wir es allerdings nicht. Steffens und Kerth fragten nicht nach der Adresse. Sie kannten sie. Das ist bei beiden nicht überraschend. Kerth ist mit den Berlingens befreundet, und Steffens, der selbst unweit von Landau wohnt, kannte wohl die Adresse seines Chefs.«

»Das scheint sich ja ziemlich auf den Weinkontrolleur zu verdichten«, kommentierte Bernd Hochdörffer. »Wen hat die Nachbarin denn ausgeschlossen?«

»Die beiden älteren Winzer, Adolf Kuhn und Herbert Kerth, hat sie ihrer Aussage nach sicher nicht in der Tatnacht gesehen. Sie hatte schon bei der ersten Vernehmung von einem Mann mittleren Alters gesprochen. Zu Adolf Kuhn meinte sie, er würde sich bewegen wie ein alter Mann und sei es bestimmt nicht gewesen. Wir hatten ihn bis zur Gegenüberstellung stark im Verdacht. Aber Frau Kohl war sich sehr sicher, ihn in jener Nacht nicht gesehen zu haben. Der Journalist, der ihn in seinem Artikel quasi zum Hauptverdächtigen gemacht hat, kann froh sein, wenn er keine Klage bekommt. Herbert Kerth war der Nachbarin eindeutig zu korpulent. Der Täter sei schlanker gewesen. Es blieben Ralf Steffens, Bernd Kuhn und Peter Keller. Warum wir Peter Keller ausschließen, habe ich bereits dargelegt. Bernd Kuhn hat nach seiner eigenen und der Aussage seines Vaters von Brigitte Berlingens Vorstoß wegen des Buchprojekts zum Zeitpunkt des Mordes gar nichts gewusst, hat also auch kein starkes Motiv gehabt, wenn man vom Ärger aller Winzer wegen des Sequesterlandes absieht. Er hat im Übrigen mittlerweile, wie sie alle in dem Zeitungsartikel gelesen haben, in einer Art auf das Buchprojekt reagiert, die ein Motiv, das sich auf die Familiengeschichte, seinen Großvater und den Erwerb von Sankt Peter bezieht, geradezu widersinnig machen würde. Bei Roland Kerth, der immer noch verreist ist, sieht es ähnlich aus. Er ist wie sein Vater ein Freund der Familie Berlingen. Ein denkbares Motiv wäre auch bei ihm nur das Verhalten Lauterecks in der Sequesterland-Sache, was wir mittlerweile als Mordmotiv ausschließen, auch wenn es eine Art Drohbrief gegeben hat. Es bleibt tatsächlich nur Ralf Steffens. Die Beweislage gegen ihn ist allerdings außerordentlich dünn. Er hatte zwar ein Motiv, er hatte auch die Möglichkeit, und er hat kein Alibi. Aber mehr haben wir nicht.«

Karin Welsch trommelte mit den Fingern auf den Tisch und packte ihre Unterlagen zusammen. »Tja, meine Herren, Sie wollen mir hoffentlich nicht erzählen, dass Sie Herrn Steffens mit dieser Beweislage verhaften möchten. Dabei hatte ich wirklich gehofft, dass wir spätestens in dieser Woche den Täter haben. Je mehr ich darüber nachdenke, desto dringender frage ich mich, ob es nicht einen Täter gibt, den wir noch gar nicht kennen. Darüber sollten Sie sich vielleicht Gedanken machen.«

Kevin Gross, der seine Krawatte bereits enger gezogen hatte, als Karin Welsch ihre Sachen zusammenschob, erwischte heute den Stuhl der Staatsanwältin und zog ihn zurück, damit sie besser aufstehen konnte. Sie schenkte ihm einen verwunderten Blick und ein eher pflichtbewusst-belästigtes »Danke« und verschwand aus der Tür.

»Bravo, Kevin, du hast es geschafft«, sagte Hochdörffer grinsend, um dann in die Runde zu fragen: »Und was machen wir jetzt? Bist du dir sicher, Jan, dass es der Weinkontrolleur war?«

Badenhop schüttelte den Kopf. »Nein. Aber ich habe ihn für heute Nachmittag einbestellt. Wir werden ihn ziemlich streng hernehmen. Vielleicht können wir ihn zu einem Geständnis bringen. Wenn er es war.«

»Was hältst du von der Überlegung unserer großartigen Staatsanwältin, dass es einen Täter gibt, den wir noch gar nicht kennen? Jemand aus dem Umkreis von Lautereck und Berlingen, der einen Grund hatte, beide umzubringen?«

»Ich habe mit Hilfe des Ehepaares Berlingen und anderer Bekannter wie Herbert Kerth, Stefan Schwörer und Kollegen sowie den Nachbarn versucht, den gesamten Bekanntenkreis zu erstellen und nach möglichen Konflikten zu durchforsten«, sagte Gross. »Wir haben Bankkonten geprüft, wir haben die Haussuchung bei den Getöteten gemacht. Nirgendwo hat sich auch nur der geringste Hinweis ergeben. Bei Lauterecks Eltern sind wir nicht viel weiter gekommen. Sie haben sich mit ihrem Sohn nicht verstanden und geben an, nichts von ihm zu wissen, auch keine Bekannten von ihm zu kennen. Sehr komische Leute, extreme Spießbürger, aber auch nichts Verdächtiges.«

»Der Wein ist weitestgehend ausverkauft. Die anderen Märkte haben gar nichts mehr. Bei uns sind nur noch die paar Flaschen da, die ich Ihnen gestern schon genannt habe. Herrgott noch mal, das kommt doch hoffentlich nicht an die Öffentlichkeit. Wir können zwar nichts dafür, aber Sie wissen ja, wie die Leute sind.« Der Leiter der Weinabteilung im Annweilerer Wasgau-Center machte ein unglückliches Gesicht.

Stefan Schwörer, der die Lüller-Bestände begutachtet hatte,

sah auf. »Ist mir schon klar, dass Sie nicht jede Kiste Wein, die Ihnen geliefert wird, aufmachen und verkosten können. Und an die Öffentlichkeit kommt es höchstens, wenn es einen Prozess gegen Lüller gibt, was ich sehr hoffe. Aber dann bleibt der Betrug bestimmt nicht an Ihnen hängen, sondern an Lüller. So schlau sind die Konsumenten dann schon. Also, was machen wir jetzt? Die Flaschen aus dem Regal müssen wir alle probieren, auch die aus der offenen Kiste. Aus den beiden geschlossenen Kisten müssen wir nur je eine Flasche öffnen. Sind acht plus vier plus je eine, also vierzehn Flaschen. Machen Sie mit?«

»Klar. Ich habe mir übrigens sehr früh eine Kiste gekauft. Die habe ich noch zu Hause. Eine Flasche habe ich aufgemacht. Hervorragend. Das war natürlich mit ein Grund dafür, dass ich dafür plädiert habe, von dem Wein so viel wie möglich zu besorgen. Und dann schicken diese Brüder was ganz anderes mit dem gleichen Etikett und sogar der gleichen Prüfnummer. Unglaublich!«

Die Weine waren rasch verkostet. Schließlich war es nicht schwer, den Unterschied zu schmecken. Schwörer war dennoch unzufrieden, denn das Ergebnis entsprach nicht seinen Erwartungen. Die acht Regalflaschen gehörten alle zur schwachen Partie, ebenso die vier aus der offenen Kiste. Dagegen waren die Flaschen aus den geschlossenen Kisten in Ordnung.

»Verdammt«, entfuhr es Schwörer. »Jetzt hat dieser traurige Patron auch noch Glück. Ich hatte gehofft, dass wir den schwachen Wein in einer der original verschlossenen Kisten finden. Dann wäre es ausgeschlossen, dass hier im Markt eine Manipulation stattgefunden hat. Aber anscheinend sind diese beiden Kisten noch von der anfänglichen Lieferung übrig. So ein blöder Zufall.«

»Hier im Markt eine Manipulation? Was soll das heißen, Herr Schwörer? Machen Sie mich nicht schwach.« Der Mann bangte offenbar um seinen Posten.

Schwörer erklärte das Problem. »Dieser Frank Lüller behauptet, seine Weine seien alle in Ordnung gewesen. Wenn sich hier in Annweiler ein anderer Wein in der Flasche befinden würde, wäre klar, dass jemand versucht, ihm zu schaden, indem er manipulierte Flaschen in den Markt schmuggelt. Das ist Blödsinn, aber theoretisch möglich. Bleiben wir mal bei der Theorie: Ein Kunde kann es ja nicht gewesen sein, weil nicht nur die acht im Regal, sondern auch die vier Flaschen aus der offenen Kiste im Lager den schwachen Wein enthielten. Bliebe die Möglichkeit, dass ein Mitarbeiter Flaschen ausgetauscht hat. Das wäre so professionell gemacht, dass es ein Experte sein müsste. Er könnte ausgetrunkene Originalflaschen verwenden, bräuchte aber den gleichen Kork und müsste wieder eine perfekte Kapsel anbringen. Das geht fast nicht. Ich frage trotzdem der Form halber: Hat einer aus Ihrer Abteilung mal Ärger mit dem Lüller gehabt?«

Der Abteilungsleiter schüttelte heftig den Kopf. »Überhaupt nicht. Und für meine zwei Mitarbeiter lege ich die Hand ins Feuer. Wer würde sich denn auch so eine Mühe machen? Macht doch gar keinen Sinn. Schon gar nicht, wenn der Wein dann einfach verkauft wird und niemand es merkt. Dann fühlt sich ja keiner geschädigt. Wenn Ihr Chef nicht zufällig etwas davon gekauft hätte, wäre es vermutlich gar nicht rausgekommen, oder? Wie hätte Lüller dann behaupten können, es wolle ihm einer schaden?«

»Klar, sehr logisch ist das nicht. Wobei ich mich schon frage, was für Leute das sind, die nicht merken, dass hier einfacher Wein in der Flasche ist, obwohl er den Rotweinpreis gewonnen hat. Die Leute kaufen ein Etikett, von dem sie gehört oder gelesen haben, und haben keine Ahnung, wie der Wein schmecken sollte.« Schwörer hielt nicht allzu viel von den Weinkenntnissen der meisten Konsumenten. Sie kauften ja auch brav im Supermarkt oder beim Discounter Gran Reservas für zwei Euro achtundneunzig und dachten wirklich, es seien mindestens fünf Jahre alte echte Gran Reservas, obwohl man schon an der fehlenden Färbung des Korkens sehen konnte, dass die Weine nicht einmal ein halbes Jahr gefüllt waren.

Der Verkäufer hatte noch eine andere Erklärung. »Ach, wissen Sie, ich erlebe es auch, dass Leute einfach nichts von den Weinexperten halten, die bei Prämierungen und Wettbewerben verkosten. Die kaufen ein oder zwei Flaschen davon, weil sie ja doch neugierig sind. Dann sagen sie, diese Verkoster sind entweder bestochen worden oder bescheuert, dass sie so einen Wein als besten Spätburgunder wählen. Dass gar nicht der Wein in der Flasche ist, der gewonnen hat – auf die Idee kommt doch keiner!«

Schwörer nickte und streckte dem Mann die Hand hin. »Wahrscheinlich haben Sie recht. Und vielen Dank für die Unterstützung. Jetzt muss ich mal sehen, wie ich diese Lüller-Burschen noch drankriege. Unverschämt, schlau und haben auch noch Glück. Es ist zum Kotzen.«

Badenhop war froh, auch einmal seinem »Weinlehrer« Stefan Schwörer nützlich sein zu können. Er teilte ihm mit, Ralf Steffens habe im Zusammenhang mit dem Weingut Lüller Dienstvergehen zugegeben.

Schwörer war entsetzt. »Was hat der Kerl gemacht? Geld genommen? Das ist ja nicht zu fassen! Damit ist seine Karriere bei der Weinkontrolle beendet. Ein Verlust ist es nicht.«

Anschließend entwickelte sich das Gespräch zu einem Austausch von Informationen über die gefälschte Partie Siegerwein, die Äußerungen von Ralf Steffens und die Schwierigkeit, den Verdächtigen ihre Taten nachweisen zu können.

»Da haben wir wohl beide ein ähnliches Problem«, konstatierte Badenhop, nachdem auch Schwörer von einer Menge Indizien, aber keiner völlig schlüssigen Beweiskette gegen Lüller gesprochen hatte.

»Aber wissen Sie was, bester Kommissar, wir sollten unseren Problemfällen noch etwas Zeit geben und die schönen Dinge des Lebens nicht vergessen. Kommen Sie doch demnächst mit zu der Weinprobe auf Sankt Peter. Sie findet zwar erst in vier Wochen statt, aber Daniel Berlingen hat ausdrücklich gesagt, er würde sich freuen. Einige Ihrer Zeugen und Informanten werden auch dort sein, sogar Bernd Kuhn. Ich glaube, der ist zum allerersten Mal auf Sankt Peter. Da scheint sich eine jahrzehntelange Abneigung in Wohlgefallen aufzulösen, wobei der alte Kuhn natürlich niemals Sankt Peter betreten würde. Doch, da müssen Sie hin, mal abgesehen davon, dass Sie dort mehr über Riesling lernen können als irgendwo sonst. Es werden die besten Elsässer und Pfälzer verglichen. Und Ihr Fall ist bis dahin sicher gelöst.«

Badenhop, der eine Teilnahme an der Abendveranstaltung der Berlingens bislang nicht in Erwägung gezogen hatte, verspürte plötzlich große Lust, einen Abend auf Sankt Peter zu verbringen. Es war eine Mischung mehrerer Gefühle, die ihn schließlich zusagen ließ: Die Burg hatte ihm gefallen, obwohl er nur den Innenhof gesehen hatte. Er war ein wenig neugierig, wie es drinnen aussah. Das Ehepaar Berlingen war ihm sehr sympathisch, und die Aussicht, etwas über die besten Rieslinge der Region zu erfahren, erschien ihm plötzlich ausgesprochen verlockend.

Das war ein ganz neues Bedürfnis, stellte er verwundert fest. Noch vor einigen Monaten hätte er nie geglaubt, dass Wein ihn einmal reizen würde. Schwörer mit seiner Begeisterung und seinen Kenntnissen, aber auch Katrin und ihr selbstverständlicher Umgang mit Wein hatten ihm dieses pfälzische Lebensgefühl näher gebracht, das schließlich auch seine Mutter hier hatte heimisch werden lassen.

Doch, er hatte Lust, hinzugehen. Wieweit auch das Vermeiden von häuslichen Abenden in kühler Atmosphäre eine Rolle spielte, wollte er sich lieber gar nicht fragen.

»Aber dort sind lauter Weinexperten, lieber Schwörer. Ich muss hoffentlich zu den Weinen nichts sagen und darf ausschließlich zuhören, oder?«

»Klar. Spitzen Sie die Ohren und genießen Sie still.« Schwörer lachte. »Am besten nehme ich Sie mit, damit Sie nicht mehr fahren müssen.«

ZEHN

»Na, wie weit seid ihr gekommen mit eurem Kandidaten?« Bernd Hochdörffer streckte seinen Kopf durch Badenhops Tür. »Können wir feiern?«

»Soll ich Sekt kalt stellen?«, ergänzte Sabine Vogel, die Hochdörffer in ihrem Büro gehört hatte. Ihre Angewohnheit, jedes mögliche Ereignis mit einer Flasche Sekt zu zelebrieren, rief bei Badenhop, der darauf achten sollte, dass in den Dienststunden kein Alkohol getrunken wurde, nur noch ein müdes Seufzen hervor. Wenn ein Fall abgeschlossen war, wehrte er sich längst nicht mehr dagegen, anzustoßen.

Doch so weit war es noch nicht. »Fehlanzeige. Gross und ich haben ihn fast fünf Stunden abwechselnd bearbeitet. Er gibt zu, bei Lüller regelmäßig auch beratend tätig gewesen zu sein. Er behauptet, von Weinvergehen nichts gewusst zu haben, deutet aber an, er habe es wohl auch nicht wissen wollen und deshalb außerordentlich lax kontrolliert. Er sieht sogar ein, dass der Tod Lauterecks für ihn nützlich gewesen wäre. Aber er bleibt strikt bei seiner Aussage, am fraglichen Abend zu Hause gewesen zu sein. Die Adresse Lauterecks kannte er, weil er seinen Chef einmal bei einer Weinprobe begleitet und nach Hause gefahren hat. Er hat sogar das Datum in seinem Kalender gefunden. Er sei nie auf die Idee gekommen, den Wagen Lauterecks zu manipulieren, und er war angeblich nach diesem Probentermin nie mehr in der Richthofenstraße gewesen. Wir sind keinen Millimeter weiter. Beweisen können wir ihm in keinem Fall etwas. Vielleicht weiß er das und es fällt ihm deshalb leicht, alles abzustreiten. Ehrlich gesagt halte ich es tatsächlich für möglich, dass er es nicht war.«

»Warum?« Hochdörffer war nun ganz ins Zimmer getreten und hatte die Tür hinter sich geschlossen.

»Reine Gefühlssache. Bei den Mauscheleien mit Lüller habe ich immer noch den Eindruck, dass er uns nicht alles sagt. Ich halte es für wahrscheinlich, dass er von den Betrügereien wusste und sie deckte. Er streitet auch das ab, aber an diesem Punkt wirkt er nicht sehr glaubhaft. Wenn wir dagegen auf den Mord zu sprechen kommen, ist seine Reaktion eine andere. Da wirkt er sehr sicher und ehrlich.«

»Also doch der große Unbekannte?«

»Vielleicht, oder wir haben etwas Wichtiges übersehen. Wir werden heute noch mal alle Protokolle durchgehen. Das ist vorläufig unsere letzte Chance. Den jungen Kerth müssten wir mal erreichen. Vielleicht könnte der uns nützliche Hinweise geben.«

Hochdörffer war näher gekommen, setzte sich auf den Stuhl vor Badenhops Schreibtisch und fragte in gedämpftem Ton: »Und sonst? Gibt es privat etwas Neues?«

Badenhop presste die Lippen zusammen und schob nervös ein paar Unterlagen auf seinem Schreibtisch herum. »Neues schon, aber es sieht nicht gut aus. Nächste Woche beginnen die Sommerferien. Gestern Abend hat Ingrid mir eröffnet, dass sie mit Hendrik nach Hamburg fahren wird. Jens bleibt hier, weil er eine Freundin hat und höchstens mal mit ihr zusammen ein paar Tage nach Hamburg fahren will. Ingrid hat nicht gesagt, wie lange sie bleibt. Sie hat auch den Jungs nichts weiter gesagt, mir schon. Sie hält es sogar für möglich, nicht mehr zurückzukommen, wenn von mir nicht bald ein deutliches Signal kommt, dass ich die Beziehung zu Katrin beende.«

»Und, wird ein Signal kommen?«

»Ich bin vollkommen unfähig, eine Entscheidung zu treffen. Meine Familie zu zerstören, erscheint mir ebenso unmöglich, wie Katrin zu verlassen.«

»Beides geht nicht. Menschenskind, überleg es dir gut und triff endlich eine Entscheidung. Im Zweifel würde ich immer sagen, dass die Familie Vorrang hat. Aber andererseits: Das muss eine wunderbare Frau sein, wenn du wirklich nicht weißt, ob du die Sache wieder beendest, um deine Familie zu retten. Ich würde sie gern kennenlernen.«

Badenhop war überrascht, fand die Idee aber nicht schlecht. »Das können wir vielleicht bald machen. Katrin hat schon bedauert, dass unsere Heimlichkeiten es verhindern, gemeinsam Freunde zu treffen.«

Ingrids geplante Abreise war ein Schock für ihn gewesen. Er

kannte seine Frau. Sie war in der Lage, rasch Tatsachen zu schaffen. Er musste mit Jens reden. Badenhops Mutter würde zwar im Haushalt helfen, aber mit Sicherheit bald Fragen stellen. Es graute ihm davor, ihr beichten zu müssen.

Gross und Badenhop saßen fast den ganzen Nachmittag in Badenhops Büro und wälzten Unterlagen und Verhörprotokolle. Die ermüdende Arbeit brachte keine entscheidenden Hinweise. Dennoch nahmen sie sich für die nächsten Arbeitstage einige Aufgaben vor. Sie wollten sich in Schweigen umhören, ob es abgesehen von den verhörten Winzern womöglich doch jemanden gab, der sich außergewöhnlich stark über Lauterecks Verhalten in der Sequesterland-Frage aufgeregt hatte. Roland Kerth sollte endlich im Urlaub lokalisiert und befragt werden. Vielleicht ergaben sich daraus Erkenntnisse.

Die Eltern Lauterecks, so abweisend sie auch waren, sollten erneut kontaktiert werden. Vielleicht verbarg sich hinter der Tatsache, dass sie nichts mit ihrem Sohn zu tun haben wollten, doch ein sehr viel tiefer gehender Konflikt. Als Verdächtige hatte man sie bisher gar nicht betrachtet. Badenhop wollte auch erneut mit den Berlingens sprechen, die nicht nur selbst betroffen waren, sondern die Dorfstrukturen in Schweigen sehr gut kannten.

Schließlich sollte das Umfeld von Ralf Steffens intensiver durchforstet werden. Es müssten sich Hinweise finden lassen, ob er zu Gewalttätigkeiten oder zu hinterhältigem Verhalten neigte.

»Gut, dass Sie anrufen«, sagte Louise Berlingen am Telefon. »Ich hätte gern noch mit Ihnen gesprochen. Am besten kommen Sie her. Ich glaube, dann fällt es mir leichter.«

»Gibt es Neues?«

»Neues nicht, aber es könnte wichtig sein.« Ihr Ton signalisierte ernsthafte Sorge.

»Ich bin in einer halben Stunde bei Ihnen.«

Louise Berlingen und der Hund empfingen ihn am großen Tor. Sie führte ihn zu der schattigen Terrasse, die er schon kannte. Kaffee, Plätzchen und Geschirr standen bereit.

Die alte Dame sah ihn besorgt an. »Ich habe heute Nachmittag mit Herbert Kerth telefoniert und ihn gefragt, wie es Roland geht. Zu meiner großen Überraschung sagte er, sein Sohn habe sich bisher nicht aus dem Urlaub gemeldet. Er habe seit der Abreise nicht mehr mit Roland gesprochen. Wissen Sie, Herr Kommissar, dass Roland tagelang sein Handy ausgeschaltet hat und nicht zu erreichen ist, verstehe ich gar nicht. Schon wegen des Weinguts. Da gibt es ja immer mal etwas zu klären. Herbert Kerth fängt an, sich Sorgen zu machen. Ich umso mehr.«

Badenhop hatte plötzlich das Gefühl, einen großen Fehler begangen zu haben. War er so sehr mit sich selbst beschäftigt gewesen, dass er das Verschwinden Roland Kerths nicht hinterfragt hatte? Hatte sein problematisches Privatleben bereits seine professionelle Effizienz behindert? Nun war er umso gespannter, was Louise Berlingen ihm zu sagen hatte.

»Was beschäftigt Sie an der geheimnisvollen Reise von Roland Kerth?«, fragte er.

Louise Berlingen holte tief Luft, sah Badenhop sorgenvoll an und begann zu sprechen. »Es gibt etwas, das Sie nicht wissen, das überhaupt niemand außer mir weiß. Ich habe es die ganze Zeit für nicht sehr wichtig gehalten, aber gerade nach dem Gespräch mit Herbert meinte ich zu spüren, dass es doch wichtig sein könnte.« Sie machte eine Pause, um erneut tief Luft zu holen. »Herr Badenhop, meine Tochter und Roland Kerth waren ein Liebespaar. Sie hat es niemandem verraten außer mir. Brigittes Tod muss ihn sehr mitgenommen haben. Versuchen Sie, ihn zu finden. Es könnte dringend sein.«

Badenhop war geschockt. Er murmelte »Großer Gott, aber das ist ja …«

Louise Berlingen wischte nervös die Hände an ihrer Kochschürze ab. »Verstehen Sie, dass ich mir Sorgen mache, Herr Kommissar? Ich weiß, Roland hat sie sehr geliebt. Wenn er sich nicht meldet und auch nicht erreichbar ist … Ich fürchte, ihr Tod ist ihm so nahegegangen, dass er sich etwas angetan haben könnte. Ich traue mich nicht, es Herbert zu sagen. Was soll ich nur tun?«

Badenhop fand, dass Louise Berlingens Überlegung nicht völlig von der Hand zu weisen war, doch sein erster Gedanke war ein ganz anderer. Roland Kerth hatte ein Motiv, eines der stärksten, das es überhaupt gab: Eifersucht. Wieso war er darauf nicht gekommen? Ein unverzeihliches Versäumnis! Sie hätten Roland Kerth längst suchen müssen.

»Frau Berlingen, liebe Frau Berlingen, warum haben Sie uns das nicht früher gesagt?«, fragte er eindringlich.

Louise Berlingens Gesicht bekam einen trotzigen Ausdruck. »Ich hatte keinen Grund, das Geheimnis der beiden zu verraten. Roland kann ja nicht der Täter gewesen sein. Er hätte doch meiner Brigitte niemals etwas angetan.«

Sie kam anscheinend gar nicht auf den Gedanken, dass Roland Kerth das Auto Lauterecks manipuliert haben könnte, um den Nebenbuhler beiseitezuschaffen. Die mögliche Verzweiflung des Winzers wäre umso verständlicher, wenn er erfahren hatte, dass seine Geliebte in den Wagen ihres Mannes mit eingestiegen war.

Badenhop sprach seinen Verdacht nicht aus, um die bedauernswerte Louise Berlingen nicht noch mehr aufzuregen. »Wir werden Roland Kerth finden. Danke erst mal für die Information, Frau Berlingen.«

Im Auto rief er in der Dienststelle an und ordnete die sofortige Lokalisierung der Handynummer von Roland Kerth an.

Es würde ein anstrengendes Wochenende werden, vielleicht extrem unangenehm, aber immerhin: Er war plötzlich sicher, dass sie endlich eine heiße Spur hatten.

ELF

Als Jan Badenhop am nächsten Morgen ins Präsidium kam, hatten die Kollegen bereits den Standort des Handys von Roland Kerth ausgemacht. Er hatte an mehreren Tagen kurzzeitig das Gerät eingeschaltet, aber nicht telefoniert. Roland Kerth befand sich anscheinend bereits seit seiner Abreise in Bernau im südlichen Schwarzwald.

Badenhop rief Gross an, erklärte ihm, dass er wohl sein Wochenende drangeben müsse und möglicherweise eine Reise in den Schwarzwald anstehe. Auf eine leicht unwillige Bemerkung seines Assistenten reagierte Badenhop genervt und barsch, worüber er sich hinterher ärgerte. Ihn anzuherrschen, wieso er nicht auf die Idee gekommen war, Kerth früher unter die Lupe zu nehmen, fand er anschließend ebenfalls unangebracht. Er konnte sein eigenes Versäumnis doch nicht Gross anlasten. Zerknirscht nahm er sich vor, sich bei ihm zu entschuldigen.

Als Gross, nachdem er seine Fünftausend-Meter-Laufstrecke absolviert hatte, eine gute halbe Stunde später eintraf, wie immer in Anzug und Schlips, hatte Badenhop seinen Vorsatz allerdings vergessen. Nach einer weiteren Stunde hatten sie alle Hotels, Pensionen und Privatvermieter des Ortes angerufen und die Pension gefunden, die dem jungen Kerth ein Zimmer vermietet hatte. Kerth hatte das Zimmer anfangs nur für drei Tage reserviert und dann verlängert. Er habe nie Besuch erhalten und sei oft auf seinem Zimmer gewesen, hieß es. Hin und wieder habe er das Haus mit einem Rucksack verlassen. Abends habe er im Haus gegessen und sei nach dem Essen auf sein Zimmer gegangen. Er sei sehr ruhig, wortkarg geradezu.

Gross, der das Gespräch mit dem Gastwirt geführt hatte, bat darum, Kerth, der sich nach Aussage des Wirts auf seinem Zimmer befand, nichts von ihrem Anruf zu erzählen. Auf die besorgte Frage des Wirts, ob Kerth etwas ausgefressen habe, erwiderte Gross ausweichend, dass er als Zeuge befragt werden müsse.

Tatsächlich war Kerth aufgrund seines Eifersuchtsmotivs ein

neuer Verdächtiger, aber es konnte ebenso gut sein, dass er nichts mit dem Mord zu tun hatte, jedoch nach dem Tod seiner Geliebten eine Zeit der Einsamkeit suchte. In einer schwierigen Gemütslage, die womöglich zu unberechenbaren Handlungen führen könnte, befand er sich wohl in beiden Fällen.

Badenhop wollte den Mann überraschen. »Wir wissen nicht, in welcher Verfassung Kerth ist und wie er reagiert, wenn wir unseren Besuch ankündigen. Es ist besser, wir tauchen überraschend auf und haben direkten Zugriff.«

Sie erreichten Bernau gegen Mittag. Die kleine Pension lag etwas außerhalb auf einer Anhöhe. Mehrere Wanderwege führten daran vorbei.

»Ein guter Platz, um auszuspannen, zu wandern und zu sich zu kommen«, bemerkte Gross noch im Auto. »Manchen Polizeibeamten täte das vielleicht auch gut.« Verstohlen sah er zu seinem Chef hinüber. Die Bemerkung war ihm herausgerutscht. So frech und witzig er bei manchen Gelegenheiten sein konnte – gegenüber Vorgesetzten verhielt er sich normalerweise geradezu ehrfürchtig diskret.

Badenhop bemerkte die ungewohnte Forschheit sofort. Ihm fiel wieder ein, dass er sich bei Gross entschuldigen wollte. »Sie haben recht, Herr Gross. Ich war heute Morgen recht grob zu Ihnen. Das tut mir leid. Ich bin tatsächlich im Augenblick leicht reizbar und manchmal vielleicht auch unkonzentriert. Es hat nichts mit Ihnen und nichts mit der Arbeit zu tun.« Mit dieser Bemerkung überließ er es Gross, eigene Schlüsse zu ziehen.

»Ich gehe am besten rein und frage, ob er da ist«, schlug Gross vor. »Mich kennt er nicht. Sie waren ja damals bei ihm zur Befragung. Sagten Sie nicht, er habe irgendwie depressiv gewirkt?«

»Ja, das stimmt. Rückblickend verstehe ich auch nicht, warum ich da nicht mehr drauf eingegangen bin. Ein Fehler. Ich hätte spüren müssen, dass er etwas auf dem Herzen hat.«

Gross versuchte, ihn zu beruhigen. »Ich weiß nicht. Sie haben Roland Kerth zum ersten Mal in Ihrem Leben gesehen. Er hätte immer so sein können.«

»Eine Frage an seinen Vater hätte das geklärt. Ich habe sie nicht gestellt. Nun gut, jetzt sind wir hier. Sie haben recht, gehen Sie mal allein rein.«

Gross blieb nur wenige Minuten, kam im Eilschritt heraus und fuchtelte aufgeregt mit den Armen. »Der bescheuerte Pensionswirt hat ihm anscheinend doch gesagt, dass wir angerufen haben. Er wollte es bestreiten, aber ich habe ihm nicht geglaubt. Er hat schließlich zugegeben, dass er wissen wollte, was die Polizei von Kerth wolle. Kerth ist kurz danach ziemlich aufgeregt mit dem Rucksack aus dem Haus. Der Wirt hat ihm nachgesehen. Er ist da vorn den Waldweg hoch. Hochtal Steig heißt der Weg. Er ist sechzehn Kilometer lang. Aber Kerth hat nur ungefähr zwanzig Minuten Vorsprung.«

»Geben Sie mir Ihre Jacke und Ihre Krawatte und laufen Sie. Ich folge Ihnen mit der mir möglichen Geschwindigkeit«, sagte Badenhop und nahm Gross die Sachen ab.

»Alles klar, Chef!«, rief Gross und rannte los.

Auf rund neunhundert Metern Höhe schmiegten sich die zehn Bernauer Ortsteile in das acht Kilometer lange Hochtal. Der typische Wanderort in der Nähe des Schluchsees und des Feldbergs bietet ein gut sortiertes Hotel- und Restaurantgewerbe, dazu das durchaus bemerkenswerte Hans-Thoma-Kunstmuseum sowie das Holzschneflermuseum mit Kunsthandwerk und Holzgewerbe früherer Zeiten. Da die Ortsteile auseinander liegen, wirkt jeder einzelne ruhig und beschaulich, keinesfalls überlaufen.

Jetzt, an heißen Sommertagen, spendete diese Höhe etwas mehr Kühle als unten das Rheintal. Der Wald und seine wie Soldaten gleichmäßig aufgestellten Tannen, die ausgedehnten Weiden, die schönen Ausblicke auf die höchsten Schwarzwaldgipfel, ja sogar auf die etwa hundertvierzig Kilometer entfernten Alpen, waren touristische Attraktionen, die das ganze Jahr über vor allem Wanderer anzogen.

Doch die landschaftliche Schönheit hatte Roland Kerth in diesen Tagen nur am Rande wahrgenommen. Er war zu sehr in Gedanken versunken, in Grübeleien über seine große, nie wiedergutzumachende Schuld, sein Pech, seine für immer verlorene Liebe und seine hoffnungslose Zukunft.

Vielleicht hatte er bei der Abreise noch gehofft, mit dem räumlichen auch inneren Abstand zu gewinnen und mit etwas Optimismus in die Zukunft sehen zu können. Dafür gab es einigen Grund. Das Weingut immerhin stand ausgezeichnet da. Die Spätburgunder gehörten zu den besten Deutschlands. Selbst der teure Pinot Noir fand aufgrund seiner unbestrittenen Qualität mühelos Abnehmer. Er selbst war, vernünftig betrachtet, mit fünfunddreißig Jahren beileibe nicht zu alt, um sich umzusehen und eine Familie zu gründen.

Je länger er sich jedoch hier oben aufhielt, je mehr er nachdachte, grübelte, seine Chancen abwog, noch ein normales Leben mit Familie und Weingut führen zu können, umso deutlicher wurde ihm die Ausweglosigkeit seiner Situation. Er war nie ein großer Frauenheld gewesen. Seine Liebschaften waren an einer Hand abzuzählen und hatten ihn alle merkwürdig wenig berührt. Mit Brigitte wurde alles anders. Aufgrund der Freundschaft ihrer Eltern kannten sie sich schon seit ihrer Kindheit. Die Vertrautheit, mit der sie aufgewachsen waren, war zwar während der Pubertät verloren gegangen. Später, als Brigitte studierte und seltener nach Sankt Peter kam, freuten sie sich jedoch über jede Begegnung und verzichteten selten auf gemeinsame Unternehmungen. Ihr Verhältnis ähnelte viele Jahre lang dem von Geschwistern. Roland Kerth hatte nie Eifersucht verspürt, wenn Brigitte einen Schwarm mit nach Schweigen brachte.

Die Ehe mit Gerd Lautereck änderte zunächst nichts an dieser Situation. Erst als Brigitte nach und nach spürte, dass sie und Gerd kein gutes Paar waren, wurde Roland der Freund, bei dem sie sich ausheulen konnte und der sie irgendwann auch in den Arm nahm, zunächst als freundschaftlicher Trost, später als Mann und Alternative zu der unglücklichen Ehe. Das war vor gut einem Jahr gewesen. Mehr als einmal hatten sie seitdem darüber gesprochen, dass sie die heimliche Beziehung offenlegen und sich scheiden lassen müsste. Warum sie diesen Schritt nicht längst gewagt hatte, verstand er nicht. Dabei war sie doch offensichtlich unzufrieden mit diesem biederen, langweiligen Mann.

Nach dem letzten bösen Streit des Ehepaares, von dem sie ihm unglücklich und weinend am Telefon berichtet hatte und der nach seiner Ansicht der Auslöser für ihren Fehlschnitt im Krankenhaus gewesen war, hatte er das Gefühl, er müsse selbst eine Entscheidung herbeiführen. Wenn es diesen Lautereck nicht mehr gab, das schien ihm sicher, würden sie glücklich sein können.

Wenig später hatten sie sich telefonisch für den nächsten Tag verabredet. Wenn Lautereck auf dem Weg nach Mainz gewesen wäre, hätte er bei ihr vorbeikommen wollen. Sie hatte einen freien Tag, und sie hätten fast den ganzen Tag Zeit gehabt. In jener Nacht wollte er diese unglückliche Ehe, aus der sie sich gleichwohl nicht lösen konnte, beenden. Er war nach Landau gefahren und hatte die Bremsleitungen an Lauterecks Wagen entfernt. Das war der Fehler gewesen, der sein Leben zerstört hatte.

Er hatte die Folgen und Möglichkeiten in diesen Bernauer Tagen hundertmal durchdacht, durchlitten. Wäre Lautereck mit Brigittes Wagen gefahren, wäre ihm nichts passiert. Roland Kerth hätte dann eine Gelegenheit gesucht, um den Wagen zu benutzen, hätte der technisch unbedarften Brigitte erklärt, da sei wohl etwas mit den Bremsen und hätte die Leitungen wieder ausgebessert. Wäre Lautereck wie geplant mit seinem eigenen Wagen gefahren, würde er nicht mehr leben. Auch diese Alternative empfand Kerth jetzt, im Rückblick, als Wahnsinnstat. Wie konnte er nur? Wäre er unter dieser erdrückenden Schuld jemals glücklich geworden mit Brigitte?

Doch es kam weit schlimmer. Brigitte schrieb ihm eine SMS, sie könnten sich leider nicht sehen, weil sie sich kurzfristig entschlossen hätten, gemeinsam nach Mainz zu fahren. Er war völlig verzweifelt gewesen und hatte versucht, sie zu erreichen. Doch sie hatte bereits ihr Handy ausgeschaltet, wie sie es immer tat, wenn sie befürchten musste, in Anwesenheit Lauterecks einen verräterischen Anruf zu erhalten. Die Katastrophe war nicht mehr aufzuhalten gewesen. Er war schuld an ihrem Tod.

Die Erkenntnis, dass er diese Last nicht ertragen konnte, war in den letzten Tagen immer stärker gereift. Er würde nie mehr glücklich werden können. Das Weingut, die Familie, Freunde, alles war so weit weggerückt, dass er mit niemandem sprechen, auch nicht erreichbar sein wollte. Was hätte er auch sagen sollen? Allein die Tragödie, am Tod der wunderbar lebendigen, lebenslustigen Brigitte schuldig zu sein, des liebsten und wichtigsten Menschen, den er hatte, der engagierten Ärztin, nur dies stand im Vordergrund seines Denkens, seiner Grübeleien, seiner Selbstvorwürfe. Er war schuld. Nur er.

Schon zweimal war er den Weg mit dem Strick im Rucksack hoch gegangen, hatte einen Platz gefunden, an dem er es zu Ende bringen konnte, hatte die Notiz geschrieben und in seinen Rucksack gelegt: »Ich bin an allem schuld. Ich kann nicht mehr.«

Aber er hatte es noch nicht fertiggebracht, hatte die Schlinge wieder abgenommen, war wieder heruntergestiegen von dem Felsbrocken, hatte sich hingesetzt, geweint über seine Feigheit, war herumgeirrt im Wald, schließlich wieder in die Pension zurückgekehrt – und hatte sich geschämt. Zwei Menschen hatte er getötet, bei ihm selbst fehlte ihm der Mut.

Nun waren sie ihm also auf der Spur und hatten ihn gefunden. Es blieb keine Zeit mehr für Grübeleien und Zweifel. Die Sache musste zu Ende gebracht werden.

Ich sollte Laufschuhe im Dienstwagen aufbewahren, dachte Gross, dann hätte ich wenigstens anständiges Schuhwerk, wenn ich schon im Dienst Dauerläufe absolviere. Stattdessen lief er mit unbequemen Lederschuhen mit glatter Sohle den stramm ansteigenden Waldweg hinauf.

Es war nicht das erste Mal, dass er einem Verdächtigen hinterherlaufen musste, um weiteres Unglück zu verhindern oder um ihn festzunehmen. Wenigstens konnte er seine hervorragende Fitness und Ausdauer bei diesen Gelegenheiten zweckdienlich einsetzen. Zweckdienlich. Blödes Bürokratenwort, dachte er. War er wirklich manchmal so steif, wie die Kollegen ihn hinstellten, wenn sie ihn aufzogen? Badenhop hielt sich ja mit Sticheleien zurück. Er hatte sich sogar entschuldigt wegen heute Morgen. Was hat er wohl für private Probleme, die ihn so reizbar machen?, überlegte Gross.

Egal, jetzt musste er Ausschau halten nach einem Winzer mit Rucksack, den er nicht kannte. Am besten, ohne dass er selbst schon von Weitem auffiel. Aber ein Kerl mit Anzughose, Hemd, Lederschuhen und Pistolenhalfter, der durch den Schwarzwald joggte? Jeder harmlose Spaziergänger würde vor Entsetzen ins Unterholz fliehen. Der Verdächtige Roland Kerth mit Sicherheit auch. Oder er würde ihm einen Hinterhalt stellen, wenn er ihn zuerst sah.

Warum hatte der einen Rucksack dabei? Was war da drin? Bewaffnet war er wohl nicht. War er vor ihnen geflohen, oder wollte er sowieso diesen Wanderweg – wie hieß er noch mal? Hochtal Steig? – absolvieren? Oder wollte er sich etwas antun? Dazu hätte er ja mehr als eine Woche Zeit gehabt. Warum gerade jetzt?

Wenigstens war er spät aus seinem Zimmer gekommen und hatte deshalb erst kurz vor ihrer Ankunft erfahren, dass die Polizei ihn suchte. Sonst hätten sie kaum eine Chance, den Mann zu finden. Er konnte ja irgendwo abbiegen oder querfeldein gehen.

Gross versuchte, seinen Laufstil zu optimieren. Ein Stück würde er noch laufen, der Bursche hatte ja zwanzig Minuten Vorsprung. Dann müsste er sich etwas einfallen lassen, um schnell vorwärtszukommen, ohne dass er auffiel wie ein bunter Hund. Er musste gut aufpassen, um den Mann früher zu sehen als dieser ihn.

Wenig später kam ihm ein älteres Ehepaar mit Spazierstöcken entgegen, beide in klassischer Wanderkleidung mit Kniebundhosen, roten Wollstrümpfen sowie einer Art Tirolerhut. Gross ging sofort langsamer und versuchte, mit der Hand das Pistolenhalfter zu verbergen.

»Entschuldigen Sie, ich bin Polizeikommissar und suche einen Mann, der diesen Weg hochgelaufen ist. Er ist etwa fünfunddreißig Jahre alt und trägt einen Rucksack. Haben Sie ihn gesehen?«

Die Frau schlug die Hand vor den Mund. »Ach Gott, ist das ein Verbrecher? Mensch, Karl, das war vielleicht der, dem wir vor ein paar Minuten begegnet sind. Ich hab mir ja gleich gedacht, der guckt aber komisch.«

Ihr Mann zog sie unwirsch am Arm und wies sie zurecht. »Liesel, jetzt sag nur, du hast gleich gesehen, dass der jemanden umgebracht hat. Red nicht so einen Unsinn. Aber es stimmt, vor ein paar Minuten ist ein jüngerer Mann mit einem Rucksack den Weg raufgekommen. Er kann noch nicht allzu weit sein.«

»Ich danke Ihnen«, sagte Gross und joggte weiter. Er wusste jetzt ungefähr, wie weit Kerth noch vor ihm war.

Wenig später endete der Wald, und der Weg führte an ausgedehntem, offenem Weideland vorbei. Gross ging langsam, bevor er aus dem Wald trat. Er versuchte, die Pistole samt Halfter in eine Hosentasche zu quetschen. Es misslang. Schließlich entfernte er den ganzen Gurt und sein Hemd, zog den Gurt direkt auf den Körper, das Hemd darüber und ließ es über der Hose hängen. Jetzt war er zufrieden.

Wie ein Spaziergänger marschierte er zügig weiter, beobachtete aber intensiv den vor ihm liegenden Waldrand. Von Roland Kerth war nichts zu sehen.

Die Stelle, die er sich schon vor Tagen ausgesucht hatte, lag noch etwas weiter oben. Roland Kerth ging schnell. Er schwitzte. Eine Sekunde lang dachte er daran, dass das anhaltend sonnige Wetter die Entwicklung der Reben gut voranbringen würde. Er hatte sich noch nicht an den Gedanken gewöhnt, dass ihm das jetzt egal sein konnte. Völlig egal.

Was würde die Polizei machen? Nach ihm suchen? Schwierig, er könnte ja überall hier auf den Bergen sein. Selbst wenn sie mit dem Hubschrauber kamen, was er nicht glaubte, konnten sie ihn von oben kaum sehen, solange er sich im Wald befand. Trotzdem musste er aufpassen, falls Hubschraubergeräusche zu hören waren.

Wahrscheinlich warteten sie in der Pension auf ihn und rechneten damit, dass er irgendwann wiederauftauchte. Da täuschten sie sich. Diesmal kam er nicht mehr zurück.

Ob man ihn bald finden würde? Die Vorstellung, Tiere, etwa Krähen oder andere Vögel, könnten sich an seinem Leichnam zu schaffen machen, war ihm zuwider. Das war aber unwahrscheinlich. Hier kamen ständig Wanderer vorbei. Der Platz mit dem Felsbrocken unter einem dicken Ast war vom Wanderweg aus nicht zu übersehen.

Hier ist es, hier werde ich sterben, wurde ihm bewusst, als er den Baum und den etwa achtzig Zentimeter hohen Stein darunter wiedererkannte. Die letzten Minuten musste er allein sein.

Er sah sich um – niemand war zu sehen. Doch, da unten, an der Weide bei den Kühen, kam ein einzelner Wanderer in seine Richtung. Er konnte in drei, höchstens vier Minuten hier sein. Der Mann war jung und schritt kräftig aus.

Was sollte er tun? So schnell konnte er es nicht zu Ende bringen. Er würde warten müssen, bis der Mann vorbeigegangen war. Warum nicht? Er könnte hier am Wegrand sitzen und so tun, als ruhe er aus.

Gross hatte endlich wieder den Wald erreicht und konnte sich rascher fortbewegen. Er begann leicht zu joggen, war sich jedoch ziemlich sicher, nicht mehr allzu weit von Roland Kerth entfernt zu sein. Vielleicht sollte er doch vorsichtig sein und langsam gehen.

Eigentlich war das hier eine schöne Gegend. So ein ruhiger, friedlicher Wald. Und er musste hier einem mutmaßlichen Mörder hinterherrennen, ohne zu wissen, was der eigentlich vorhatte. Und das am Samstagmorgen. Seine Freundin, mit der er zum Einkaufsbummel in Mannheim verabredet gewesen war, hatte stinksauer reagiert und grußlos das Telefonat beendet, als er absagte.

Wo war der Kerl nur?

Hinter der nächsten Wegbiegung sah er einen Mann am Wegrand sitzen, der ein Buch oder Heft vor sich hatte, in dem er zu lesen schien. Der Beschreibung nach konnte es Roland Kerth sein – aber war er es auch? Der Mann hatte kurz zu ihm hingesehen und sich dann wieder in seine Beschäftigung vertieft. Er machte keine Anstalten zu fliehen. Also war er wohl nicht der Gesuchte.

Gross versuchte, die Ausbuchtungen des Halfters mit seinen Armen zu verbergen, als er sich in ruhigem Gang auf den Mann zubewegte. Neben ihm lag ein Rucksack. Als er kurz aufsah, erkannte Gross ihn. Kein Zweifel, das war Roland Kerth. Sie hatten sich nie getroffen, doch Gross erinnerte sich an ein Foto in den Unterlagen.

War er bewaffnet? Befand sich die Waffe im Rucksack? Gross musste versuchen, möglichst unauffällig noch näher heranzukommen, bevor Kerth misstrauisch wurde.

»Hallo, geht ganz schön bergauf hier, nicht? Man muss sich ab und zu mal ausruhen.«

Mehr als ein eher abwesendes Nicken erntete der Kriminalassistent nicht auf sein Gesprächsangebot.

»Sagen Sie, kennen Sie sich hier aus? Geht der Weg noch lange bergauf? Ich komme langsam aus der Puste.«

Roland Kerth klappte sein Heft zu und sah Gross an. »Ich komme nicht von hier. Ich glaube, das wird bald flacher. Wahrscheinlich geht es da drüben auf diese Anhöhe. Soviel ich weiß, ist es ein Rundweg, der bald wieder ins Tal führt. Aber ich kann es Ihnen nicht genau sagen.«

Bei seiner Erklärung hatte Roland Kerth sein Gegenüber einen Augenblick lang aus den Augen gelassen und in Richtung Berge gezeigt. Gross nutzte den Moment, um seine Pistole aus dem Halfter zu ziehen, sie auf Kerth zu richten und rasch mit der anderen Hand nach dem Rucksack des Mannes zu greifen. »Bleiben Sie ganz ruhig sitzen, ganz ruhig.«

Kerth war so perplex, dass er Gross sekundenlang anstarrte. »Was wollen Sie? Wer …?«

»Mein Name ist Kevin Gross. Ich bin Kriminalpolizist. Ich nehme Sie hiermit fest wegen des dringenden Verdachts, Gerd Lautereck und Brigitte Berlingen ermordet zu haben. Sie haben das Recht …«

Roland Kerth sprang auf und bewegte sich langsam rückwärts in den Wald. Er ließ ein hässliches, höhnisch-verzweifeltes Lachen hören. »Die Polizei? Ha, das hat mir gerade gefehlt. Was tun Sie, wenn ich jetzt weglaufe? Erschießen Sie mich? Ja, doch, erschießen Sie mich! Das ist das Beste, was mir passieren kann.« Er deutete auf den Rucksack. »Dann spare ich mir den Strick. Los, Mensch, drück schon ab! Oder soll ich rennen, damit Sie mich auf der Flucht erschießen können?«

Gross hielt den offenen Rucksack in der Hand und warf einen schnellen Blick hinein. Tatsächlich. Darin lag ein Strick. Er hielt die Pistole weiter auf Kerth gerichtet, wusste aber, dass sie ihm weniger helfen würde als die richtigen Worte. Oder die richtige Sprache. Kerth war Pfälzer. Im Dialekt war man sich näher, wusste Gross, und instinktiv war ihm klar, dass er auf Pfälzisch besser argumentieren konnte.

»Ich will Se doch nit doodschieße, Herr Kerth. Sie kummen vor Gericht unn griechen e färie Verhannlung. Jesses nä, ich verschdeh des so guud, dass Sie ferdich sinn mit de Welt.« Dass Brigitte Berlingen an jenem Morgen mit ihrem Mann gefahren war, habe er schließlich nicht wissen können, sagte Gross. Aber er solle nicht alles noch schlimmer machen und an seine Familie und an das Weingut denken. Er solle mitkommen.

Roland Kerth reagierte unsicher, blieb stehen, zitterte. Auf Pfälzisch erklärte er gepresst, dass er sterben wolle. Gross solle ihn in Ruhe lassen, auf ihn schießen oder ihm seinen Strick geben.

»Blödsinn«, sagte Gross, ließ den Rucksack fallen und machte zwei Schritte vorwärts auf Kerth zu. Der drehte sich sofort um und lief in Richtung Wald los.

»Stehen bleiben! Sofort stehen bleiben!« Gross rannte hinter ihm her. Roland Kerth war langsamer, aber kräftiger als er. Ein Ringkampf mit geladener Pistole? Ihm ins Bein schießen?

»Verdammte Scheiße, bleiben Sie sofort stehen! Wo wollen Sie denn hin?«

Der völlig aus den Fugen geratene, keiner Argumentation zugängliche Mann lief weiter in den Wald. Gross nahm die Verfolgung auf, sicherte im Lauf seine Pistole, verstaute sie im Halfter und folgte dem Flüchtigen über Stock und Stein. Trotz des ungewohnten Hindernislaufes hatte er ihn bald erreicht. Er schaffte es, den kräftigen Mann an der Jacke zu packen und ihm ein Bein zu stellen.

Dann ging alles blitzschnell. Kerth stürzte, Gross warf sich auf ihn und setzte sofort einen Polizeigriff an. Kerth wehrte sich nicht mehr. Er ließ sich ohne Widerstand Handschellen anlegen.

Mit dem Gesicht nach unten begann Roland Kerth zu schluchzen.

»Ganz ruhig, Herr Kerth. Sie laufen mir sowieso nicht davon. Ich habe da mehr Übung. Versprechen Sie mir erst mal, dass Sie nicht wieder hier im Wald rumrennen, sondern mit mir reden. Geht das? Dann lasse ich Sie aufstehen.«

»Ich kann nicht mehr. Ich will, dass das vorbei ist«, flüsterte Kerth.

Gross packte ihn an der Schulter und rüttelte ihn leicht. »Es ist ja vorbei, Herr Kerth. Es ist vorbei. Kommen Sie mit.«

Kerth stand auf, sah Gross düster an und sagte leise: »Ich habe es nicht einmal geschafft, mich umzubringen.« Er blutete aus einer Wunde über dem Auge und rieb sich das Bein. Er hatte sich beim Hinfallen leicht verletzt.

»Ist ja auch besser so. Kommen Sie. Wenn wir runterkommen, versorgen wir die Wunde.«

Roland Kerth humpelte brav vor ihm her. Als sie den Waldweg wieder erreichten, nahm Gross den Rucksack auf den Rücken und wandte sich zum Gehen. Unten, an der Weide, kam ihnen Badenhop entgegen.

ZWÖLF

Ohne Karin Welsch wären diese kleinen Feiern zum Abschluss eines Falles sehr viel angenehmer, hätte Bernd Hochdörffer seinem Nebenmann Jan Badenhop gern ins Ohr geflüstert. Doch die Staatsanwältin stand ihnen schräg gegenüber und sah kritisch zu den beiden Kommissaren hin, sodass Hochdörffer sich zurückhielt.

Sie waren alle in das Büro des Kommissars gekommen, nachdem Sabine Vogel mit Sektgläsern durch die Abteilung geklirrt hatte. Sie schenkte Buhl Riesling brut ein, ein Mitbringsel des Kommissars. Stefan Schwörer hatte ihm den »saustarken Riesling im Champagnerstil« dringend empfohlen. Nun würden sie wohl eine Ansprache der Welsch über sich ergehen lassen müssen.

Sie hob bereits das Glas. »Meine Dame, meine Herren, es ist eine schöne, kleine Tradition geworden, den erfolgreichen Abschluss eines wichtigen Falles mit einem Glas Sekt zu feiern. Es war gewiss nicht ganz einfach, aus der Situation zweier getöteter Menschen auf die Absichten des Mörders zu schließen. Am Ende haben sich die Hintergründe ganz anders gezeigt, als zwischendurch vermutet worden war. Das beweist, wie wichtig es ist, alle Spuren und alle möglichen Optionen zu untersuchen.«

»Das aus deinem Mund«, entfuhr es Hochdörffer leise.

Badenhop, der mit der Staatsanwältin wiederholt aneinandergeraten war, weil sie ihren eigenen Ansprüchen nicht folgte, nickte kaum erkennbar.

»Die Landesregierung hat auch ihre Glückwünsche übermitteln lassen. Man ist dort sehr froh, dass die Regierungsarbeit und die Arbeit der Weinkontrolle trotz des bedauerlichen Todesfalles ungestört weitergehen können und keine Verwicklung von Behördentätigkeit in die Affäre festgestellt werden konnte. Ich danke allen Mitarbeitern der Abteilung Kapitalverbrechen sowie den Kollegen, die mitgeholfen haben, und wünsche Ihnen noch einen schönen Tag.«

Keine Minute später war die Staatsanwältin verschwunden. Sie fühlte sich bei den Polizisten nicht sonderlich wohl, was auf

Gegenseitigkeit beruhte. Kevin Gross war es noch geglückt, rasch die Tür aufzureißen, obwohl Paul Magin mit einem Schritt nach vorn eine fast klassische Sperre angesetzt hatte und dafür anschließend einen kräftigen Knuff einstecken musste. Jedenfalls führte das Schließen der Tür hinter der Staatsanwältin automatisch zu einer Auflockerung der Atmosphäre.

»Na, Kevin, sie hat dich diesmal gar nicht ausdrücklich erwähnt, obwohl du im Schwarzwald schon wieder deine läuferische Kondition in den Dienst der Abteilung gestellt hast«, neckte Hochdörffer.

»Ich glaube, ich bin aus ihrem Beuteschema herausgefallen«, gab Gross zurück.

»Sag mal, was ist eigentlich aus der Geschichte mit dem Spätburgunder und diesem Weingut Lüller geworden?«, fragte Hochdörffer.

»Puh, eine Anklage hat es bisher nicht gegeben, aber viel mehr weiß ich nicht«, antwortete Gross.

»Stefan Schwörer ist noch dran, Indizien und Beweise zusammenzutragen«, sagte Badenhop. »Der anscheinend korrupte Weinkontrolleur, dieser Steffens, hat jedenfalls gekündigt. Er wird bei der Weinkontrolle ausscheiden. Damit kommt er wohl einem Rauswurf zuvor. Womöglich wird man seine Vergehen dadurch nicht strafrechtlich verfolgen. Es wäre auch nicht einfach, einen Straftatbestand nachzuweisen, wenn er und Lüller dichthalten.«

DREIZEHN

Nun sollte die Weinprobe also doch stattfinden. Stefan Schwörer hatte Badenhop den Termin rechtzeitig genannt und ihm eingetrichtert, unter allen Umständen zu kommen. Es sei eine einmalige Gelegenheit, die besten Elsässer und Pfälzer Rieslinge zu vergleichen. Außerdem seien nur nette Leute geladen. Daniel und Louise Berlingen würden sich sehr freuen, wenn Badenhop käme, solle er extra ausrichten. Leider seien keine Ehepartner vorgesehen, es sei ja eine Art halb professionelle Veranstaltung. Schwörer versprach, zu fahren, sodass Badenhop sein Auto nicht bewegen musste.

Badenhop kommentierte die Bemerkung zu den Ehepartnern nicht. Er sagte zu und teilte Schwörer mit, dass Ingrid sowieso nicht in Neustadt sei. Sie war vor mehreren Wochen abgereist und hatte ihm wenig später mitgeteilt, dass sie eine Wohnung in Hamburg suchte. Hendrik, der eine Reihe alter Freunde wiedergetroffen hatte und sich sehr wohlfühlte, wollte sie für das neue Schuljahr in Hamburg anmelden. Mit Jens sollte Badenhop reden. Ingrid wünschte eine »große Pause« in ihrer Beziehung, auch wenn Badenhop sich endlich darüber klar werden sollte, wie er sein künftiges Leben gestalten wollte.

Badenhop war zunächst furchtbar erschrocken und ein wenig beleidigt gewesen, weil Ingrid so rasch und von ihm unabhängig eine Lösung gesucht hatte. Doch selbst jetzt war er trotz der vielen Impulse, Ingrid zurückzuhalten, nicht in der Lage, eine Entscheidung zu treffen.

Als der Schock nachließ, stellte Badenhop fest, dass er erheblich lockerer und weniger von schlechtem Gewissen geplagt mit Katrin Verabredungen treffen konnte, was er auch fleißig tat. Später, als er über diese Zeit nachdachte, erklärte er sich sein passives Verhalten als eine Art Urlaubsgefühl. Er genoss die neue Situation, ohne sich allzu bewusst zu machen, dass er dabei war, Tatsachen zu schaffen, die sein restliches Leben verändern würden.

Sogar einen unterhaltsamen gemeinsamen Abend mit Bernd Hochdörffer hatten sie schon verbracht, bei dem Badenhop die beiden Pfälzer nur zweimal bitten musste, ihm Gesagtes zu übersetzen. Badenhop war fast ein bisschen eifersüchtig gewesen, als er sah, wie gut sich Hochdörffer und Katrin verstanden.

Seine Mutter hatte ihn schon bald nach Ingrids Abreise mit der deutlichen Frage konfrontiert, was eigentlich los sei mit ihm und Ingrid. Nach seiner unvermeidlichen Beichte hatte sie ihn – ähnlich wie es bei anderer Gelegenheit auch Jens tat – fürchterlich beschimpft und war grußlos aus dem Haus gerauscht. Tags darauf hatte sie sich entschuldigt. Inzwischen kam sie sogar häufiger als früher, kochte hin und wieder für ihn und Jens, mahnte ihn aber wiederholt: »Jan, lass das nicht einfach hängen. Tu etwas, rette deine Familie oder mach einen eindeutigen Strich. Was ich davon halte, weißt du ja.«

Mit Jens hatte er intensiv das Gespräch gesucht und ihm sehr offen seine innere Zerrissenheit geschildert. Die Reaktionen seines Sohnes wurden zunehmend weicher.

»Also … kann man diese Frau wenigstens mal kennenlernen, oder wie hast du dir das gedacht?«, fragte er sogar einmal beiläufig.

Das stand demnächst an. Katrin, zu der Badenhop immer mehr Nähe empfand, war bereit, die Höhle des Löwen zu betreten.

Jens wollte schon deshalb nicht nach Hamburg umziehen, weil er seine Freundin keinesfalls verlassen wollte. Die beiden planten aber einen Kurzurlaub bei Ingrid.

Am Tag der Weinprobe stand ein bestens gelaunter Stefan Schwörer rechtzeitig vor Badenhops Haustür und ließ sich seine gute Laune auch dadurch nicht verderben, dass er im Vorgarten über eine lockere Steinplatte stolperte und sich gerade noch am Zaun festhalten konnte.

»Verdammt, man wird älter«, kommentierte er den Beinahesturz. »Hinfallen geht noch genau wie früher, nur das Aufstehen dauert länger.«

»Bitte reinkommen, Hund ist im Haus«, stand auf einem Zettel am Tor zu Sankt Peter.

Schwörer wies darauf und brummte: »Ohne den Hinweis wäre ich nicht einfach da reingegangen. Der Hund ist ganz zahm und lässt sich streicheln, wenn die Berlingens dabei sind. Aber wenn nicht, ist höchste Vorsicht geboten. Ich fürchte mich ja nicht vor Hunden. Im Zweifel nehme ich mir einen kräftigen Stock zur Hand. Aber der da frisst mich mit oder ohne Stock, wenn er mal angreift.«

Badenhop wurde von Daniel Berlingen besonders freundlich begrüßt. »Ich freue mich aufrichtig, dass Sie sich die Zeit genommen haben, und hoffe, Ihnen als Hamburger einen interessanten Abend bieten zu können. Herr Schwörer hat bereits die Vermutung geäußert, Sie könnten sich mit einigen weiteren Weinerlebnissen vielleicht zum spät berufenen Weinliebhaber entwickeln.«

»So weit würde ich noch nicht gehen«, entgegnete Badenhop, »aber ich bin sehr gern gekommen.«

Neugierig sah er sich um. Er fand, die Einrichtung wurde dem altehrwürdigen Gebäude gerecht, ohne nur nostalgisch zu wirken. Er sah viel schönes altes Mobiliar, edle Teppiche, stilvolle Lampen, aber doch manches moderne Element, das zeigte: Hier wird nicht in der Vergangenheit gelebt.

Ein Raum, an dem sie vorbeigingen, wurde von einem Flügel dominiert, von irgendwoher erklang das fünfte Brandenburgische Konzert von Bach. Einige Wände waren großflächig mit Bücherregalen ausgestattet, in denen nicht für ein einziges Buch zusätzlich Platz war. Die Küche, aus der es verführerisch duftete, war groß und hochmodern eingerichtet.

Badenhop hatte sich vorgenommen, wirklich aufzupassen und nach Möglichkeit zu verstehen, was die Experten über Wein erzählten. Zunächst fiel ihm die Versuchsanordnung auf. Der helle Raum mit großen Fenstern, in dem die Probe stattfinden sollte, bot abends um neunzehn Uhr noch viel Licht. Die Stühle einer großen Tafel, die mitten im Raum stand, waren an die Seitenwände gerückt worden. Auf der weißen Tischdecke standen in doppelwandigen Kühlgefäßen aus Plexiglas Flaschen, deren Kapseln entfernt und über deren Etiketten Papphüllen gestülpt waren. Auf jeden Flaschenhals hatte jemand eine Nummer geschrieben, es waren zwölf insgesamt. Auf jeder Seite der Flaschenreihe stand eine Reihe Gläser. Für jeden Teilnehmer gab es einen Schreibblock und einen Kugelschreiber. Badenhop kam das alles sehr professionell vor.

Auf den Seiten des Tisches stand je ein Spucknapf, etwa ein Meter hohe Edelstahlzylinder mit eingepasstem Trichter. Louise Berlingen, die selbst nicht »richtig mit verkosten, sondern nur ein bisschen probieren« wollte, hatte die Riesling-Blindprobe mit sechs Weinen aus der Pfalz und sechs weiteren aus dem Elsass bestens vorbereitet.

Auf den Stühlen saßen Herbert Kerth, Bernd Kuhn, Louise Berlingen und ihr Sohn George sowie die Weinexperten Marcel Neiss, Stefan Schwörer und Georg Miltz, die Badenhop nacheinander vorgestellt wurden. Badenhop freute sich, den pensionierten Schornsteinfeger Miltz wiederzusehen, den er bei einem früheren Fall kennengelernt hatte und der ihm sehr sympathisch gewesen war.

Daniel Berlingen stand an der Längsseite der Tafel und begrüßte die Gäste. »Schön, dass ihr alle hier seid. Ich muss euch nicht erklären, wie schrecklich es für uns ist, dass Brigitte nicht mehr bei uns sein kann. Louise und ich haben uns entschieden, die Probe dennoch durchzuführen, weil es sicher nötig ist, dass wir manchmal auf andere Gedanken kommen. Bernd Kuhn hat erstmals den Weg zu uns herauf gefunden. Seien Sie ganz herzlich willkommen. Ich freue mich auch, dass du, Herbert, gekommen bist, obwohl auch du eine schwere Zeit durchlebst. Zur Probe selbst muss ich euch ja nicht viel erläutern. Die Pfälzer haben sechs Pfälzer Rieslinge ausgewählt, die sie ins Rennen schicken, George und ich sechs Elsässer. Einige Weine hat Louise umgefüllt, damit ihr nicht an den Flaschen die Herkunft erkennt. Nun probiert schön. Nachher können wir darüber ausführlich reden. Mit nur einem Glas pro Wein kann man besser hin und her probieren, ohne jedes Mal Wein wegschütten zu müssen. Wir wollen die besten Weine ja hinterher noch zum Essen genießen. Es gibt einen klassischen Elsässer Bäckeoffe zur Stärkung, eine Spezialität von Louise.«

Badenhop wollte zunächst die anderen beobachten und dann unauffällig ähnlich agieren. Bald begann ein intensives Schnuppern, Verkosten, Zunge schnalzen, Ausspucken und diskutieren, denn wenn Daniel Berlingen geglaubt hatte, die Teilnehmer würden während der Probe wie bei offiziellen Verkostungen üblich schweigen, hatte er sich getäuscht. Vor allem Schwörer, ein nach allgemeiner Ansicht ausgezeichneter Verkoster und Weinkenner, nahm die Sache nicht übermäßig diskret, wieselte zwischen den Weinen hin und her, hob mal einen Wein mit freudigem Strahlen hoch und meinte zu einem anderen scheinbar entsetzt: »Wer hat denn diesen hier in die Probe gestellt?«

Obwohl es doch um einen Blindvergleich der Weine des Elsass und der Pfalz ging, entspann sich rasch ein munteres Raten, um welche Weine und Jahrgänge es sich wohl handelte.

Nach kürzester Zeit konnte Badenhop den Kommentaren, die durch den Raum schwirrten, nicht mehr folgen, versuchte aber, sich einiges zu merken, das er über einzelne Wein-Nummern hörte wie »Nummer zwölf: klassischer Mittelhaardter«, »sehr reif geerntet mit angenehm zurückhaltender Säure. Könnte ein 11er Jahrgang sein«, »die neun, einer dieser entsäuerten Elsässer«, »herrlicher 2010er, mit dieser Kräuterwürze«. Er wollte, ganz Kommissar, am Ende überprüfen, ob die Probanden recht hatten.

Der Weinlaie Badenhop hörte auch einige Details, die ihm sehr speziell erschienen, und er fragte sich, ob er jemals solche Spitzfindigkeiten über Wein wissen konnte und wollte.

»Manche Mittelhaardter sind mir ja in den letzten Jahren ein wenig zu mastig gewesen«, gab beispielsweise Herbert Kerth zu bedenken. »Da finde ich besonders erfreulich, dass es neuerdings eine Reihe Großer Gewächse mit weniger als dreizehn Prozent Alkohol gibt.«

»Meinst du die Nummer sieben?« Schwörer hielt gerade ein Glas hoch. »Ich tippe auf Buhl, er ist nämlich knochentrocken. Der Kellermeister Mathieu Kauffmann hat ja die 14er Großen Gewächse von Buhl alle mit weniger als einem Gramm Restzucker abgefüllt. Geile Weine. Man muss sehen, wie sie reifen.«

»Kauffmann, ein exzellenter Kellermeister, Elsässer übrigens«, warf Neiss ein.

Nur George Berlingen und Georg Miltz hielten sich mit Kommentaren zurück, machten sich jedoch fleißig Notizen. Badenhop beobachtete den jungen Berlingen dabei, wie er bei manchen Kommentaren leicht den Kopf schüttelte. Offensichtlich amüsierte er sich besonders über den betriebsamen Eifer Schwörers. Nach einer Weile konnte er sich nicht mehr zurückhalten. »Stefan, wirst du uns nachher, bevor wir aufdecken, eine komplette blind geratene Liste der Weine mit Weingütern und Jahrgängen vorlesen?« Reine Provokation.

Schwörer grinste ihn schelmisch an und hob wie belehrend den Finger. »Nein, lieber nach dem Aufdecken. Am besten kann ich nämlich Weine raten, wenn ich das Etikett sehe.« Aus der Runde war leises Kichern zu hören. »Aber hier«, fuhr der Weinexperte fort, »die Nummer vier. Da fress ich einen Besen, wenn das kein Rebholz Kastanienbusch ist. 12er vermutlich, ein Super-Jahrgang, mit dieser zarten Kräuternote, der Feinheit und der unglaublichen Länge. Für einen Mittelhaardter ist er zu schlank und für einen Elsässer zu primärfruchtig.«

Daniel Berlingen sah sich genötigt, die Sache in eine andere Richtung zu lenken. »Vergesst nicht, ihr Lieben, ihr sollt nicht unbedingt die Weine raten, ihr sollt sie bewerten, damit wir am Ende Elsässer und Pfälzer vergleichen können, nicht nur die Qualität, auch den Weinstil.«

Daraufhin wurde es eine oder zwei Minuten lang etwas ruhiger, doch bald ging es wieder um Jahrgänge, Lagen und beste Winzer.

Badenhop probierte tatsächlich alle Weine und versuchte auch erstmals in seinem Leben, den Wein, den er in den Mund genommen hatte, wieder auszuspucken. Er hatte sich immer gefragt, wie es möglich sein konnte, einen Wein zu bewerten, den man gar nicht schluckte. Nun stellte er fest, dass die Weine wirklich völlig verschieden schmeckten. Noch vor wenigen Monaten hatte er geglaubt, er würde es nie schaffen, mehr als weiß und rot zu unterscheiden. Nun jedoch, wenn die Weine nebeneinanderstanden und direkt verglichen werden konnten, war ihre Unterschiedlichkeit offensichtlich.

Freilich war der Hamburger weit davon entfernt, sich konkrete Aussagen oder gar Beschreibungen zuzutrauen. Dennoch notierte er brav auf dem Zettel mit Nummern von eins bis zwölf Plus- und Minuszeichen. Da es ihm nicht gelang, alles komplett auszuspucken, spürte er schon einen leichten Schwips, bevor es überhaupt zum Essen und damit zum »offiziellen« Trinken kam.

»Herr Kommissar, konnten Sie schon einen Favoriten dingfest machen?«, fragte ihn Daniel Berlingen nach einiger Zeit.

»Ich kann sagen, welche zwei mir am besten schmecken. Mehr weiß ich natürlich nicht.«

»Das ist schon eine ganze Menge«, entgegnete der Gastgeber. »Im zweiten Schritt wäre es interessant zu beobachten, ob Ihnen die gleichen zwei Weine wieder am besten schmecken würden, wenn man sie neu ordnet.«

Da war Badenhop sich weniger sicher. Er nahm sich vor, dies bei anderer Gelegenheit auszuprobieren. Überrascht stellte er fest, welchen Eifer er bei einer Sache entwickeln konnte, die ihm noch vor einem guten Jahr völlig fremd und uninteressant erschienen war.

Etwa nach einer Dreiviertelstunde ebbte das Probieren ab. Die Teilnehmer setzten sich auf die Stühle, betrachteten ihre Notizen oder verglichen Bewertungen und Einschätzungen mit ihrem Nebenmann. Als alle saßen, bat Daniel Berlingen die Teilnehmer um ein erstes Fazit, bevor die Flaschen aufgedeckt wurden.

Georg Miltz ergriff das Wort: »Zuallererst möchte ich mich bedanken für diese herrliche Probe. Es sind fast alles große Rieslinge. Über jeden einzelnen dieser Weine würden wir uns bei anderer Gelegenheit freuen. Das sage ich natürlich vor allem zu unserem Freund Stefan Schwörer.« Er lachte den Weinkontrolleur an, der nicht nur für seine Probierfähigkeiten, sondern auch für seine manchmal vernichtenden Urteile bekannt war.

»Elsässer und Pfälzer Stil zu unterscheiden, ist schwerer geworden«, fuhr Miltz fort. »Es ist nicht mehr so eindeutig wie früher, als die Elsässer Rieslinge durch viel Alkohol, wenig Säure sowie Sekundär- und Tertiäraromen auffielen, während die Pfälzer schlanker, säurebetonter und primärfruchtig waren. Man hat sich mehr angenähert, scheint mir. Und die Pfälzer Winzer haben mindestens aufgeholt.«

Diese Anmerkungen wurden von den anderen Beobachtern weitgehend bestätigt, auch von den Elsässern, wobei George Berlingen sich nicht verkneifen konnte, anzumerken: »Die Pfälzer hatten ja auch jahrelang ziemlich viel aufzuholen, oder? Was mir oft auffällt: Die Veränderung in der Pfalz ging sehr in die Breite. Das Elsass hat sich da weniger bewegt. Aber in der Spitze, die wir hier sehen – das ist doch immer noch großartig!«

Es zeigte sich, dass die meisten Verkoster im Durchschnitt etwa sieben bis acht der Weine richtig dem Elsass oder der Pfalz zuordnen konnten. Nur Schwörer hatte wieder einmal alle Herkünfte richtig eingeschätzt.

Badenhop war überhaupt nicht in der Lage, dazu etwas zu Papier zu bringen. Er nahm aber nach dem Aufdecken interessiert zur Kenntnis, dass sowohl Elsässer wie Pfälzer sehr gut bewertet worden waren. Es wurde nicht explizit gesagt, aber er vermutete, es habe ein Unentschieden gegeben.

Welcher Wein wirklich der beste war, darüber war keine Einigung möglich. Badenhop bemerkte mit gewissem Stolz, dass der von den Experten hoch eingeschätzte Pechstein von Bürklin-Wolf einer seiner beiden Lieblinge gewesen war, hütete sich jedoch, auch nur irgendeinen Kommentar abzugeben. Er notierte sich, bei Gelegenheit – vielleicht wenn er mit Katrin ein Wochenende im Elsass verbrachte – einen 2010er Eichberg von Emile Beyer zu kaufen, der besonders gut abgeschnitten hatte.

»Wunderbar«, schloss Daniel Berlingen nach einer halben Stunde das Gespräch ab. »Da ich an der Nahtstelle zwischen Pfalz und Elsass wohne, finde ich es gut, dass sich die beiden Regionen hier auf Augenhöhe begegnen und beide Weltklasse-Rieslinge zu bieten haben. Und die trinken wir jetzt. Nehmt eure Lieblingsweine mit nach nebenan. Es wird Zeit zum Essen.«

Als sie ins festlich eingedeckte Speisezimmer gingen und noch ein paar Minuten ins Gespräch vertieft herumstanden, unterbrach Badenhop einen Redeschwall Schwörers und fragte ihn, wie es eigentlich mit der Sache Lüller stehe.

Sofort verstummten einige Gespräche der Umstehenden, die gespannt den Weinkontrolleur beäugten. Dieser hob die Hände, um sie anschließend von sich wegzuwerfen. »Das ist wahrscheinlich der falsche Moment für die Frage, lieber Kommissar, weil es mir die Laune verdirbt. Ich habe ihn natürlich angezeigt aufgrund der vielen Indizien. Aber die Weinstaatsanwaltschaft hat gleich Zweifel geäußert, ob das reicht. Der Kerl hat so offensichtlich das Ding gedreht. Aber wir kriegen ihn einfach nicht zu fassen. Der ist so glatt wie ein Stück nasse Seife. Es ist zum Kotzen.«

Beim Essen ging es munter, laut und lustig zu, ganz so, wie

Badenhop es mittlerweile aus Weinstuben kannte. Dabei sprach man über die verkosteten Weine, aber auch über ganz andere Themen, die mit der Pfalz und dem Elsass zusammenhingen: das Kulturprogramm des Städtchens Weißenburg, die Konzerttätigkeit George Berlingens oder regionale Restaurants, die man unbedingt einmal besuchen müsste.

Badenhop beobachtete nicht zum ersten Mal etwas, das ihn angenehm berührte und zugleich ein wenig beschämte: Diese Weinleute, auch die Winzer, waren gebildete, weltläufige Menschen. Er konnte seine frühere Vorstellung von der handfesten, an der Scholle klebenden, rotgesichtigen und etwas tumben Landbevölkerung, die er vor seinem Umzug in die Pfalz hier vermutet hatte, gar nicht mehr verstehen.

Bei der Rückfahrt wollte Schwörer von Badenhop wissen, ob er zu viel versprochen habe. Badenhop, der trotz des anfänglichen Spuckens froh war, nicht mehr fahren zu müssen, überlegte nicht lange.

»Langweilig war es in keiner Sekunde. Ich bin sehr froh, dass ich mitgekommen bin. Aber von der Weinprobe war ich natürlich völlig überfordert. Ich kann ja nicht einmal Riesling von anderen Sorten unterscheiden.«

»Noch nicht, noch nicht, Herr Kommissar. Aber warten Sie mal ein, zwei Jahre. Wir kriegen Sie schon noch hin. Übung macht den Meister.«

Ein Paket von der Landauer Redaktion? Es war schwer und dick verpackt. Martin Peust hatte keine Ahnung, was die ihm wohl schickten. Gerade hatte der Paketbote es abgeliefert. Nun stand Peust in seinem Redaktionsbüro und wusste gar nicht recht, wo er es zum Öffnen ablegen sollte. Wie immer gab es im Tohuwabohu seiner Bude keinen freien Ablageplatz. Schließlich stellte er es auf einen Stapel Ratsprotokolle zum Thema Schlosshotel und suchte eine Schere.

Peust war nicht besonders traurig gewesen, dass die Landauer die abschließende Berichterstattung über die Mordsache geschrieben hatten. Es war ja nichts mehr zu recherchieren, sondern lediglich die Polizeimeldung ein wenig aufzuarbeiten. Das interessierte Peust nicht. Dennoch hatte er sich geärgert, weil sie die Sache einfach ohne Absprache an sich gezogen hatten.

Immerhin: Dieser Solomon Eisenstein kam dieser Tage nach Schweigen, hatte ihm Bernd Kuhn mitgeteilt. Und er, Martin Peust, würde ihn zu seinem Buchprojekt ausführlich interviewen. Dabei würde der Bursche sicher auch ein paar interessante Einblicke in seine Familiengeschichte und Details zu dem einen oder anderen historischen Ereignis in Schweigen und Weißenburg geben. Das würde sich Peust nicht nehmen lassen.

Also, was war da jetzt drin? Kaum hatte Peust einen größeren Schnitt ins Packpapier gemacht, da riss das Paket auseinander und die ganze Herrlichkeit rutschte heraus. Mehrere Dosen fielen auf den Boden. Zwei rollten gleich unter das Bücherregal. Peust schnappte sich eines der messingfarbenen Teile und sah auf den Aufdruck: »Pfälzer Schwartenmagen«. Ach Gott, Schwartenmagen. Und die anderen Dosen? Schwartenmagen, Schwartenmagen – alle das gleiche. Zwölf Dosen zu je zweihundertfünfzig Gramm.

Einen Zettel fand er auch:

Lieber Bergzabern-Mops,
damit es in deinem Büro nicht immer nach Leberwurst riecht, hier ein Anfangssortiment mit Schwartenmagen. Es wird ja vermutlich für zwei oder drei Tage reichen.
Solange du isst, kannst du keine Artikel mit unmöglichen Spekulationen verbreiten.
Deine Landauer Kollegen

Peust konnte Schwartenmagen nicht ausstehen.

Nachwort und Dank

Wer existierende Orte und Personen mit Fiktion mischt, braucht Klarstellungen, um Reales und Erfundenes zu trennen.

Alle Romanfiguren, die intensiv in die Handlung eingreifen, sind frei erfunden, auch wenn sie manchen Leser an reale Personen erinnern könnten.

Die Neustadter Polizei verfügt weder über eine Abteilung Kapitalverbrechen noch über Arbeitsstrukturen, die denen des Romans entsprechen. Im Bergzaberner »Rheinpfalz«-Büro gibt es weder einen zu unprofessionellen Spekulationen neigenden noch einen übergewichtigen Redakteur.

Die ausgezeichneten Weingüter Becker, Bernhart, Grimm, Scheu, Jülg und Gnägy mit ihren genannten Stärken gibt es tatsächlich. Ihre Äußerungen in Bezug auf den Streit um die Weinberge im Elsass sind dagegen frei erfunden.

Der Streit um die Katasternamen im Elsass existiert. Es gibt auch die zuständige Abteilung in Mainz. Die Romanfiguren gibt es weder lebend noch als Unfallopfer.

Sankt Peter wird ortskundige Leser an das in Privatbesitz befindliche Pauliner Schloss erinnern, das einzige verbliebene der ehemaligen vier Oratorien. Dort wohnt aber weder eine Familie Berlingen noch haben die Bewohner in irgendeiner Weise mit der Handlung oder den Romanfiguren zu tun.

Alle erwähnten Restaurants gibt es. Speisenangebot sowie Beschreibungen decken sich mit meinen Erfahrungen. Wieso einige Leser dies für versteckte Werbung halten, ist mir ein Rätsel. Es sind Restaurants (oder Weingüter), die ich persönlich schätze und zu denen ich meine Romanfiguren (und meine Leser) gern hinschicke.

Danken möchte ich allen, die zur Verbesserung meiner Arbeit beigetragen haben. Dazu gehören in erster Linie mein Freund und Kollege Michael Konrad und seine Frau Beate, die sich die Mühe gemacht haben, mein ganzes Manuskript mit mir zu diskutieren. Meine Frau Ana Margareto half durch ihre Sichtweise ebenso, manche Unsicherheit zu vermeiden. Friedrich Becker danke ich für Informationen zum Thema Sequesterland und Gewannennamen, Stefan Scherrer für Details zur Arbeitsweise der Weinkontrolle und Edmund Bähr für Details zur Funktionsweise von Autobremsen.

Jürgen Mathäß

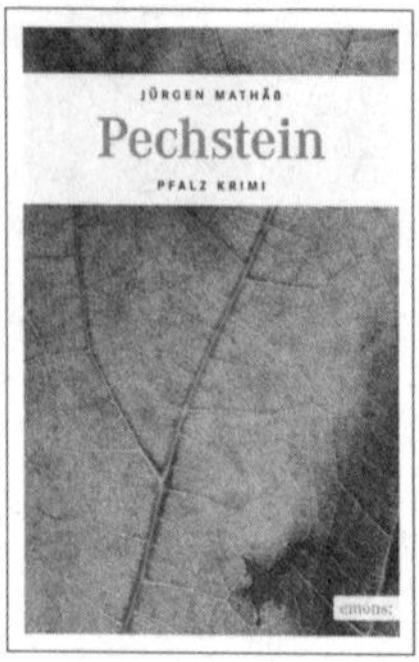

Jürgen Mathäß
PECHSTEIN
Broschur, 224 Seiten
ISBN 978-3-95451-031-3

»Ein spannendes Lesevergnügen für Wein- und Pfalzliebhaber!«
Südwestecho

»Mathäß verarbeitet auf humorvolle und zugleich spannende Weise seine langjährigen beruflichen und persönlichen Erfahrungen in und mit der Weinbranche, selbstverständlich variiert und garniert mit der Freiheit eines Schriftstellers.« Weinwirtschaft

Jürgen Mathäß
KASTANIENBUSCH
Broschur, 224 Seiten
ISBN 978-3-95451-362-8

»Nach seinem 2012 erschienen Debüt-Krimi besticht auch diese Kriminalgeschichte durch Detailkenntnis. Fast im Plauderton gelingt es Jürgen Mathäß, das Leben in der Pfalz auf unterschwellig auch mal etwas kritische und dabei für Pfälzer doch durchaus köstliche Art amüsant zu beschreiben. Eindrucksvoll belegt die Lektüre, dass hier ein Schreiber am Werk war, der mit der ausgeprägten Neugierde eines Journalisten durch die Welt geht, gepaart mit dem enormen Sach- und Fachverstandes eines Mannes, der heute beispielsweise als der beste deutschsprachige Kenner des südamerikanischen Weinbaus gilt.« Die Rheinpfalz

www.emons-verlag.de